LE CLUB DES ORPHELINS DE NOËL

BECCA FREEMAN

LE CLUB DES ORPHELINS DE NOËL

Traduit de l'anglais (États-Unis) par Sylvie Del Cotto

Michel Lafon

Titre original :
The Christmas Orphans Club

14, boulevard de la Madeleine
75008 Paris
www.michel-lafon.com

À tous ceux qui ont un jour passé Noël seuls,
je vous vois, je vous aime.

Et aux Mangy Ravens, merci de m'offrir une amitié
qui mérite d'être racontée dans un roman.

Prologue

Hannah

24 décembre 2018
Veille de Noël

C'était le réveillon de Noël, et pas une créature ne bougeait dans tout Manhattan. Même pas une souris.

En réalité, Manhattan à dix-sept heures, la veille de Noël, c'est le bazar à tous les coins de rue.

Les souris – plutôt les rats – s'en donnent à cœur joie, à batifoler dans les sacs-poubelles entassés depuis la veille sur le trottoir. Ils marinent plus que d'ordinaire, le planning de collecte des déchets ayant été modifié pour les fêtes. C'est franchement pornographique. *Bouger*, le mot est faible.

Quant aux humains, Grand Central est une marée vibrante de corps qui foncent attraper leur train de retour pour leur banlieue lointaine. Certains ont quitté le bureau à la dernière minute, après avoir été retenus par un responsable grincheux. D'autres ont brandi la piètre excuse de leur métier pour esquiver l'interrogatoire de tante Ida sur le mariage et les 2,5 bébés suivant l'exemple de leurs ancêtres banlieusards. Ces derniers ont de la chance, car ce soir, la moitié des trains sont retardés pour cause de givre sur les rails à Poughkeepsie.

À Citarella, l'épicerie chic de West Village où une mini-barquette de myrtilles coûte au moins dix dollars, la quatrième querelle de la journée a éclaté devant la vitrine des plats préparés. Deux clientes se disputent la dernière boîte en plastique de gratin dauphinois. Pendant ce temps, dans toutes les parapharmacies de la ville, les maris errent dans les allées comme des zombies amnésiques dans l'objectif d'achever (soyons honnêtes, de commencer) leurs emplettes de Noël.

Voilà pourquoi il n'y a rien d'étonnant à ce que je me retrouve coincée dans les embouteillages, mon taxi jaune avançant par à-coups le long de West Side Highway. Le compteur affiche $22,50 alors que nous n'avons pas encore parcouru la moitié du chemin entre Tribeca et l'Upper West Side. J'ai renoncé à tout espoir de me maquiller pendant le trajet. Un trait d'eye-liner, c'était trop optimiste ; tout sauf vomir à cause du mal des transports serait une victoire.

– Z'êtes une gamine de Manhattan ? me lance mon chauffeur d'une soixantaine d'années. J'parie que vous allez réveillonner chez vos parents.

Avec son accent new-yorkais à couper au couteau, il interrompt le Top 10 des plus belles chansons de Noël de tous les temps, annoncé par Ryan Seacrest à la radio.

– Nan, une fille de Jersey.

J'espère avoir trouvé le juste milieu entre rester polie et bien faire comprendre que je ne suis pas d'humeur à bavarder.

– Mais vous avez de la famille dans le centre, non ? Des tantes ? Des cousins ?

Je suis sûre que ce type discute avec des inconnus dans les avions.

– Nan. Pas de famille, juste moi.

Dans le rétroviseur, ses yeux ridés bleu gris me lancent un regard empli de pitié. J'imagine ce qu'il se dit : *La pauvrette, toute seule le soir de Noël. Elle va sûrement… à un rassemblement d'athées ? Un groupe de soutien pour célibataires ? Une rave saturée de drogues ?* Bon d'accord, j'ignore ce qu'il pense.

Il me plaint, alors que moi j'ai de la peine pour tous ces gens avec leurs Noëls conventionnels tellement ennuyeux. Pour certaines personnes, c'est triste de passer les fêtes sans famille. Pour ma part, Noël est mon jour préféré de l'année. Et celui-ci est sur le point de devenir le meilleur de tous. Il le faut, après le désastre des deux derniers. J'ai besoin que les choses redeviennent comme avant.

Ce soir, ce n'est qu'une mise en bouche.

Je songe à rectifier les suppositions du chauffeur mais je sens le burrito que j'ai avalé au déjeuner tourbillonner dans mon estomac au énième petit coup de frein. À la place, je décide de fermer les yeux et de faire semblant de dormir. Qu'il pense ce qu'il veut.

Je déboule chez Theo, sans maquillage et un peu nauséeuse.

– Hannah, c'est toi ? *Pas trop tôt !* braille Finn

– Active-toi avant que ça refroidisse et que ça devienne immangeable, beugle Theo.

Je me précipite dans la salle à manger, où trois de mes quatre personnes préférées au monde sont réunies autour d'une longue table.

– David ne vient pas ? souligne Priya, comme si j'avais pu faire entrer en douce un homme d'un mètre quatre-vingts dans mon sac à bandoulière.

À la mention de son nom, je culpabilise.

– Non, mais il vous embrasse.

Sa vraie réaction, quand j'ai annoncé que je sortais, se rapprochait plutôt d'un grognement ponctué d'une rasade de bière artisanale. Un court instant, je songe à tout déballer au sujet de David, que c'est bel et bien fini, et surtout ce que j'ai découvert il y a quelques semaines. Cependant, cette soirée, ce prolongement de Noël, est sacrée. Une parenthèse hors de la réalité. Pas de travail, pas de famille, rien que nous. Je ne la gâcherai certainement pas avec mes échecs amoureux.

Pendant que j'ôte mes couches de vêtements d'hiver et suspends ma parka au dossier d'une chaise, je remarque le décor de table que j'ai loupé dans ma hâte. Sur une nappe blanche, des plateaux argentés débordent de hamburgers emballés. Des saladiers en cristal contiennent plusieurs variétés de frites : fines, en tortillons, dentelées, de patates douces ainsi que de *potatoes*. Il y a même un plat d'oignons frits et un autre de croquettes de pommes de terre. Des ramequins de ketchup, de mayo et d'une sauce burger ont été distribués à chaque place.

– Ai-je raté la partie où vous vous êtes tous défoncés jusqu'à perdre la tête ? j'ironise.

– Tu connais la fête des Sept Poissons[1] ? questionne Theo. Nous, c'est la fête des sept hamburgers de fast-food.

– En gros, nous allons tous les goûter pour élire le vainqueur. Il a imprimé des feuilles de scores, dit Finn en désignant une fiche cartonnée beige à côté de son assiette.

Concours de hamburgers de Noël apparaît en lettres rouges tourbillonnantes sur l'en-tête.

Avec eux, je pourrais m'éclater dans une pièce vide. Le simple fait d'être avec mon clan est exceptionnel. Mais leur idée est si déjantée que je ne peux m'empêcher de rire avec bonheur.

– Primo, c'est absurde parce que Shake Shack part gagnant. Deuxio, que vas-tu faire ? je demande à Priya, la pescétarienne du groupe.

1. Dans la tradition catholique italo-américaine, le menu du réveillon est à base de poisson.

– Je juge les accompagnements, annonce-t-elle gaiement. Sache que Theo a misé sur In-N-Out.

– Mais il n'y a même pas de In-N-Out à New York, dis-je.

Sans surprise, des hamburgers In-N-Out enveloppés dans leurs papiers distinctifs rouge et blanc sont présentés sur un plateau.

– Comment avez-vous fait ?

– Il les a fait livrer de Californie par avion, explique Finn en levant les yeux au ciel.

Je ne veux pas savoir comment il s'y est pris ni combien ça a coûté. De toute façon, ils n'ont aucune chance de remporter le concours, surtout réchauffés.

– On attaque ? propose Theo.

Je m'assois à côté de Finn et déplie ma serviette brodée de branches de houx. Tout le monde se sert, sauf moi. Au lieu de cela, j'immortalise l'instant avec ma caméra mentale. Je tiens à me souvenir de tout, à graver cette soirée dans ma mémoire interne. Parce qu'en plus d'être le meilleur de tous, ce pourrait être notre dernier Noël ensemble.

Finn me serre la main pour s'assurer que je vais bien. En toute honnêteté, je touche le fond. Je suis dévastée qu'il déménage, emportant la moitié de mon cœur avec lui. Un peu comme ces colliers en plastique que les meilleures amies s'échangent à l'école primaire à la façon d'une monnaie collective. C'est injuste à double titre car je viens à peine de le retrouver. Je ne suis pas prête pour la suite, quelle qu'elle soit. Malgré tout, je plaque un sourire sur mon visage et tourne vers lui ma mine enjouée. Je le suis pour lui, mais je suis aussi triste pour moi. Triste que tout s'achève.

Ils ont tous un nouvel avenir au programme : Priya se réjouit pour son nouveau poste, Finn s'installe à L.A., et la vie de Theo n'est qu'une succession de billets d'avion et de fiestas. Pour ma part, à l'horizon, je ne vois que le vide. Un trou de la taille de Finn dans mon quotidien.

– Quoi ? s'inquiète Finn, pas dupe de mon sourire surfait.

– Rien. Je suis juste heureuse d'être avec vous tous.

Je ne sais pas comment je pourrais être plus heureuse que ça. Mes amis sont toute la famille dont j'ai besoin.

1

Hannah

Noël #1, 2008

La spécialiste des playlists déprimantes, c'est moi, Hannah Gallagher.

C'est sûr que ce superpouvoir manque de panache. Je préférerais amplement savoir voler, lire dans les pensées ou me liquéfier comme Alex Mack dans la série fantastique des années 1990, mais il faut faire avec ce que l'on a. Ça, je le sais mieux que personne.

J'ajoute *Brick*, de Ben Folds Five à ma playlist en cours, suivie de *Skinny Love*, de Bon Iver. Et j'enchaîne avec *Vindicated*, de Dashboard Confessional pour faire bonne mesure. Selon moi, le problème avec la musique actuelle est que trop de chansons dénoncent la tristesse de se faire larguer ou l'amour à sens unique, et pas assez l'état affligeant de notre planète.

Après quatre années à cultiver mon art, la playlist de ce soir sera mon chef-d'œuvre.

Je réduis un onglet pour suivre mes chargements sur LimeWire. *J'hallucine !* La barre de progression a à peine bougé, alors que le ventilateur de mon ordinateur portable vrombit comme s'il s'apprêtait à décoller de mes cuisses.

Quitte à inclure *Hide and Seek*, autant l'acheter. Cela dit, quatre-vingt-dix-neuf cents, c'est cher pour une chanson. Surtout que j'en veux encore à Marissa Cooper[2] d'avoir irrémédiablement associé son fameux coup d'éclat à ce titre. D'un autre côté, ma playlist est trop masculine. Mais pourquoi les hommes auraient-ils le monopole de l'angoisse existentielle ?

Oh et puis zut ! C'est Noël. Je le mérite.

Je descends de mon lit en mezzanine et couvre la longue distance – les trois marches – menant au bureau, et à mon sac à dos suspendu au dossier de la chaise. Mon portefeuille se cache quelque part dans le fond, parmi un semestre de stylos desséchés et de fiches d'exercices d'espagnol à moitié complétées.

Trouvé !

Au moment où mes doigts saisissent mon portefeuille, quelqu'un frappe à ma porte.

Bizarre…

Ce n'est pas un ami, étant donné que je n'ai pas d'amis sur le campus. Et même si j'en avais, ils seraient rentrés pour les fêtes de fin d'année, et dégusteraient du jambon cuit avec leurs joyeuses familles au grand complet.

Quand j'ouvre la porte, je me retrouve face à un garçon longiligne, à la peau cuivrée, accoutré comme s'il s'était échappé d'un festival médiéval. Sa chemise blanche toute froissée est enfoncée dans un pantalon ajusté, si moulant qu'il doit s'agir d'un modèle pour fille. Son look – car il s'agit bien d'un *look* –est complété par une lavallière à motifs cachemire verts et une cape de velours noir. Je suis certaine qu'il s'est mis de l'eye-liner, ce qui, pour être honnête, le met en valeur.

– Qui es-tu ?

2. Dans la série NewPort Beach, Marissa Cooper tire sur Trey (qui avait tenté de la violer) avec *Hide and Seek* en fond sonore.

Je ne m'embête pas à être polie, vu qu'il s'est certainement trompé de chambre.

– Finn Everett, annonce-t-il comme si c'était une évidence, alors que je ne l'ai jamais vu de ma vie, sinon je m'en souviendrais.

Pour souligner son identité, il rejette sa cape sur une épaule dévoilant une doublure en soie pourpre. La main sur sa hanche, il me fixe comme s'il attendait une réponse. C'est pourtant *lui* qui a frappé à *ma* porte.

– D'accord, Finn Everett, que veux-tu ?

– Que fais-tu sur le campus le soir de Noël ? Tu sais que c'est interdit de rester ici ?

Je le connais depuis trente secondes et il m'exaspère déjà. Mais je sais comment me débarrasser de lui.

– Je suis orpheline.

J'ai la satisfaction de le voir tiquer. En temps normal, je n'emploie pas ce terme pour me décrire mais là, je meurs d'envie de reprendre le cours de ma soirée. Ces dernières années, j'ai appris que rien n'écourte une conversation aussi efficacement que le mot qui commence par O. C'est sûr qu'il m'a fait détaler, le jour où une assistante sociale d'âge mûr, en veste marron matelassée, s'est assise en face de moi et de ma sœur, et a démarré par :

« Maintenant que Hannah est orpheline, il lui faut un tuteur. »

Finn Everett m'examine de la tête aux pieds, s'attardant sur mon pantalon de pyjama écossais, mon sweat-shirt Boston College trop ample, et mes cheveux gras noués en chignon négligé depuis trois jours.

– Non, dit-il en secouant la tête comme si j'étais une équation insolvable. Tu es trop jolie pour être orpheline.

– Pardon ?

– Toutes ces dames blanches se seraient battues pour te sortir de l'orphelinat. Tu es mignonne. Mal sapée, mais mignonne.

Devant mon absence de réaction, il ajoute :

– C'était un compliment, tu sais.

Oh ! mince. Il n'est pas comme tous ceux qui la bouclent après avoir appris le décès de mes parents ; il a des questions. Il n'y a rien de pire que les curieux. *Comment ont-ils disparu ? Quel âge avais-tu ? Qu'est-ce que ça te fait ?*

– Pas ce genre d'orpheline. Je n'ai pas été une pauvre petite Charlotte aux Fraises ou un truc du genre. Mes parents sont morts quand j'avais quinze ans.

– Oh, je vois. Bon, nous partons à l'aventure.

Mon corps entier se décontracte dès que je réalise qu'il est passé à autre chose.

– Ah oui ?

Je ne suis pas sortie de mon dortoir ces deux derniers jours, le campus étant entièrement fermé, y compris les réfectoires. Je me nourris de céréales aux fruits rouges, de burritos aux haricots rouges et au fromage réchauffés au micro-ondes, achetés à l'épicerie en bas de la colline. Quel genre d'aventure pourrions-nous vivre ?

– As-tu prévu quelque chose de plus intéressant ?

En fait, non. À part écouter ma playlist en engloutissant un pot entier de glace Milk & Cookies de Ben & Jerry, et peut-être ensuite, regarder *Die Hard*, le film de Noël le moins sentimental, histoire de pouvoir me dire que je me mets dans l'ambiance des fêtes. Ce que je ne lui dirai pas car je sais l'image que cela renvoie.

Mais Finn Everett n'a pas besoin de mon approbation. Il force l'entrée, son regard enveloppant la pièce, à savoir les deux côtés équipés d'un lit, d'un bureau et d'une commode.

– Quel est ton placard ?

Un côté se caractérise par un banal duvet bleu marine. Chaque centimètre carré du mur en parpaing est truffé de posters de groupes rock. Guster, O.A.R., Weezer, Wilco, the Postal Service. L'autre côté est décoré d'un couvre-lit à fleurs et d'un unique poster de Jessica Simpson passant l'aspirateur en sous-vêtements. Je pense que la réponse va de soi. Néanmoins j'indique le côté droit de l'espace. Il entreprend de trier mes cintres. Sans savoir ce qu'il cherche, je suis certaine qu'il ne le trouvera pas. Je m'habille selon un roulement de tee-shirts de concert achetés sur des stands au Paradise Rock Club et à l'Orpheum.

– C'est tout ?

Son soupir est si dramatique que je m'excuserais presque de ne pas posséder de robe du soir.

– Que cherches-tu ?

– Quelque chose de mieux que… Il désigne mon pyjama, grimaçant comme s'il sentait du lait rance … ça.

– Où allons-nous pour devoir suivre un code vestimentaire aussi strict ?

– Un arrêt au stand s'impose. Prends ton blouson. En route.

Il ponctue sa requête de deux claquements de doigts.

La sidération doit me rendre docile, étant donné que j'attrape ma doudoune et chausse mes Ugg tachées par le sel. On dirait bien que nous partons en vadrouille.

Sortant de Welch Hall, nous plongeons dans la nuit frisquette. Des tourbillons de neige sont poussés par le vent. Le plus frappant n'est pas la neige, mais le silence. En temps normal, dix mille étudiants se précipitent vers des conférences à propos des « Regards sur la culture occidentale » ou un cours de biking au Plex ou le soir – soyons honnêtes, parfois aussi la journée – se dirigent d'un pas tranquille vers des fêtes en dehors du campus, à Cleveland Circle, où ils s'adonnent à des jeux à boire. Mais ce soir, il n'y a que nous.

Nous rejoignons le Dustbowl, mal nommé car sans poussière. La majeure partie de l'année, le lieu consiste en une cour intérieure verdoyante encerclée de majestueux immeubles en pierre. Actuellement, une couche de cinq centimètres de neige durcie la recouvre. Quand j'ai visité le campus au printemps, la pelouse était parsemée de duos de filles qui bronzaient sur des serviettes de plage, et des groupes de garçons se lançaient des frisbees en zigzaguant entre elles. Exactement l'image que je m'étais faite de l'université d'après les épisodes de *Dawson's Creek*. Ça, c'était la tranche de normalité à laquelle j'aspirais.

– Comment m'as-tu trouvée ? dis-je en exprimant mon étonnement.

J'aurais peut-être dû poser plus de questions avant de consentir à cette sortie. Non que j'aie consenti, techniquement.

– Ta musique, répond Finn. Mais c'était le sixième dortoir où je tentais ma chance ! Crois-moi, tu n'as pas été facile à trouver. Je me suis *à peine* diverti de toute la semaine. Je commençais à croire que j'étais la seule personne sur le campus.

Débouchant sur O'Neill Plaza, nous nous dirigeons vers le sapin de Noël tristement éteint, au centre de la place. Est-ce notre destination ? Super, l'aventure. Les étudiants étant dans leurs familles pour les vacances, l'administration a décidé qu'illuminer le sapin coûtait trop cher en électricité, même pour Noël.

– Ne bouge pas, ordonne Finn.

Il me laisse plantée là, sous le sapin, et se dirige vers la bibliothèque à l'est de la place. Pas assez près pour voir ce qu'il fait, mais j'entends tinter les clés qu'il sort de sous sa cape, et le regarde se faufiler dans le bâtiment.

Je sautille d'un pied sur l'autre pour me réchauffer, les minutes se succédant sans qu'il revienne. L'espace d'une seconde, je me demande si j'ai été abandonnée – encore – et s'il s'est enfui à bord d'une calèche qui l'attendait derrière le bâtiment.

Je lui accorde un ultime délai de cinq minutes avant de retourner au chaud dans le dortoir et de m'immerger dans

Die Hard. Au moment où je m'apprête à lancer le compte à rebours sur ma montre, le sapin se met à clignoter. Me tordant le cou, je m'émerveille devant les milliers de lumières clignotantes multicolores. Je me sens sourire comme une imbécile. *Pas mal pour un début, Finn Everett.*

Je ne l'entends pas approcher à cause du vent qui fouette la place, mais quand je tourne les yeux, il se tient à côté de moi, et me regarde découvrir son œuvre, visiblement satisfait de son coup.

– Comment savais-tu où l'allumer ? dis-je.

Il hausse les épaules d'un air faussement innocent, et ignore ma question.

– Il faut se mettre dans l'ambiance pour vivre une aventure, tu ne crois pas ? dit-il avec un clin d'œil. C'est parti !

– Où ça ?

Je descends un escalier derrière lui.

– Tu verras. Patience, très chère, lance-t-il par-dessus son épaule.

– Hannah, je rectifie, me rendant compte qu'il ne m'a pas demandé mon nom.

Apparemment, *qui je suis* n'était pas un critère essentiel pour faire de moi son acolyte. Maintenant je me sens encore plus idiote de zoner sur le campus, au risque de me casser le cou dans ces marches gelées, avec ce zigoto en cape qui ne se soucie même pas de savoir comment je m'appelle.

Il s'arrête sur le palier, si soudainement que je manque de me cogner contre lui.

– Hannah, il répète en faisant rouler mon nom dans sa bouche. C'est un honneur, dit-il avec une petite révérence.

Un gloussement nerveux monte dans ma gorge. Personne ne s'est jamais incliné devant moi. Il est pour le moins farfelu mais, peut-être aussi attachant dans son genre ? En outre, il n'a pas tort, qu'ai-je d'autre à faire ce soir ?

– Bougeons avant que je sois congelée !

Après une escale à Robsham Hall pour dévaliser la garde-robe du théâtre, et des négociations houleuses pour choisir ma tenue de la soirée (il était en faveur de la robe victorienne à corset, mais j'ai négocié la robe rouge années 1950 avec un jupon qui gratte en dessous), nous arrivons devant Lower Dining Hall, qui est fermé. Sinon que rien n'est fermé pour nous ce soir, grâce au trousseau magique de Finn. Je commence à me demander si, quelque part dans un local, un agent d'entretien ne serait pas ligoté sur une chaise avec du chatterton, dépouillé d'un jeu de clés.

La robe midi que Finn m'a convaincue de porter virevoltant autour de mes genoux, nous entrons dans la partie cafétéria de la cantine.

– Qu'aimerait Madame pour le dîner ? demande Finn.

Le réfectoire étant fermé, les options sont limitées. Sans le buffet des plats chauds et le bar à salades, elles tournent autour des chips, des barres de muesli et des céréales.

– Madame prendra un bol de vos meilleurs Cheerios miel-noisette, mon bon monsieur.

– Nous avons mieux que ça, dit Finn en s'accroupissant derrière le comptoir.

– Que choisirais-tu si tu pouvais manger tout ce que tu veux ? Bon, pas tout, mais parmi ce qui est couramment proposé ?

Bien que j'aie l'impression de jouer à la dînette, je suis disposée à me prêter au jeu.

– Alors ?

– Des pancakes !

– Trop banal. Essaie encore, mais fais des efforts.

– Des pancakes aux pépites de chocolat ?

– En progrès, très léger.

Ouvrant un réfrigérateur en Inox sous l'îlot de restauration, il en ressort une brique de lait et un carré de beurre.

– Je reviens tout de suite.

Il disparaît dans la cuisine que je sais interdite aux étudiants. À son retour, il tient dans une main un saladier rempli d'ingrédients secs, et dans l'autre un grand sachet de pépites de chocolat.

– Au boulot, ordonne-t-il en montrant le plan de travail vide. Tu as un rôle capital. Tenir ma cape. Prends-en soin comme si ta vie en dépendait. Sérieusement, c'est la cata si je la salis. Nous jouons *Phantom* le semestre prochain.

Finn enroule ses manches avant de se mettre à l'œuvre, mesurant le lait et cassant des œufs dans le saladier d'ingrédients secs. Quand ils sont mélangés, il verse le sachet entier de pépites de chocolat et me fait un clin d'œil.

– Dis-moi, comment sais-tu où sont rangés les ingrédients ? je demande.

C'est étonnant, cette aisance en cuisine, surtout dans *cette* cuisine, qu'il a l'air de connaître comme sa poche.

Se déplaçant devant un autre poste de préparation, il allume une plancha. Sa main la survole pour vérifier la température. Satisfait, il hoche la tête pour lui-même et prend une louche dans un pot à ustensiles sous le plan de travail.

– Je travaille ici. C'est mon emploi-études[3].

– Ah, c'est pour ça que tu gardes tous ces trousseaux !

– Pas exactement. Ça, c'est pour mon second job. Je suis coursier pour le secrétariat du recteur. Je suis chargé de toutes les livraisons, d'où les clés.

Deux petits boulots. Trop bien ! Ma moyenne du dernier semestre plafonne à B, et je ne travaille pas à côté. L'avantage, quand on a perdu ses parents – pour qui est du genre à voir le verre à moitié plein, ce que, soyons clairs, je ne suis pas – est que la vente de la maison familiale couvre les frais d'université. Je devrais terminer mes études sans m'endetter. L'inconvénient, bien sûr, étant d'avoir zéro parent.

3. Programme américain de petits boulots permettant aux plus démunis de financer leurs études.

– Est-ce pour cette raison que tu n'es pas rentré pour Noël ? Trop coûteux ?

Sur un profond soupir, il verse plusieurs petites louches de pâte sur la plaque.

– Pas vraiment.

Je décide de me taire. Je suis devenue l'inquisitrice que je déteste tant. Un instant, nous regardons en silence les bulles éclore à la surface des pancakes.

– Mon père est un connard. Il m'a coupé les vivres quand j'ai révélé mon homosexualité l'été dernier. À croire qu'épouser une femme de couleur était son grand acte progressiste, l'unique de toute sa vie débile, et qu'il n'en accomplirait plus d'autre. Il n'a même pas essayé de comprendre.

Ses mots se déversent dans un flot décousu et essoufflé comme s'il ne pouvait s'empêcher de me les confier.

– Oh, Finn.

Ma réaction est inadéquate, mais je ne sais pas comment le réconforter. Après tout, je ne le connais que depuis une heure.

– Ne voulant pas être transféré dans une autre université, je bosse le plus d'heures possible pour financer mes études. Mais maintenant, à cause de ça, j'accumule le retard dans mes cours. Finalement, mon plan n'était pas si parfait.

Il retourne les pancakes. L'odeur est un pur bonheur. C'est déjà ça.

– Qu'en dit ta mère ?

– Pas grand-chose. Ce qui n'est pas sympa, d'ailleurs. Elle ne me déteste pas comme mon père, mais elle ne lui tient pas tête. Alors on les emmerde.

Je hoche vigoureusement la tête. Cela me paraît déplacé de déclarer « je les emmerde », alors qu'il s'agit de gens que je ne connais même pas. À la place, je me surprends à évoquer mes parents.

– Ma mère a succombé à un cancer au printemps de mon année de seconde. Et trois mois plus tard, mon père a péri dans un accident de voiture. En ce moment, ma sœur voyage autour du monde, et ne téléphone même pas pour me souhaiter un joyeux Noël.

J'ignore pourquoi je lui raconte ma vie. Peut-être que les confidences sont contagieuses.

– À côté de toi, mon histoire est minable.

– Je ne la trouve pas minable. Je dirais plutôt que ça craint.

– Ton histoire aussi.

Finn répartit les pancakes dans deux assiettes, cinq chacun, joliment empilés. Il plonge dans le réfrigérateur et brandit une bombe de crème Chantilly, mais d'un air interrogateur.

– Évidemment !

C'est vexant qu'il se sente obligé de demander. Il ne me connaît pas. *Pas encore,* je pense.

À l'entrée de la salle, nous prenons des couverts et remplissons nos poches de berlingots de sirop d'érable.

– Quelle table ? me demande-t-il.

Du bout de la cafétéria, nous examinons les interminables rangées de tables vides.

– Là-bas.

Je désigne un box circulaire dans le coin le plus reculé, celui qui est occupé en permanence par des groupes d'amis qui s'entassent pour bûcher leurs cours autour d'un café, ou juste pour passer du temps ensemble, pendant les interclasses. Pour une fois, j'ai envie de faire comme les autres. Même si personne d'autre n'est là pour le voir.

2

Finn

Noël #6, 2013

Mon téléphone sonne sur la table de chevet.

Qui m'appelle d'aussi bonne heure ? En fait, je ne sais pas vraiment s'il est tôt, mais j'en ai l'impression. En tout cas, je n'ai pas l'énergie d'ouvrir les paupières pour m'en assurer. J'attends que la messagerie prenne le relais.

Mais les sonneries reprennent. Je bougonne. Foutue gueule de bois. J'ai la bouche sèche, comme si j'avais aspiré les trois quarts du désert du Sahara hier soir.

– Tu ne devrais pas décrocher ? demande quelqu'un avec un accent d'Anglo-Saxon huppé derrière moi.

Oh ! mince. J'ai ramené un type du bar.

Je ne fais jamais ça.

Je rembobine mes souvenirs, en quête d'un indice sur l'identité de l'inconnu dans mon lit, ou sur ce que nous avons fait ou pas. Nada. Le vide total.

Je soulève le drap pour vérifier si je suis habillé. Rien non plus.

– Ne t'inquiète pas, je me suis comporté en parfait gentleman. Nous nous sommes juste un peu pelotés. Copieusement, pour être honnête.

Un instant soulagé, je m'offusque bien vite. Tout de même, je suis un super plan. Je n'emballe pas le premier venu. Pourquoi ne voudrait-il pas coucher avec moi ? Du reste, pourquoi suis-je en tenue d'Ève si nous nous sommes simplement caressés ?

– Tu t'es endormi, continue mon invité.

J'avoue que ce n'est pas ce qu'il y a de plus attrayant. Mais si j'ai piqué du nez, pourquoi est-il resté ? C'est louche, non ?

– Sur mon bras, précise-t-il.

Pas non plus le méga plan de l'année.

Avant de me retourner pour découvrir l'Homme mystérieux, j'adresse une prière hâtive au saint patron des coups d'un soir : *Pourvu qu'il ne soit pas moche.*

Moche, il ne l'est assurément pas. L'Homme mystérieux se tient couché sur le côté, les deux mains sous sa joue. Un sourire ironique flotte sur ses lèvres comme s'il jubilait. Une mèche indocile de cheveux très foncés retombant sur son front, il l'écarte de son œil. Ce faisant, je découvre les muscles sculptés de son bras.

La chaleur afflue dans mon ventre à l'idée qu'il m'ait poussé sur le lit. Cela s'est-il produit ? Ou n'est-ce qu'une envie ?

Problème suivant, je n'ai pas la moindre idée de son prénom. Mes deux colocs s'étant absentés pour Noël, je n'ai personne à qui le présenter, afin de l'amener à prononcer son nom. Encore que c'est peut-être une bonne chose. Evan et Bryce n'ont en théorie pas d'objection à vivre avec un homo, mais je ne sais pas s'ils seraient aussi tolérants s'ils croisaient un invité de passage à moitié nu dans notre cuisine.

Mon téléphone recommence à brailler.

– D'après mon expérience, quand quelqu'un rappelle trois fois d'affilée, soit il est très en colère contre toi, soit quelqu'un est mort.

L'Homme mystérieux se redresse sur un coude, curieux de connaître la bonne explication.

Je bascule sur le dos, le bras étiré pour attraper mon téléphone sur la table de nuit. Hannah. J'avais promis d'être chez elle avant dix heures. Sans doute suis-je déjà en retard.

– Allô, je croasse.

– Es-tu en chemin ?

– À ton avis ?

– Lève-toi et ramène ta fraise. C'est Noël !

De toute évidence, Hannah n'a pas passé la soirée à écluser des vodkas soda au Toolbox. Sa voix enjouée en atteste. Je vais avoir besoin d'un tonneau de café pour égaler son niveau d'enthousiasme.

– OK, c'est bon, je me lève. Donne-moi une heure.

C'est un bobard caractérisé. J'ai effectué le trajet des dizaines de fois, voire des centaines – parcourir les quatre pâtés de maisons entre la 6th et la 116th, prendre le train, laisser défiler quinze arrêts jusqu'à Bleecker, changer à Broadway-Lafayette, prendre la F pour deux arrêts jusqu'à Essex, puis marcher quatre minutes pour arriver chez Hannah. Dans le meilleur des cas, cela prend quarante-cinq minutes. Autrement dit, quand tous les trains sont à l'heure, ce qui est improbable le jour de Noël. Cela me laisse un quart d'heure pour me doucher, m'habiller, et solutionner le problème de l'homme dans mon lit.

– Une heure pour Finn, ça équivaut à trois heures, se plaint-elle.

Elle me connaît trop bien.

– Ce sera encore plus long si tu ne me laisses pas me préparer. Je te fais signe quand je décolle, lui dis-je avant de raccrocher.

– C'était ta mère ? demande l'Homme mystérieux depuis sa position privilégiée, couché sur le flanc.

Je redoute de découvrir l'étendue réelle de ma gueule de bois en relevant la tête.

– Ma meilleure amie.

– Ahh.

Ce gars n'est pas pressé de partir.

– On t'attend quelque part, j'imagine. C'est Noël.

– Eh non. Je n'ai rien de prévu.

Sérieux ? Quelles étaient les chances pour qu'il n'ait pas de projet ? Pas nulles. Personne ne se retourne la tête dans un bar gay le soir du réveillon de Noël quand une famille aimante l'attend de bon matin pour déballer les cadeaux. Ou peut-être que si ? Qu'en sais-je ?

– Tu ne déjeunes pas avec ta famille ?

– Ils sont à l'étranger.

– Avec tes amis, alors ?

– Ils sont en famille.

Ce petit éclat espiègle dans son regard, je ne l'apprécie pas. Ce type est tellement imbu de sa personne qu'il ne saisit pas l'allusion. C'est fou ! Je veux juste qu'il décampe pour pouvoir boire de l'eau directement au robinet du lavabo, et me traîner sous le jet brûlant de la douche.

Tu ne peux pas le laisser seul le jour de Noël, gronde une voix dans le fond de ma tête. Le moment est particulièrement mal choisi pour écouter ma bonne conscience. Pourtant, je sais que cette voix a raison. Je sais à quel point il est difficile de passer Noël sans famille. J'ai du mal à croire ce que je m'apprête à faire…

– Viens avec moi chez mes amis, si tu veux.

– Génial, j'aimerais beaucoup !

Son grand sourire serait une magnifique publicité pour un dentifrice. Il doit porter des facettes.

– Tu m'as déjà invité hier soir, mais ça me semblait grossier de présumer que l'invitation restait valable, vu que tu n'as pas l'air de te souvenir de la conversation.

Grognant, je remonte le duvet sur ma tête. Est-ce possible de mourir d'embarras ? Parce que le moment s'y prête. J'attends une minute que la mort me fauche, au cas où l'Univers aurait décidé de me faire une fleur, en vain. Alors je me redresse, adossé au mur qui fait office de tête de lit, les draps autour de ma taille.

Comme moi, il s'assoit. À la faveur de ce nouveau point de vue privilégié, je remarque ses abdos style tablettes de chocolat. Je ne le fixe pas assez longtemps pour compter s'ils comportent six ou huit carrés.

Sa main droite survole son corps avant de se tendre vers moi. Quelque chose serait-il sur le point de se m'arriver ? Ce n'est pas comme si Hannah comptait sur ma présence dans une heure. Peut-être qu'une séance de sexe matinale détournerait mon attention de ma migraine, farouchement installée. Tant qu'il n'attend pas une fellation... mon réflexe nauséeux ne le supporterait pas.

– Au fait, je m'appelle Theo. Au cas où tu ne t'en souviendrais pas.

Oh, le seul contact qu'il – Theo, apparemment – me propose est une poignée de mains. Maladroitement, je lui tends ma main droite, la plus proche de lui.

Après la douche, je me sens un tout petit peu plus humain. J'estimerais les risques que je vomisse à environ cinquante pour cent, ce qui n'est pas formidable, mais ce n'est rien qu'un breakfast sandwich ne résoudrait.

– ¿ Qué le qué, jefe ?

Ramón relève les yeux de son Sudoku pour nous accueillir quand nous entrons dans la bodega au coin de ma rue.

Les enceintes braillent *Feliz Navidad* si fort que je grimace, tenté de ressortir aussi sec de la boutique. Toutefois, mon besoin de glucides et de gras l'emporte.

– Un sandwich bacon, œuf et fromage, si possible ?

– Et pour ton ami ?

– De quoi as-tu envie ? je demande à Theo.

Il fait une moue perplexe.

– Il n'y a pas de menu ?

– Non, c'est une bodega. Ils ont notamment des sandwichs bacon, œufs et fromage ; ou œufs et fromage. Et je ne sais pas… des trucs de bodega.

Quel New-Yorkais n'a pas sa commande bodega prête à dégainer ? À moins qu'il vive en Angleterre et soit de passage ?

– La même chose, annonce Theo.

Ramón chante sur la ritournelle en fouettant des œufs dans un saladier en métal. Comme Theo l'observe, j'en profite pour observer Theo, qui est à présent, détail accablant, entièrement rhabillé. Je me concentre sur ses chaussures. Marron, et un peu éraflées mais à en juger par la boucle en forme d'étrier, ce sont des Gucci, pas des contrefaçons vendues sur Canal Street comme celles que je porte. Mon regard remonte sur son corps, s'attarde sur son jean. Bleu foncé, brut. Et sa ceinture, marron également. J'essaie d'apercevoir la marque de la ceinture mais la boucle sobre ne comporte pas de logo de créateur.

– Tu mates… ma queue ? murmure Theo avec coquetterie, interrompant mon inventaire mental de sa silhouette.

– Non ! Je… euh…

Bafouillant, je me concentre sur le présentoir de cigarettes derrière le comptoir, que je trouve soudain très intéressant. C'est alors que je suis sauvé par Ramón qui apporte nos sandwichs, les dépose dans un sac en plastique avec des serviettes en papier.

Dehors, un SUV noir tourne au ralenti à l'angle. J'ai suggéré de prendre le métro mais Theo a insisté pour nous commander une voiture. Maintenant que j'ai remarqué ses mocassins, ce n'est pas surprenant qu'il ait opté pour une voiture noire.

– Prête-moi ton téléphone. Je vais enregistrer l'adresse de Hannah.

– Nous devons d'abord faire un crochet par mon appartement pour que je me change, dit-il. Je ne peux pas voir du monde dans mes vêtements de la veille.

Je n'ai pas l'énergie de discuter.

– Si tu veux.

Je ne fais pas attention à la route. À la place, je m'intéresse à mon sandwich, dont chaque bouchée dissipe ma gueule de bois. Au moment où je froisse l'emballage en aluminium et ôte les miettes de mon pull-over, nous ralentissons devant un bâtiment en brique d'une dizaine d'étages, sur Central Park West.

– Tu veux monter ? propose-t-il.

C'est mieux que de patienter avec le chauffeur. Avant d'atteindre la porte de l'immeuble, mon téléphone se met à vibrer dans ma poche. Après vérification, il s'agit d'un appel de ma sœur.

– Je te rejoins dans une minute, dis-je à Theo.

Je m'appuie contre la façade de l'immeuble malgré les regards mécontents du portier.

– Mandy ! je m'exclame avec tout l'enthousiasme dont je suis capable avec ma gueule de bois modérée.

– Beurk. Je ne suis plus Mandy. Appelle-moi Amanda maintenant.

La dernière fois que je suis rentré chez mes parents, Mandy avait onze ans. Elle portait un appareil dentaire avec des élastiques violets (du violet partout, c'était son truc), et vouait une passion dévorante aux Jonas Brothers. Nick Jonas, pour être précis. À présent elle a seize ans et exige de se faire appeler Amanda. Même si j'ignore qui est son crush du moment, je peux compter sur elle pour penser à moi à Noël et à mon anniversaire.

– Joyeux Noël, Amanda !

– Toi aussi. Raconte-moi ce que tu fais de beau aujourd'hui.

Elle adore écouter nos aventures de Noël, à Hannah et moi.

– Rien de grandiose cette année. Nous avons prévu de regarder des films et de sortir dîner dans la journée.

Je n'ai pas besoin de lui retourner la question. Je suis sûr que, comme toujours, elle se mettra à table à midi pile pour partager un repas traditionnel. Dinde, feuilles de chou cavalier, du pain au maïs dont ma mère raffole et des macaroni au fromage.

– C'est nettement plus excitant que ce qui m'attend. Oncle Owen vient avec sa nouvelle copine. Maman la trouve vulgaire. Ça fait toute une histoire.

– Une seconde, oncle Owen et tante Carolyn ont divorcé ?

– Oh, ça fait des siècles. Maman soutient tante Carolyn, alors elle l'a invitée aussi. Ça promet une ambiance zarbi.

Ma gorge se noue à l'idée que ma mère, qui n'a pas une fois pris ma défense ou tenu tête à mon père, ait invité l'ex-femme de son frère, avec qui elle n'a même pas de lien de sang, pour Noël. De surcroît, je n'en reviens pas qu'il l'ait autorisé.

– Maman est à côté de toi ? Tu me la passes ?

Ma mère ne prend jamais l'initiative de me parler mais parfois, Amanda lui tend le combiné et nous échangeons quelques banalités. Elle me pose des questions sur mes auditions et mon appartement, jamais sur ma vie amoureuse. Puis elle liste les potins du quartier ou, plus récemment, les fiançailles et mariages de mes anciens camarades du lycée.

– Maman est en bas. Elle est en panique parce que l'année dernière, mamie Everett s'est plainte que le pain au maïs était trop sec.

– Oh, fis-je en masquant ma déception. Souhaite-lui un Joyeux Noël de ma part.

– Je n'oublierai pas. Je dois te laisser, elle m'appelle pour mettre la table. Bisous, Finny ! Ciao !

Elle raccroche sans attendre ma réponse.

Avant d'entrer dans l'immeuble, je prends une longue respiration et essaie de me détacher de la conversation. J'apprécie les appels d'Amanda, vraiment, mais bien souvent, il m'est plus facile de faire comme si je n'avais pas de famille du tout. Surtout les jours comme aujourd'hui. Bavarder avec elle me donne l'impression de gratter une croûte qui ne cicatrise jamais tout à fait.

Un portier impeccable dans son uniforme gris me tient la porte. J'entre dans le vestibule agrémenté de boiseries, où la seule concession à Noël consiste en deux colonnes imposantes, face à l'entrée, enveloppées de guirlandes imitation sapin parsemées de lumières blanches clignotantes. Pas de boule rouge pailletée pour encanailler la déco. Je grimace en entendant mes semelles crisser sur le sol en marbre, dans un silence virginal.

Sur le côté, derrière un bureau, un second portier en uniforme arbore un bonnet de Père Noël. On pourrait imaginer qu'il est comique, alors que c'est le type le plus effrayant que j'aies vu et qu'il me toise comme s'il sentait la vodka émaner de mes pores, malgré la douche.

– Je suis avec, hmm, Theo ?

J'espère de tout cœur qu'il nous a vus arriver ensemble, étant donné que je ne connais pas le nom de famille de Theo, et ça m'ennuierait qu'il me prenne pour une racaille alcoolisée qui essaie de s'incruster.

Il montre les ascenseurs sans émettre un seul mot.

Un court instant, je suis soulagé, jusqu'à ce que je réalise que personne ne m'a indiqué le numéro de son appartement, ou même l'étage. Je m'apprête à tourner les talons quand les portes de l'ascenseur coulissent sur un troisième portier (ou est-ce le liftier ?). Celui-ci attend de me transporter vers Theo. Il enfonce le bouton du dernier étage, et nous montons sans un mot.

Les portes de l'ascenseur s'ouvrent sur le vestibule de l'appartement le plus somptueux que j'aie vu. Aux murs, le papier peint rouge a pour motifs des zèbres sautant en l'air, ce qui devrait être criard ou ringard, mais associé au sol à damier noir et blanc, il apporte une joyeuse touche moderne à l'espace. Sur un buffet laqué noir, deux lampes dorées soutiennent un gigantesque bouquet de pivoines blanches. *Est-ce au moins la saison des pivoines ?*

Je n'étais pas préparé à me retrouver dans un appartement à plusieurs millions de dollars. D'abord les abdos, ensuite les chaussures, et maintenant ça ? Mon instinct m'incite à détaler. Autant dire stop avant de trop me ridiculiser. Theo est visiblement trop bien pour moi.

Pour autant, je ne me résous pas à rappeler l'ascenseur.

– Tu es là ? dit Theo, quelque part dans l'appartement.

– C'est moi, dis-je avant d'ajouter « C'est Finn », parce qu'il connaît à peine le son de ma voix, et je ne voudrais pas qu'il me confonde avec un cambrioleur venu subtiliser ses œuvres d'art et ses antiquités. J'imagine plus ou moins le dispositif de sécurité de ce logement. Je crains de ne plus pouvoir m'évaporer.

– Par ici !

Le long couloir devant moi conduit au salon. Là, je m'arrête net dès l'entrée. Dans la pièce, un mur de fenêtres offre un panorama époustouflant sur Central Park. Je note dans un coin de ma tête de relever l'adresse en partant, afin d'évaluer son appartement sur Zillow. Sur un autre mur, des étagères suspendues occupent l'espace du sol au plafond. Les étagères sont peuplées d'un assortiment astucieux de bibelots qui semblent avoir été livrés avec l'appartement. Pas un seul livre ni cadre photo ne révèle le moindre indice sur l'homme qui vit entre ces murs.

Qu'a pensé Theo en découvrant le taudis dans lequel je vis ? Au milieu du salon, pendant que je m'émerveille devant la vue, j'essaie de me rappeler si de la vaisselle sale traînait dans l'évier, si la salle de bains était dans un état correct, quand il me rejoint dans une nouvelle tenue. Jean foncé et chandail vert sapin d'aspect doux. La couleur fait ressortir ses yeux, également verts ainsi que je le remarque à cet instant. Sûrement du cachemire. J'ai soudain le besoin gênant de le toucher pour m'en assurer par moi-même. De crainte que mon geste soit suspect, j'enfonce les mains dans mes poches et me compose un air détendu.

– Comment je suis ? demande Theo.

– Bien. Super. Ouaip ! dis-je, comme si je digérais mal un potage de pâtes alphabet que j'aurais avalé au petit déjeuner.

– Je peux utiliser tes toilettes ?

J'ai besoin d'une minute pour rassembler mes esprits.

– Deuxième porte sur ta droite.

Il désigne un couloir à l'extrémité du salon.

Une fois certain qu'il ne peut pas me voir, je ralentis l'allure dans l'intention de fureter. La première pièce sur ma gauche est un bureau, avec un imposant bureau en acajou au centre. Je suis charmé par la flotte d'avions de modélisme suspendue au-dessus du meuble par du fil de pêche accroché au plafond comme s'ils volaient.

Le bureau est mortel. Theo est sûrement quelqu'un d'important pour s'offrir cet appartement. Je redoute d'ores et déjà le moment où il me demandera ce que je fais dans la vie, et où je devrais admettre que je suis un acteur au chômage qui jongle avec deux emplois alimentaires aussi peu glorieux. Le premier, plier des pantalons en toile chez Banana Republic et le second, standardiste à l'association Actor's Equity. Je pensais que collaborer au syndicat de la représentation théâtrale serait un atout pour dénicher des auditions. Le seul bénéfice que j'en tire pour l'instant, c'est une connaissance encyclopédique des modalités requises pour bénéficier de l'assurance maladie. Mon unique lueur d'espoir est que le sujet ait été abordé hier soir et que j'aie eu le bon sens de l'oublier pour m'épargner tout futur désagrément.

En face du bureau, le décor impersonnel indique qu'il s'agit d'une chambre d'amis. La dernière porte du couloir correspond aux sanitaires. Enfermé à l'intérieur, je m'avachis contre la table de toilette en marbre.

M'enfin, Finn, reprends-toi.

Je suis trop déshydraté pour avoir besoin d'uriner. M'inspectant dans le miroir, je confirme ma mine fatiguée.

Dans l'armoire à pharmacie, j'espère tomber sur un sérum magique pour le contour des yeux qui me ferait un œil vif, bien reposé, à la hauteur du jeune et séduisant monsieur Monopoly qui m'attend à côté. Depuis peu, j'ai commencé à appliquer une crème Mario Badescu autour de mes yeux, et je me demande quelle marque utilise Theo – probablement La Mer, en accord avec son standing. Mais l'armoire à pharmacie est vide, à l'exception d'un flacon d'Advil. J'en avale deux avec de l'eau du robinet et décrète que j'ai suffisamment fureté. La dernière chose dont j'aie besoin, c'est qu'il pense que j'ai fait la méga grosse commission. Après avoir actionné la chasse d'eau, je me rince les mains par souci de vraisemblance.

Avec une bouffée de satisfaction, nous arrivons devant l'immeuble de Hannah, sur Orchard Street, à 12 h 25, battant de quarante-cinq minutes son estimation de trois heures.

J'entre dans l'immeuble avec ma clé, que je garde depuis l'époque où je cohabitais avec Hannah. Nous avons tenu bon deux mois avant d'admettre que les meilleurs amis sont parfois des colocataires incompatibles.

Theo est haletant dans l'escalier recouvert de linoléum gris que nous grimpons jusqu'à l'appartement vingt-sept. Son souffle me fournit la preuve jouissive que tout compte fait, il n'est pas parfait. Parvenus au cinquième étage, j'hésite. Frapper ou ouvrir avec ma clé ? Frapper, c'est plus poli, surtout que je suis accompagné.

Priya nous accueille, en sweat-shirt rose barré du slogan pailleté *Sous le sapin, les féministes !*

– Ah, c'est toi ! Pourquoi n'es-tu pas entré directement ?

Rejetant un rideau soyeux de cheveux noirs derrière son épaule, elle m'embrasse sur la joue.

– Joyeux Noël, au fait !

– Qui a frappé ? crie Hannah dans la cuisine.

– Ce n'est que Finn, répond Priya.

– Ça fait chaud au cœur d'être accueilli chaleureusement par mes meilleures amies.

– Tu n'as pas perdu ta clé, j'espère ?

Hannah émerge de la cuisine en se séchant les mains sur son pantalon de pyjama râpé à motif écossais. Celui qu'elle portait le soir où nous avons fait connaissance. Le temps ne l'a pas embelli mais elle le met tous les matins de Noël, au nom de la tradition.

Hannah regarde Theo derrière moi.

Affublée d'un étrange sourire surexcité, elle se raidit à la façon d'une marionnette dont le marionnettiste tirerait un peu trop sur les ficelles.

– Oh tu n'es pas seul.

– Theo, mes deux amies hyper malpolies, Priya et Hannah.

– Heureux de vous rencontrer. Et merci d'accepter que je m'incruste à votre Noël.

Il offre à Priya un coffret jaune de champagne Veuve Clicquot, sorti d'un sac en toile que je n'avais pas remarqué plus tôt.

– Un petit quelque chose pour m'excuser.

– Comme c'est gentil.

Hannah prend le coffret des mains de Priya pour l'examiner à son tour. Je gage que c'est la bouteille d'alcool la plus luxueuse qu'ait abritée cet appartement. Il nous arrive de préparer des mimosas avec du brut de Californie, mais seulement si c'est l'anniversaire de l'un de nous.

– Mettons-la au frais pour plus tard, dit Hannah. Finn, tu me donnes un coup de main dans la cuisine ? J'ai besoin de toi pour préparer le chocolat chaud.

Hannah n'est certes pas un cordon-bleu mais elle n'a tout de même pas besoin d'aide pour mélanger du cacao en poudre à du lait chaud. Je vais me faire incendier. Priya emmène Theo dans le couloir rempli d'affiches de concerts, la collection de Hannah collée avec de la Patafix. Dans le salon, elle le bombarde de questions sur les détails de notre rencontre, et sur la ville anglaise dont il est originaire.

– Qui est-ce ? chuchote Hannah dès que nous sommes seuls dans sa cuisine format Polly Pocket.

Pas avec une fausse timidité, du genre *oooh, qui est ce nouveau jeune homme*, mais plutôt *qui est cet inconnu et que fait-il sous mon toit ?*

– C'est une longue histoire.

Je m'empare de la bouilloire et la remplis au robinet.

– Je t'écoute. Tu as amené un mec à Noël ! Vous sortez ensemble ?

– Non.

– Vos pulls sont assortis. Vous avez l'air de sortir d'un fichu catalogue J. Crew.

Je ne m'attendais pas à ce qu'elle réagisse aussi mal. D'ailleurs, nous ne sommes pas assortis mais coordonnés. Moi en rouge, Theo en vert. Non que la reprendre calmerait le jeu.

À la place, je bafouille :

– Tu as bien amené Priya l'année dernière !

– Elle vit ici !

– Certes, mais je peux aussi inviter quelqu'un.

Je sais que j'aurais dû la consulter. Mais il n'y a pas de quoi en faire tout un plat. Du reste, elle me barre physiquement l'accès au réchaud. Donc je chuchote, en tenant une bouilloire jaune vif ornée de pâquerettes – qui appartient assurément à Priya – dont je crains qu'elle me décrédibilise.

– Tu ne peux pas prendre de décisions unilatérales en ce qui concerne Noël. C'est notre truc, Noël. Nous en avons discuté avant d'inviter Priya !

Hannah respire avec application pour remettre les compteurs à zéro.

– Je ne t'ai pas interdit d'inviter quelqu'un. J'aimerais juste savoir qui c'est, dit-elle calmement.

– Je l'ai ramené chez moi hier soir après l'avoir rencontré dans un bar. Je l'ai invité parce qu'il n'avait pas de projet pour la journée. Alors, contente ?

Elle se hérisse comme si je l'avais giflée.

– Tu ne le connais même pas. C'est quoi ? Un sans-famille ?

– Avez-vous conscience que nous vous entendons ? chantonne Priya dans le salon.

Les mains de Hannah s'écrasent sur sa bouche. Nous échangeons un regard horrifié, avant qu'elle sorte en trombe de la cuisine, tournant si vite dans le couloir que ses chaussettes glissent sur le parquet.

– Toutes mes excuses, dit-elle à Theo. Honnêtement, je n'avais pas de mauvaises intentions. Nous sommes tous sans famille. Je n'ai pas de famille, Finn non plus. Bon, pas vraiment Priya, mais elle filtre les appels de sa mère.

– Hé, ne me mêle pas à ça ! proteste Priya.

– Je suis hyper, super désolée, insiste Hannah.

– Inutile de t'excuser. Je comprends pourquoi cela te

choque qu'un inconnu débarque chez toi sans y avoir été invité. À Noël en plus. Peut-être que je ferais mieux d'aller...

– Non !

Hannah et moi hurlons en même temps.

– S'il te plaît, reste, enchérit Hannah.

– J'allais proposer de faire un tour dans le quartier, pour vous laisser discuter entre vous.

C'est sa façon polie de disparaître. Aucune chance qu'il revienne. Ce sera une anecdote à raconter en partageant des cocktails et des petits-fours avec ses amis riches, quand ils évoqueront la façon de vivre de l'autre moitié de la population.

« Qui croirait qu'on puisse être aussi grossier ? » je l'imagine dire à une Mitzi ou Bitsy qui se gondolera de rire.

Theo se lève du canapé beige Ikea, et mon cœur dégringole dans mon estomac. Je sors mes clés de ma poche et les appuie dans sa main. Peut-être qu'avec une caution, il sera plus enclin à revenir.

– Tiens, prends mes clés, je bredouille. Comme ça, tu peux rouvrir la porte de l'immeuble. Les deux clés argentées.

– D'accord.

Theo enfile son caban.

Un silence tendu retombe dans la pièce pendant que nous écoutons ses pas s'éloigner. Quand la porte se referme, Priya dit :

– Penses-tu qu'il va revenir ?

En même temps, Hannah dit :

– As-tu couché avec lui ?

– Non, je réponds.

– À quoi ? demande Hannah.

– Aux deux. Il est sûrement déjà dans un taxi qui le ramène vers le centre. C'était idiot de lui donner mes clés. Maintenant, je suis obligé de crécher ici jusqu'à ce qu'Evan rentre du Maryland, et je n'ai pas de vêtements de rechange.

J'enfouis ma tête entre mes mains.
– Puuuuuutain !

Dans la cuisine, j'agrémente trois tasses de chocolat chaud de schnaps à la menthe. Mes tempes pulsent après le bref répit offert par l'Advil, car j'ai tout bousillé avec Theo. Ce Noël prend une mauvaise tournure. Je m'apprête à emporter le trio de tasses au salon, quand j'entends une clé tourner dans la serrure.

Je me précipite dans le couloir pour l'intercepter.

– Tu es revenu, je chuchote d'une voix émerveillée.

C'est ce que Noodle, le schnauzer de mon enfance, devait ressentir quand nous rentrions de l'église le dimanche, après avoir eu la conviction qu'il avait été abandonné. Contrairement à Noodle, je n'ai pas uriné dans la penderie de qui que ce soit pour exprimer ma réprobation.

– Évidemment, je suis revenu. J'ai tes clés, dit Théo.

– Mais nous avons été abominables.

– Oh, abominable, je connais. Tout au plus, vous avez été d'une banale incorrection.

– Tu repars ? je demande.

– Veux-tu que je reparte ?

– Non.

– Alors c'est réglé. Je reste, déclare Theo.

Le reste du groupe passe l'après-midi à regarder à la suite *Elfe* et *Love Actually*, pendant que je me tracasse pour Theo. S'amuse-t-il ? S'ennuie-t-il ? Regrette-t-il d'être revenu ? A-t-il remarqué la peinture qui s'écaille sur l'encadrement de la porte ? Trouve-t-il ces films puérils ?

Mais, chose étonnante, dans cette position, scotché à lui, le canapé miniature fournissant une excuse commode, je sens son rire se réverbérer dans ma cage thoracique quand le bras de Buddy jette en rafale des boules de neige dans Central

Park. À un certain moment, il pose une main sur mon genou et je manque de m'évanouir. Peut-être de soulagement, mais plus probablement à cause du sang qui afflue de tout mon corps entre mes jambes.

Plus tard, une autre berline noire payée par Theo nous dépose devant un restaurant pris en sandwich entre un TGI Fridays et une épicerie fine. Une pancarte plastifiée fixée aux échafaudages indique DIM SUM BANQUET AUTHENTIQUE au-dessus de caractères chinois.

La semaine dernière, en attendant dans un couloir éclairé aux néons d'auditionner pour jouer un ouvrier d'usine anonyme dans le chœur de la comédie musicale *Kinky Boots*, j'ai entendu des garçons se plaindre de leurs gueules de bois après avoir fait la bringue au China Chalet. Juste après, j'ai réservé par téléphone et présenté le plan à Hannah et Priya comme une surprise, étant donné que j'ai laissé traîner une oreille indiscrète et que je manque de renseignements sur ce lieu.

– Tu es sûr que c'est ouvert ? demande Hannah, dépitée.

Le quartier financier, calme aux heures de fermeture de la Bourse, semble étrangement abandonné, un peu comme si nous étions propulsés dans la scène d'ouverture d'une reconstitution pour *Enquêtes extraordinaires.*

Bizarrement, quand je tire sur la poignée de la porte du restaurant, elle s'ouvre. Après une volée de marches, nous émergeons dans une salle de restaurant indigeste, parsemée de tables à nappes blanches. Des serviettes vertes pliées en éventail marquent chaque place. Elles forment un contraste saisissant avec le tapis usé bordeaux et doré, lequel contraste avec l'éclairage au néon qui enveloppe la salle d'un halo rose. Une petite poignée de tables sont occupées.

– Comme c'est génial ! dis-je avec un enthousiasme forcé.

– Les juifs mangent chinois à Noël depuis la nuit des temps, dit Priya en suivant l'hôtesse qui nous conduit à notre table. C'est un choix sensé, dans le sens où personne n'aime la dinde, mais où tout le monde raffole des raviolis chinois.

Je note dans ma tête de lui dégoter un cadeau de Noël en retard plus recherché que les chaussettes arc-en-ciel que je lui ai offertes aujourd'hui, pour la remercier d'avoir prétendu que ce n'était pas un fiasco.

Une fois que nous sommes installés, une serveuse apporte un chariot rempli de paniers en bambou. Elle dévoile un assortiment de mets en soulevant les couvercles à la façon de la présentatrice de la Roue de la Fortune, version dim sum. Quand elle repart avec son chariot, chaque centimètre de la table est encombré de paniers de brioches farcies au porc, de raviolis et de brochettes satay.

L'abondance de nourriture détend l'ambiance.

– Ils sont délicieux ! s'exclame Hannah, la bouche pleine de nouilles au sésame froides.

Le nouveau venu nous offre un sujet de conversation incontournable, encore que Theo livre des informations au compte-gouttes, vraisemblablement embarrassé d'avoir grandi dans l'aisance. Toute la durée du repas, nous picorons les quelques miettes élémentaires de sa biographie : né dans une maison de ville du quartier londonien de Belgravia, il a été envoyé en internat en Suisse à l'âge de onze ans, puis a poursuivi ses études à Paris. Il a un frère aîné, tellement plus âgé qu'il était à l'université quand Théo était en primaire. Il parle couramment quatre langues, plus quelques autres moins couramment. Cela, nous l'apprenons quand il appelle la serveuse et commande des raviolis aux crevettes dans un cantonais fluide. Elle rit à quelque chose qu'il dit et ébouriffe ses cheveux ondulés. Après quoi elle revient avec un panier bonus, en plus du dernier commandé. Pour les fêtes, son père est parti skier à Gstaad et sa mère a opté pour une plage en Thaïlande.

– L'Angleterre te manque ? demande Priya.

– Pas vraiment, répond-il avant de s'empresser de tempérer. Ça donne l'impression que je m'en fous ? Le fait est que je ne me considère pas chez moi en Angleterre. Je n'y vais plus vraiment depuis mes onze ans. À de nombreux égards, c'est facile de vivre ailleurs.

Je me reconnais dans ses paroles, comme si elles étaient les miennes. En dehors de Hannah, je n'ai jamais rencontré quelqu'un d'autre qui n'ait pas de famille. Je me sens perdu quand des amis mentionnent des vacances en famille, ou le plaisir de fêter deux fois leur anniversaire – une fois entre amis, une fois en famille – même maintenant que nous avons largement franchi le cap de la vingtaine. C'est pour moi un rappel qu'ils appartiennent à un set Lego, et que je suis une pièce isolée. À eux, je ne m'identifie pas, mais à lui… si.

Au moment où arrive l'addition, Theo s'en empare et dépose sa carte bancaire malgré nos objections.

– Vous avez partagé votre petit déjeuner avec moi, se défend-il. C'est la moindre des choses.

Rapportant le reçu, la serveuse fait l'inventaire de notre groupe.

– Allez-vous derrière ?

– Derrière ? fais-je, intrigué.

– Danser, clarifie-t-elle.

– Certainement ! Nous allons danser derrière, dis-je avant que quiconque puisse s'opposer. Rappelez-moi par où on passe ?

Elle désigne une porte battante métallique tout à fait ordinaire, à l'opposé de l'entrée et qui mène à un couloir recouvert de miroirs. Le suivant, nous nous enfonçons au cœur de l'immeuble avant de tourner deux fois et de descendre un escalier qui nous dépose dans un sous-sol caverneux. La fumée de cigarette épaissit l'air, malgré l'interdiction de fumer dans la ville. Le sol tremble sur le tempo entraînant de « I Love it », d'Icona Pop. Je suis stupéfait que nous n'ayons pas entendu la musique dans la salle du restaurant, sûrement équipée d'une sorte d'isolation acoustique de niveau industriel. Une foule disparate de fêtards – des skateurs punk aussi bien que des filles impeccables des beaux quartiers – remuent les bras en l'air, dansant avec abandon. Les voilà, nos semblables. Ils sont là, les autres laissés-pour-compte de Noël, qui s'amusent toute la nuit au China Chalet.

Plus tard dans la soirée, ou plus précisément de bonne heure le lendemain matin, Hannah et moi rentrons dans son appartement en titubant sur nos jambes fatiguées. Mes oreilles bourdonnent encore à cause de la musique. Nous avons laissé Priya sur place, sa bouche fusionnée au visage du DJ, qui interrompait périodiquement leurs baisers pour changer le vinyle sur sa platine. Theo a sauté dans un énième SUV noir en promettant de remettre ça très bientôt.

La chambre de Priya est vacante, vu qu'elle découche. Au lieu de piquer son lit, je m'allonge face à face avec Hannah, dans son lit double, sous le regard attentif de Florence Welch[4], dont la silhouette illustrée nous fixe depuis le poster au-dessus de la commode.

– As-tu apprécié ton Noël ? demande Hannah en bâillant.

Elle est déjà à moitié endormie, malgré la cacophonie produite par le vieux radiateur en fonte.

– Il mérite une place dans le Top 3.

– À cause de Theo ?

Je suis content de tourner le dos à la fenêtre. En contre-jour, le faisceau du lampadaire ne révèle pas le sourire mièvre

4. Chanteuse de Florence and the Machine.

qui fend spontanément mon visage. Au cas où, j'écrase ma main sur ma bouche.

– Il te plaît ? insiste-t-elle, n'ayant pas obtenu de réponse.

– Possible.

Elle me flanque un coup de pied dans le tibia.

– Bon, d'accord, oui, j'avoue.

– Moi aussi. Il est bien pour toi. Mais promets-moi, si tu tombes amoureux de lui, que tous les ans nous continuerons de fêter Noël ensemble.

Je décèle une trace de désespoir dans sa voix. Pourtant je ne pourrai jamais la lâcher.

– Bien sûr, je te promets.

Je tends mon petit doigt, auquel elle entrecroise le sien.

3

Hannah

Cette année, 14 novembre

Le soleil filtre par les fenêtres de l'appartement de Tribeca. Même après cinq mois, j'ai du mal à croire que j'habite ici. Que nous habitons ici. Tous les matins, dès que je sors de la chambre, l'abondance de luminosité et d'espace me surprennent à nouveau, comme si ce n'était qu'un doux rêve.

Je me suis installée en couple avec David, dans notre premier appartement ensemble, après que Priya a annoncé son projet de quitter Orchard Street.

– Hannah, tu vis dans le même appart depuis tes vingt-deux ans. Ne penses-tu pas qu'il serait temps de chercher mieux ? m'a-t-elle encouragée. Ça nous ferait du bien de ne plus vivre l'une sur l'autre, non ? D'avoir des penderies assez grandes pour accrocher plus de cinq tenues ? Un salon avec des fenêtres ? Un lave-vaisselle ? Et à mon nouveau poste, je gagne enfin assez pour prendre mon appart seule.

Bien sûr que ces choses seraient appréciables, si ce n'est que je me sentais chez moi à Orchard Street, surtout en l'absence d'une autre option préférable à celle-ci.

Et puis, j'aimais cohabiter avec Priya. C'était l'expérience de colocation étudiante que je n'avais pas eue. Des samedis soirs à nous coiffer en écoutant Lana Del Rey et Lorde dans notre salle de bains au carrelage rose bonbon, sirotant des mugs de vin blanc bon marché. Je m'étais habituée à ses bruits (la musique de marimba qui lui sert d'alarme et *Call Your Girlfriend,* son podcast préféré, qu'elle écoute en se préparant le matin), à ses odeurs (ses luxueuses bougies Diptyque, le grand avantage d'être rédactrice beauté, et son thé rooibos, dont elle laisse traîner des tasses à moitié pleines dans toutes les pièces). Après presque six années de vie commune, Priya était tissée dans la trame de mes journées.

À la suite de l'annonce de son départ, David a suggéré la vie de couple. Une idée aussi fascinante que terrifiante. Même si je passais déjà la plupart de mes week-ends et un nombre croissant de nuits en semaine chez David, dans le Flatiron, s'installer ensemble représentait un pas gigantesque. Et si mon apathie pour les tâches domestiques élémentaires le rebutait, ou s'il me trouvait ennuyeuse au quotidien, sans les coupures en semaine ? Après tout, Finn et moi n'avions tenu que deux mois en cohabitation.

– Je sais déjà que tu as une haleine de chacal au réveil, et que tu préfères le papier toilette rêche à une seule épaisseur à celui de qualité, et je t'aime quand même, a plaisanté David. Je veux toutes tes bizarreries, Hannah. Que la fête commence.

Et tout à coup, son exubérance a fait fondre mes réserves.

Au lieu d'emménager chez lui, David a proposé de louer un logement qui soit le *nôtre* plutôt que *le sien.* J'étais fichue à la seconde où j'ai visité cet appartement doté d'immenses fenêtres industrielles, de briques apparentes, et d'une cuisine dernier cri, sortie d'un décor d'une chaîne de gastronomie.

Encore mieux que l'appartement, il y avait l'homme avec qui j'aurais la chance de l'occuper. À ce moment-là, nous

nous fréquentions depuis un peu plus d'un an et j'avais l'impression de bien m'en tirer en obtenant son accord tacite de rester en couple au moins la durée d'un bail de douze mois.

– Qu'est-ce qui cloche avec cet appart ? ai-je demandé en avançant la tête dans le vaste placard de la chambre principale.

S'il se situait dans notre fourchette de prix, il y avait forcément un hic. Des cafards ? Des danseurs de claquette juste au-dessus ? Des fantômes ?

En fait, j'avais raison de me méfier. *Je* n'avais pas les moyens de louer cet appartement. Toutefois, *nous* les avions. Tout souriant, David m'a montré la formule mathématique qu'il avait appliquée sur Excel pour chiffrer nos participations respectives sur la base de nos revenus. Mon cœur s'est gonflé en voyant mon matheux s'enflammer pour une feuille de comptabilité.

– Ça ne me pose pas de problème. Accepte que je fasse ça pour nous. Je tiens à ce que nous soyons une équipe.

Au lieu de répondre, je l'ai poussé contre la porte de notre future chambre et j'ai posé mes lèvres sur les siennes.

– Est-ce un oui ? a-t-il demandé en reprenant son souffle.

– Un oui ferme et définitif.

Je n'étais pas habituée à ce que quelqu'un prenne soin de moi. Finn m'a un jour reproché de me suffire à moi-même parce que j'avais omis de parler d'une gastro de deux jours avant de m'être rétablie. C'était pour lui une insulte, et pour moi un compliment.

Cependant, David soulevait un point pertinent : il n'était pas juste de le contraindre à vivre dans une atrocité immobilière sous prétexte qu'elle était dans mes moyens. Ce n'était pas sa faute si le monde de la radio payait des cacahuètes, même si techniquement, j'étais passée aux podcasts deux ans plus tôt. Mon employeur restait une station de radio publique sous-financée de façon chronique. Mon placard rempli de sacs en toile issus de campagnes de promesses de dons pouvait en attester.

Ce matin, sur l'îlot de la cuisine, je m'avance sur mes e-mails quand David surgit de la chambre en pantalon de pyjama à rayures bleues et tee-shirt blanc à l'encolure détendue. Ses cheveux châtain clair emmêlés par la nuit, il porte une vieille paire de lunettes à montures métalliques qu'il réserve exclusivement au matin, au saut du lit, et au soir juste avant le coucher.

David le Matin est la version que je préfère de lui. La version privée, uniquement pour moi, avant qu'il discipline ses cheveux, mette ses lentilles de contact et son costume adapté à son poste au cabinet juridique. Quoique le costume lui aille bien.

Il portait ses lunettes lors de notre premier rencard. J'ai appris par la suite que c'était inhabituel, et seulement parce qu'il était à court de lentilles.

– Je dois me lever très, très tôt demain, avait-il déclaré après le deuxième verre de vin à l'Immigrant, le bar à vin à l'ambiance feutrée d'Alphabet City qu'il avait suggéré.

Selon moi, notre rendez-vous était concluant, assurément le plus agréable que j'aie eu à ce jour. Apparemment, l'impression n'était pas réciproque.

Je me suis préparée à ce qu'il me rembarre. Après un mois sur les applis de rencontres, j'avais appris à déchiffrer les signaux. Je me fustigeais déjà d'avoir osé m'enflammer pour lui quand il m'a stupéfiée.

– Ça t'ennuie si je passe à l'eau ? a-t-il demandé. J'aime bavarder avec toi, je ne suis pas prêt à mettre fin à la soirée.

À cet instant-là, je suis tombée un tout petit peu amoureuse de lui, et depuis ce jour, la somme des minuscules moments spéciaux venus s'ajouter au tableau n'a fait que croître.

– B'jour. Pourquoi tu fais cette tête ? On dirait que quelqu'un a shooté dans ton chiot. Il est à peine sept heures trente.

Il vient vers moi d'un pas alangui et plante un baiser dans mes cheveux. Son geste adorable et réconfortant me donne des papillons dans le ventre, tant et si bien que l'espace de quelques secondes, j'oublie l'e-mail prioritaire dans ma boîte de réception. Abandonnée contre son torse, je sens la chaleur du sommeil irradier de lui.

– Quel est le problème ? demande-t-il.

– Mitch, je grogne.

– Qu'a-t-il fait aujourd'hui ?

– Il menace de tirer un trait sur le projet si nous ne sécurisons pas un talent pour l'enregistrement du pilote.

Un drapeau rouge signalait l'urgence de son mail, comme avec tous ceux qu'il envoyait. Même les plus anodins.

– Comment ose-t-il ? Je ne peux pas croire qu'il ne réalise pas que ton idée est épatante.

Je prépare le pitch d'un podcast sur l'histoire de la musique intitulé *Aural History*, titre que je trouve pertinent. Ce serait mon premier projet solo. Chaque épisode raconterait l'histoire d'une chanson. Des tubes, aussi bien que des titres moins connus mais à forte charge sentimentale pour l'artiste, ou encore des succès chantés par un artiste qui n'a rien fait d'autre. L'idée consiste à interviewer toutes les personnes impliquées, chanteurs, compositeurs, producteurs, musiciens de studio afin de retracer la naissance du morceau. Je l'imagine comme un hybride entre *Pop-Up Video* et *Behind the Music*, deux piliers de mon régime télévisuel d'adolescente.

À l'origine, pour le pilote, je pensais présenter la création de *Konstantine*, de Something Corporate, une chanson citée parmi les préférées du public et que, pendant des années, le groupe a refusé de jouer en concert. Elle était la clé de voûte de toutes les playlists que j'ai composées au lycée.

– La chanson dure neuf minutes et trente secondes.

Mitch, mon supérieur et responsable du développement des podcasts récemment embauché par la station, a à peine relevé les yeux du bandeau déroulant des titres de CNN. Juste assez pour protester. Sans s'embêter à éteindre la télé quand je suis entrée dans son bureau vitré, il s'est contenté de couper le son.

– Et alors ? La durée ne la rend que plus intéressante. Comment une chanson de neuf minutes uniquement sortie au Japon a-t-elle conquis le grand public ? C'était en 2003, Internet en était à ses balbutiements. J'ai matière à faire un récit fascinant.

– Pour quatre personnes grand max, dont toi. Ce qui fait une audience de trois personnes. Propose-moi un projet ayant un attrait commercial, et j'y réfléchirai.

Mon second pitch tournait autour de *Candy*, de Mandy Moore. Quoi de plus commercial qu'un hit pop nunuche en lien avec l'émission télé la plus regardée ? Quel enfant des années 1990 ne se souvient pas de la Coccinelle vert citron ?

– Super ! s'est écrié Mitch. Ma femme adore *This is Us*. Mais comment comptes-tu booker la célébrité ?

– T'inquiète ! Je me suis fait plein de contacts dans le milieu de la musique à Z100[5], lui ai-je dit en m'éclipsant avant qu'il change d'avis.

Puisque j'avais le feu vert de Mitch, j'ai contacté le manager de Mandy Moore. Celui-ci ne m'ayant pas rappelée, j'ai tenté d'approcher son agent et son attachée de presse. Au bout d'un mois de silence, malgré les relances hebdomadaires, j'ai dû admettre qu'ils ne donneraient pas suite à ma proposition. Il se révèle que Z100 a plein de contacts dans la musique, mais que je n'en ai aucun. Ce qui me ramène à la case départ.

– Un café pour te remotiver ? propose David.

---

5. Z100 ou WHTZ est une radio du Grand New York.

Question rhétorique. Il remplit déjà la carafe d'eau pour la verser dans la cafetière, et sort ma tasse préférée du placard, celle de Boston College. Bien sûr, je pourrais préparer moi-même mon café. Mais David a le sommeil léger, et notre Capresso adorée, avec moulin à café intégré, émet des bruits de moteur à réaction se préparant au décollage. D'où ce rituel matinal. Au bout de cinq mois de cohabitation, je chéris nos petites routines. M'endormir dans le cocon de ses bras protecteurs tous les soirs, cuisiner ensemble en échangeant sur nos journées, – d'accord, techniquement, il cuisine et m'assigne aux tâches inratables comme émincer les oignons et gratter les carottes, mais je lave systématiquement la vaisselle. Nos rituels l'emportent haut la main sur les occasionnelles prises de bec domestiques. Je commence à m'accoutumer, et possiblement à apprécier qu'on s'occupe de moi.

Pendant que le café coule, il s'appuie au plan de travail.

– Je pense avoir compris mon erreur avec la pâte à pizza, annonce David.

Depuis des mois, il s'évertue à pirater la recette de notre pizza préférée, celle au prosciutto et roquette telle que préparée par une petite pizzeria de West Village.

– Si ça te dit, je fais une nouvelle tentative ce soir et nous commencerons la série Netflix dont mon frère nous a parlé. Vois cela comme la lumière au bout du tunnel après une journée à te coltiner Mitch, suggère-t-il.

– J'adorerais mais je ne suis pas dispo. Je prends un verre avec mes amis ce soir.

Je n'ai pas besoin de spécifier avec quels amis. J'ai des potes de boulot – des gens avec qui je brave la queue au buffet des salades composées et échange les potins du bureau – et j'apprécie les sorties en couple avec les amis que David a gardés de ses études à NYU. Pour autant, je suis soulagée que leurs femmes ou petites amies ne concrétisent pas leurs souhaits de *faire un truc sans les garçons.* « Mes amis » font à tout jamais référence à Finn, Priya et Theo.

David s'entend bien avec eux, mais pas au point d'être intégré au groupe. Non que le groupe existât au début de notre relation. C'était l'année où j'étais brouillée avec Finn. Néanmoins, nous avons partagé trop de choses pour qu'un nouveau venu rattrape notre niveau de complicité. Quand David se joint à nous, nous devons sans cesse faire une parenthèse pour expliquer qu'Elise est l'abominable ancienne boss de Priya, celle qui l'a licenciée de Refinery 29[6] ou qu'une fois Finn nous a persuadées de jouer au beer-pong avec des gin tonics, et que depuis, aucun de nous ne supporte plus le gin, ou que la mère de Theo a joué dans un médiocre film d'art et d'essai dans les années 1980, un remake contemporain de *Madame Butterfly* intitulé *Mademoiselle Butterfly*, et nous rions comme des baleines chaque fois que nous entendons le mot « butterfly », quel que soit le contexte.

– Est-ce l'anniversaire de quelqu'un ? demande David.

– Non, pourquoi ?

– Oh ! je pensais que… Oublie. Mes neurones ont besoin de café.

Il verse une noisette de lait entier mélangé à de la crème dans mon café, qu'il pose devant moi.

En admettant qu'il n'insinue rien de particulier, sa remarque m'agace. Parce qu'elle implique que nous avons besoin d'une excuse pour nous réunir. Si je suis honnête, ça fait un bon moment que nous n'avons rien prévu entre nous quatre.

– Pas d'occasion particulière. C'est juste histoire de passer un moment ensemble.

– Peux-tu me noter au crayon pour demain soir ?

– Demain soir ? Tu ne vas pas regarder le match chez ton frère ?

6. Plateforme multimédias dédiée aux jeunes créatifs.

Les frères de David et quelques-uns de leurs amis d'enfance constituent une ligue de football imaginaire qu'ils prennent bien trop au sérieux. Ils se rassemblent le jeudi pour regarder le match diffusé ce jour-là, et analysent les stratégies de jeu. David est leur statisticien de facto. Et en fin de saison, le perdant écope d'un gage idiot. C'est ainsi qu'au printemps dernier, David s'est retrouvé à passer le baccalauréat. En vérité, réviser pour l'examen l'a amusé, à tel point qu'il a acheté une pile de manuels pour bûcher. Je l'ai méchamment chambré quand il s'est couché avec *Le Bac pour les Nuls* mais il a bien ri à l'annonce de sa moyenne, supérieure de deux points à celle totalisée en terminale.

– Pour une fois, je n'irai pas, me dit-il. Je préfère amplement traîner avec toi.

Dressée sur le repose-pied du tabouret haut, je me penche au-dessus de l'îlot pour saisir ses lèvres entre les miennes.

– Je te note sur mon agenda. Mais pas au crayon. Au stylo.

*

Ce soir-là, j'arrive avant les autres au Rolf. En décembre, la file d'attente s'étire jusque dans la rue adjacente. Mi-novembre, il n'y a que moi en plus d'un groupe rachitique d'habitués.

Dans un bar ayant Noël pour thème, les habitués constituent un assortiment insolite : des femmes dans la soixantaine qui ont l'air sorties d'un sketch de présentation de jeans mom pour le show *Saturday Night Live*, avec un dégradé effilé et des sweat-shirts ornés de fleurs cousues. Elles jasent inlassablement sur leurs maris tout en sifflant des verres de merlot et en engloutissant des sachets de chips Lay's format maxi, qu'il est inexplicablement admis d'apporter, même si le Rolf est aussi un restaurant allemand.

Je prends un tabouret au milieu du comptoir – aussi près que possible sans espionner, mais assez loin pour ne pas paraître trop curieuse. Après avoir commandé un cidre chaud et épicé, j'observe le barman. D'une vingtaine d'années, il semble s'ennuyer ferme en me préparant un verre aussi gros que ma tête.

Les clientes m'évoquent ma mère avec ses copines. Comment serait-elle si elle était encore en vie aujourd'hui ? Je compte les années sur mes doigts ; elle aurait cinquante-sept ans. Quinze années écoulées depuis son décès. Ce Noël, elle aura disparu pour autant de Noëls qu'elle en a partagé avec moi. Cette pensée m'attriste à un point insoutenable. Avec le temps, le manque d'elle s'est atténué jusqu'à devenir un ronronnement sourd dans le fond de ma poitrine. Parfois, comme maintenant, il m'inonde à pleine puissance.

Je continue de la revoir telle qu'elle était avant de tomber malade, souriante sur une affiche dans un abribus la présentant comme l'AGENT IMMOBILIER NUMÉRO UN D'EDISON. Ce qui techniquement n'était pas vrai. Cependant, elle était la reine incontestée des ragots en tout genre, ce qui la rendait numéro un auprès d'une certaine frange de la population. L'année de son diagnostic, elle s'est fait la coupe Rachel avec quelques années de retard – Jennifer Aniston était déjà passée à sa phase cheveux lissés au fer – néanmoins elle débordait de fierté avec cette nouvelle coupe. J'imagine qu'elle l'aurait actualisée entre-temps, si elle avait été vivante, mais l'image mentale que je me fais d'elle reste figée dans le temps. Une éternelle Rachel Greene.

Le Rolf est lui aussi immuable. Toute l'année, chaque centimètre disponible du plafond et du mur est recouvert de sapin synthétique, ruisselle de décorations de Noël et de stalactites en plastique. Le Rolf a trouvé sa niche et s'y tient. Ce que je respecte.

Sur mon téléphone, un message de Finn annonce : Suis en retard. J'ai un scoop !

Avec Finn, avoir un scoop peut signifier tout et rien, aussi bien apercevoir Timothée Chalamet dans le métro, rencontrer l'amour de sa vie, ou même dégoter un point de restauration qui vend des wraps au poulet à la sauce Buffalo. Tout est un scoop pour lui. Mais comme Priya et Theo entrent dans le bar en bavardant avec animation, j'oublie mes spéculations.

Une heure plus tard, Finn déboule dans un nuage d'excuses pour son arrivée tardive et rejoint le box où nous nous sommes relocalisés pour protéger Theo contre les dragueuses du comptoir.

– Pardon ! Pardon ! caquette Finn en déroulant son écharpe, qu'il suspend à une patère sur le côté de la banquette. Il se penche et embrasse Priya sur les deux joues, puis se glisse de mon côté. Il trouve ma main sur le banc, et la serre. Je respire toujours mieux quand nous sommes tous les quatre réunis.

– Alors, ce scoop ? le presse Theo.

– Oh ! c'est énorme !

Finn regarde autour de la table pour s'assurer qu'il a toute notre attention.

– J'ai décroché un nouvel emploi ! À Netflix ! Un poste sur des émissions pour adultes !

Priya pousse un cri perçant et saute de son siège pour nouer les bras autour du cou de Finn.

– Ça mérite du champagne ! annonce Theo.

– C'est formidable ! Tu es formidable ! dis-je, mon excitation m'empêchant de trouver d'autres termes que « formidable ».

– Ce n'est pas vraiment le côté de l'industrie du spectacle dans lequel je me projetais. Je me voyais plutôt du côté des artistes, mais ça reste un pas en avant. Ce n'est pas rien.

En dépit de ce bémol, Finn accueille nos réactions avec un grand sourire. Assistant du responsable du développement à ToonIn depuis trois ans et demi, il participe à la sélection des futures émissions et les accompagne à chaque étape de la production. La plupart du temps, il est enfermé dans une rivalité houleuse avec Sparky MD, un chiot de dessin animé qui, pour des raisons inexpliquées, est aussi docteur pour les humains. Finn a refusé le pitch de l'émission le sixième mois de sa prise de fonction, et *Sparky MD* est devenu l'émission la plus regardée sur la chaîne concurrente.

Ces jours-ci, Sparky a le don d'ubiquité, apparaissant sur les panneaux d'affichage et les sacs à dos des enfants. Un jour où nous allions récupérer ma pilule contraceptive à la pharmacie, Finn a remarqué des pansements Sparky MD devant la caisse. Il est sorti de la boutique en râlant. Je l'ai retrouvé faisant les cent pas sur le trottoir.

– Ça n'a même pas de sens ! s'est-il emporté. Sparky ne parle pas ! Comment peut-il annoncer un diagnostic à ses patients ?

Hélas, aucun des programmes que Finn a approuvés ne rivalise avec la popularité de Sparky. Ce changement professionnel n'a que trop tardé. Un nouveau départ lui sera bénéfique. Je suis fière de Finn. Je suis aussi soulagée de ne plus entendre parler de Sparky MD.

– J'ignorais que tu étais en recherche d'emploi, lui dis-je.

– J'ai préféré éviter d'en parler au cas où ça n'aboutisse pas, répond Finn. Je ne voulais pas que tu t'inquiètes pour rien.

– M'inquiéter ? Pourquoi m'inquiéterais-je ? C'est fantastique ! Je suis super heureuse pour toi.

Il triture une rainure sur la table, évitant de croiser mon regard.

– Parce que le poste est basé à Los Angeles, dit-il à la table en bois.

Je cligne rapidement des yeux, essayant d'assimiler cette information. Je vois les lèvres de Priya remuer, poser une question complémentaire à Finn mais je ne l'entends pas à cause du rugissement des parasites dans mon cerveau.

Parfois je me réveille à quatre heures du matin, une vieille habitude issue des années où je travaillais sur une émission matinale à la radio. Je reste au lit, m'efforçant de rester immobile pour ne pas réveiller David, et je dresse des listes mentales de toutes mes inquiétudes. Je m'inquiète pour les dates butoirs au travail, ou les remarques incisives que j'ai lancées à David quand j'étais fâchée, mais surtout je me tracasse pour mes amis. Je m'inquiète que Theo se lasse de New York, et décide de ne pas rentrer d'un voyage à Paris, Bangkok ou Sydney, ou je ne sais où il séjournera à ce moment-là. Je m'inquiète que Priya décide de suivre l'un des hommes qu'elle fréquente ; ses hommes sont tous tellement transitoires. Aux dernières nouvelles, elle sortait avec un chef qui organisait des dîners éphémères dans des caravanes qui parcourent le continent. Mais je ne pense même jamais à m'inquiéter que Finn quitte la ville.

Et maintenant il s'en va.

La première onde de choc refluant, je réalise que je suis aussi en colère. En colère que Finn ne me l'ait pas annoncé à part, avant Theo et Priya. Sa façon de l'annoncer me blesse autant que la nouvelle en elle-même.

Peut-être que nous ne nous entendons pas aussi bien que je le pensais.

Mon attention se reporte soudain sur la conversation et je m'aperçois que tout le monde me fixe.

– Tu es toute pâlotte. Tu te sens mal ? demande Priya.

– Je me sens bien, impec. Juste un peu surprise !

J'avale une bonne rasade pour gagner du temps. Les bulles de champagne me montant dans le nez, je me mets à tousser, ce qui attire encore plus l'attention. À présent, aux tables qui nous entourent, tout le monde me fixe.

Un silence s'abat sur la tablée. Je dois faire diversion. Changer de sujet. Il faut qu'ils cessent tous de me regarder et me laissent un moment pour digérer. Alors je surcompense.

– Noël ! je bafouille.

Mes amis me regardent avec perplexité, comme si j'étais un robot qui court-circuitait.

– Puisque Finn déménage, ce pourrait être notre dernier Noël tous ensemble. Le prochain doit être le meilleur de tous !

– Tu veux le fêter cette année ? demande Priya.

Finn émet un bourdonnement évasif.

– Bien sûr que nous fêtons Noël cette année !

Je fête Noël avec Finn tous les ans depuis une décennie. Priya le célèbre avec nous depuis six ans, et Theo, cinq. Comment peuvent-ils penser que nous ne célébrerons pas Noël cette année ?

– Ces deux dernières années, Noël était…

Priya laisse sa phrase s'éteindre. Inutile de continuer, nous étions là aussi.

– Tout va bien à présent ! Et cette année, nous devons le fêter… pour Finn !

J'enroule mon bras autour de son épaule pour montrer que tout baigne. Il le faut.

4

Hannah

Noël #5, 2012

Priya fait un sacré raffut dans la cuisine quand je me réveille. Pas de chance, j'espérais être un peu tranquille.

Priya habite avec moi depuis que Garrett a déménagé en juin. Garrett, mon colocataire après Finn, aimait pratiquer le kickboxing dans le salon. Déjà que la pièce est trop exiguë pour s'asseoir confortablement, pour ce qui est des uppercuts avec coups de coude croisés, n'en parlons pas. Je suis sûre qu'en plus de cela, il urinait dans des bouteilles de soda vides dans sa chambre. Soit ça, soit il souffrait de déshydratation sévère parce que le dimanche, il lui arrivait de ne pas sortir de sa chambre de toute la journée.

Le seul point positif dans l'entrée de Garrett dans les lieux était qu'il s'absentait pendant les fêtes de fin d'année. Il retournait là d'où il vient. Je n'ai jamais su où c'était.

Dans la cuisine, Priya s'affaire devant l'unique minuscule plan de travail, en pyjama en pilou-pilou à rayures roses et rouges et chignon perché sur le sommet du crâne. Le comptoir est jonché d'épluchures de légumes et de morceaux de coquilles d'œuf. Elle fredonne sur « We Are Young », de fun., qui s'échappe des minuscules haut-parleurs de son portable.

– Je nous prépare un petit déj ! annonce-t-elle.

Je jette un œil au-dessus de son épaule, dans le bol mélangeur qui contient un mélange visqueux d'œufs et de ce qui ressemble à des restes de tous les légumes du frigo.

– Merci, lui dis-je malgré l'aspect douteux de sa mixture.

– C'est la recette de ma mère. Elle l'appelle la quiche méli-mélo. Elle rassemble tous les restes, les mélange avec du fromage, et verse le tout sur la pâte feuilletée. Pour l'instant, ça n'a pas l'air appétissant mais je te promets que c'est succulent.

En temps normal, cela ne me déconcerterait pas, mais aujourd'hui, le jour de Noël, je ressens plus vivement la disparition de ma famille. Je suis un peu jalouse de Priya, qui a une mère à laquelle se référer au présent.

– Bref, je me suis levée tôt et, vu que c'est férié et tout ça, j'ai eu envie de préparer un brunch qui sorte de l'ordinaire.

Elle me lance un regard et hausse les épaules avec embarras.

– De toute façon, qu'ai-je d'autre à faire de la journée ? Pour nous qui ne sommes pas chrétiens, Noël n'est qu'un jour bizarre sur le calendrier où tout est fermé.

Sa délicate attention me fait me sentir mal d'avoir omis de l'inviter à célébrer Noël avec Finn et moi.

– Invitons-la, m'a incité Finn la semaine dernière. Elle n'a rien de prévu.

Je n'en étais pas aussi sûre. Elle était une colocataire fiable jusqu'alors. Nettement préférable à Garrett, lequel place la barre très bas. Elle sort quasiment tous les soirs : événements de relations publiques la semaine, rencards ou verres avec des amis le week-end. Elle a convié Finn à deux ou trois événements professionnels, et il s'est extasié sur les cocktails spéciaux, les mini-cakes au crabe et les sacs de cadeaux remplis de produits de beauté format voyage, et de bouteilles d'eau siglées. Il n'en revenait pas que tout soit gratuit.

Priya et moi, nous n'aurions probablement pas accroché si nous nous étions croisées dans une soirée. Elle paraît trop normale, trop formatée. Toutefois nous avons les mêmes goûts, pour ce qui est des plats à emporter et des programmes télé, ce qui compte énormément en coloc. Malgré tout, ce matin, j'ai fait le vœu de me réveiller dans un appartement vide. Peut-être qu'un de ses amis l'invitera pour Noël, même si elle ne donne pas l'impression d'avoir prévu de sortir.

Nous dégustons notre quiche méli-mélo dans le salon, dont l'esthétique repose sur une étrange alliance de nos possessions. Ma causeuse Backsälen d'Ikea à côté de sa table basse transparente. Mon affiche de la tournée du groupe rock Band of Horses, à côté de celui de Priya portant le slogan *For Like Ever.* Même son livre poche de *Duo à Trois* détonne sur nos étagères Billy, à côté de mon *Hunger Games.* Au moins, l'une de nous a du goût en matière de décoration. Même moi, je dois admettre que ses affaires apportent une touche chaleureuse à l'appartement.

– Je me suis toujours demandé, commence-t-elle, comment tu as connu Finn ?

– Nous nous sommes rencontrés à la fac, le jour de Noël, en deuxième année. Nous avons immédiatement sympathisé. C'est comme s'il était mon âme sœur, mon binôme. (Je marque une pause.) Ouh là, j'explique mal. Ça sonne mièvre.

Je ris.

Elle arque les sourcils si haut et si vite que je m'inquiète qu'ils soient éjectés de son visage.

– Attends… es-tu, genre, amoureuse de lui ?

– En fait, oui mais pas dans le sens romantique, si c'est ce que tu veux dire. Nous sommes justes amis. Plus qu'amis, en réalité. Mais *pas comme ça.*

Je lui lance un regard sans équivoque.

– C'est juste que… je ne sais pas comment le décrire autrement. As-tu eu quelqu'un de comparable dans ta vie ?

Je me recroqueville, horrifiée par mon babillage. Parler de sentiments, c'est pas mon truc. C'est comme si toutes les années à les renier, après la disparition de mes parents où je devais rassurer tout le monde sur ma santé mentale, affirmant que j'allais vraiment bien, je manquais de vocabulaire pour les exprimer, quelle que soit mon envie de les partager. C'est là que l'instinct de jumeau-non-biologique que je partage avec Finn se révèle commode. Il me comprend, et réciproquement.

– Avec Ben, répond-elle. Même si nous étions plus qu'amis. Mais je vois ce que tu veux dire.

– Qui est Ben ?

Ma curiosité se mélange à la certitude que, quel qu'il soit, leur connexion ne peut en aucun cas être similaire à celle que je partage avec Finn.

– Je sortais avec lui à la fac.

Elle baisse les yeux sur sa part de quiche, soudain sur la réserve, quand bien même elle l'a évoqué spontanément.

– Qu'est-il arrivé ? Si tu as envie d'en parler, bien sûr.

– *National Geographic* est arrivé, si tu veux savoir. Il a décroché le boulot de ses rêves en tant que photographe de voyage. En ce moment, il vadrouille quelque part dans la forêt amazonienne. Difficile d'entretenir une relation avec quelqu'un qui n'a du réseau qu'à dix pour cent du temps. Nous avons essayé d'entretenir les liens à distance, mais c'est un peu comme s'il était sur Mars. Je pense qu'il aimait son métier plus qu'il ne m'aimait, étant donné qu'il continue de l'exercer, et que je reste très célibataire, incapable de tourner la page.

– Je suis désolée.

Ses confidences sur Ben me font me sentir plus proche d'elle. Peut-être que sa perte n'est pas identique à la mienne, toutefois elle prouve qu'elle ne se limite pas non plus à la façade enjouée qu'elle affiche. Je m'apprête à poser la main sur son genou mais à la dernière seconde, décidant que nous ne sommes pas encore ce genre d'amies, j'attrape ma fourchette pour enfourner un peu de quiche dans ma bouche. Délicieuse, d'ailleurs.

– Ce n'est pas ta faute, dit-elle.

– À propos, euh… j'avais zappé. Veux-tu faire un truc avec Finn et moi aujourd'hui ?

– Oh ! je ne veux pas m'imposer, objecte-t-elle. Je pense me faire un ciné. Noël n'est même pas une célébration pour moi. Sérieusement, ne te sens pas obligée parce que je t'ai parlé de mon histoire dramatique avec mon ex.

– Pas du tout, j'aimerais vraiment que tu te joignes à nous, lui dis-je, surprise d'avoir envie qu'elle accepte.

*

À deux heures, nous retrouvons Finn au cœur du Village. Priya a revêtu un sweat-shirt que je lui ai prêté. Vert et orné d'un agneau frisotté qui chante Joyeux Boêêêl, inscrit en lettres ondulées, les bras décorés de guirlandes lumineuses entrecroisées. J'ai constitué une collection honorable de tenues thématiques au cours de mes quatre années d'aventures de Noël avec Finn. Aujourd'hui, le plan est simple : faire la tournée des bars de Greenwich Village à deux, en pulls moches. Maintenant à trois, avec Priya.

– Incroyable, tout ce monde, s'exclame Priya quand nous nous asseyons à une table haute au Wicked Willy, un bar sur le thème du pirate, qui brade ses Bud Light Limes à deux dollars pour les grandes occasions. Ils respectent farouchement l'esprit tropical, même le jour de Noël.

– Les bars étudiants restent une valeur sûre, dit Finn. Ils sont fréquentés par un mélange d'étudiants internationaux, de juifs, et de tous ceux qui n'ont pas le budget pour prendre l'avion mais peuvent s'offrir des bières à deux dollars. Il y a une foule de gens qui sont seuls à Noël, pour qui sait où les chercher.

Priya regarde autour d'elle, ses camarades orphelins de Noël.

– Qu'as-tu fait à Noël l'année dernière ? lui demande Finn.

– J'ai avalé un demi *space cake,* je suis allée voir le dernier *Alvin et les Chipmunks* au cinéma, et j'ai englouti un Maxi pop-corn, plus un sac familial de bonbons à la fraise. Et vous deux ?

– C'était dément, dit Finn, son regard sur moi, nous remémorant tous les deux ce Noël génialissime, notre premier depuis que nous vivions à New York. Ça va te sembler tarte, mais nous sommes allés à Dyker Heights. Tu sais, à Brooklyn, là où ils sortent le grand jeu avec les illuminations...

– Sérieusement, j'interromps. Ils mettent le paquet. Je n'ai jamais vu autant de lumière de ma vie. Genre, il faut braquer une banque pour payer la facture d'électricité.

– Donc, nous sommes allés voir les illuminations, reprend Finn, et en repartant pour prendre le métro sur la quatre-vingt-sixième rue, nous sommes passés devant ce restaurant italien. Un vrai resto traditionnel, dans son jus, où tu imagines la Mafia venir se restaurer. Il y avait du monde, nous avons décidé de le tester. En fait, la famille qui tient le restaurant faisait son réveillon là, mais ils nous ont invités à dîner avec eux. Je n'avais jamais goûté de raviolis aussi exquis.

– Nous avons fini par nous asseoir à une table avec Carmela, l'arrière-grand-mère. Tout le monde était aux petits soins avec elle. Nous avons partagé des verres de limoncello, pendant qu'elle nous racontait des anecdotes sur son enfance en Sicile.

– Finn a fait une fixette sur elle, j'ajoute.

– C'était comme Sophia dans la sitcom *Les Craquantes*, mais dans la réalité. Elle m'a envoyé une carte de vœux cette année, tu sais.

– Vous avez l'air d'avoir passé un super moment, dit Priya. Plus sérieusement, merci de m'avoir invitée cette année.

Survolant le bar du regard, elle avise la jeune clientèle bruyante qui crie joyeusement.

– Je n'en reviens pas qu'il y ait autant de monde. Il y a même quelques mecs mignons. Vous voyez quelqu'un qui vous branche ?

– Il n'y a rien pour moi ici, répond Finn sans s'embêter à vérifier. Que des hétéros.

– C'est pas faux, dit-elle. Et toi, Hannah ?

Ils concentrent leur attention sur moi.

– Je n'ai besoin de personne d'autre. Surtout pas aujourd'hui. J'ai juste envie de passer la journée avec vous deux.

Je trinque avec ma bouteille de bière et bois une rasade.

*

Cinq heures plus tard, nous sommes agglutinés autour d'une table en bois poisseuse au Bitter End, un bar crasseux – slash – salle de concert. Le jeu de Mes Premières Fois[7] auquel je joue avec Priya est interrompu par un homme en tee-shirt frappé du logo du bar qui monte sur l'estrade vide. Il tapote deux coups sur le micro, produisant des larsens qui crissent dans toute la salle.

– Pardon de vous déchirer les tympans, dit-il. Je veux juste vous informer que la scène ouverte débute dans quinze minutes, et qu'il faut s'inscrire sur la liste au bar.

---

7. Un joueur cite une expérience qu'il n'a pas vécue. Si un autre l'a vécue, il boit un verre ; si personne ne l'a fait, celui qui pose la question boit un verre. Si une personne boit ou a eu l'expérience, il doit la raconter en détail. Celui qui ne veut pas boire compte sur ses doigts à la place.

– Inscrivons Finn, dis-je à Priya.

Il est sorti il y a quelques minutes pour répondre à un appel de sa sœur. Il n'a plus assez de doigts pour continuer à jouer de toute façon.

– Non, c'est trop tordu ! Je serais furieuse si tu me faisais ce coup-là, dit Priya, scandalisée.

– Crois-moi, il va kiffer.

*

Finn propose que nous partions après les deux premières performances sans intérêt – un lycéen ivre qui a massacré *Summer Girls* de LFO et une femme, qui braillait plus qu'elle ne chantait une reprise particulièrement enragée de *You Oughta Know.*

– Restons écouter les deux prochaines. S'il te plaît ? je l'implore.

Même s'il me regarde bizarrement, il ne discute pas. Et quand son nom est appelé au micro, Finn me lance un regard assassin.

– J'aurais dû m'en douter.

Mais son rictus est faussement effarouché.

– Tu n'es pas obligé, le défend Priya, la main sur son épaule. Je lui ai dit que c'était sadique. Juste pour info, Hannah est l'unique responsable !

Avant qu'elle n'ait terminé sa phrase, il se dirige vers la scène, en mode artiste.

*

Debout sur son siège, Priya siffle à la fin de sa reprise de *Bleeding Love.*

– La chair de poule, Finn. J'ai la chair de poule, le félicite Priya en lui montrant son bras quand il revient à notre table.

Tu as été époustouflant. J'ignorais que tu avais autant de talent.

– Je t'ai dit que je chantais. Nous avons eu une longue conversation sur les auditions la semaine dernière, à la soirée de lancement de la boisson énergisante.

– C'est vrai, convient Priya, mais je ne pensais pas que tu étais si doué.

Ses mains écrasent sa bouche, l'arrosage lors des quatre précédentes escales de notre tournée des bars lui ayant délié la langue. Elle se dépêche de se rattraper.

– Je voulais dire… Pourquoi on ne te choisit pas si tu chantes aussi bien ?

Finn ne s'offusque pas pour autant.

– Tous ceux qui se présentent aux auditions sont doués. Le talent, c'est le minimum requis. Ce qu'il me manque, ce sont les bons contacts et la réputation. Les directeurs de casting me disent que je n'ai pas le style qu'ils recherchent pour le rôle, ce qui peut être une façon codée de dire que je suis trop noir. D'autres fois, je ne suis pas assez noir. Ou parfois, la raison est infime. Une fois, j'ai failli décrocher un rôle mais j'étais trop grand pour les costumes, et ils n'avaient ni le temps ni les ressources, ou peut-être pas l'envie de les retoucher.

– C'est n'importe quoi, Finn. Je trouve ça tellement injuste, martèle Priya.

– La vie est injuste, dit-il avec un haussement d'épaules. Quelqu'un veut une autre vodka soda ?

Il lève son verre vide.

– Pas pour moi, dis-je. Je dois me lever aux aurores pour aller bosser.

Comme la plupart des assistants à temps plein à Z100, je ne me faisais pas d'illusions quant à la possibilité d'obtenir une semaine de repos. La station, fermée pour Noël, diffuse en boucle une programmation de musique et de publicités, mais demain, nous reprenons notre routine de bon matin.

– Hannah Gallagher, étoile montante de la radio, destinée à éclipser l'artiste indigent qu'est son meilleur ami par son ascension fulgurante vers la réussite, dit-il en imitant une voix de présentateur des infos.

– Je ne suis pas sûre que mon poste rémunéré au salaire minimum mérite le terme de « réussite ». Je ne pense pas qu'ils aient eu cela en tête, au Boston College, quand ils ont recommandé « d'enflammer le monde », dis-je.

Je cite là une devise jésuite fréquemment invoquée dans les discours truffés de platitude entendus au cours de mes études. Secrètement, j'ai débordé de joie quand le mois dernier j'ai été promue employée à plein temps, après avoir fait mes preuves en tant que stagiaire non rémunérée pendant plus d'un an.

Personne n'a été plus surpris que moi par l'envol de ma carrière post-fac. Je m'étais figurée que je prendrais un job de serveuse, ou à la billetterie de je ne sais quel théâtre où Finn se produirait. J'ai postulé à ce stage sur un coup de tête, à la suite d'une conversation frustrante avec une conseillère d'orientation.

– Qu'aimez-vous concrètement ? m'avait-elle demandé sur un ton implorant.

Les seules réponses qui me soient venues à l'esprit étaient la musique, et ma tradition de Noël avec Finn. Une seule présentait un potentiel lucratif. Finn, pour sa part, trouve difficilement sa place.

– Quelqu'un d'autre a les crocs ? demande Priya.

– Allons-nous-en, propose Finn. Le Waverly Diner est encore jouable.

– Là, je suis partante, dis-je.

C'est l'un des rares endroits qui sert des galettes de pommes de terre à la place des frites maison, ce qui en fait notre spot préféré.

– Un petit déjeuner en guise de dîner, c'est un peu notre truc de Noël, dis-je à Priya.

– Cite le meilleur moment et le pire moment de ton premier Noël, propose Finn à Priya en nous guidant sur Bleecker, en direction de West Village.

– Le meilleur, assurément ta chanson, Finn. J'en suis encore tout émue. Le bar entier était à tes pieds. (Ses éloges lui mettent le feu aux joues.) Je n'ai pas de point de comparaison, mais ce Noël arrive facilement en tête de mon classement.

Heureuse qu'elle comprenne, je lui fais un grand sourire.

– On remet ça l'année prochaine ? je demande.

– J'en serais honorée.

5

Hannah

Cette année, 16 novembre

SMS de Priya :

« Attends-moi sur le canapé des mecs. J'ai un truc à finir ! 5 minutes ! », m'écrit Priya par SMS.

Si j'ignore ce qu'est le canapé des mecs, tout s'éclaire quand, à l'entrée des locaux de Glossier sur Lafayette Street, je vois trois hommes sur un canapé tufté rose à l'accueil, concentrés sur leur téléphone. Pendant ce temps, leurs copines s'adonnent à un shopping maquillage dans le showroom adjacent, testant les nuances minimalistes de la marque et faisant des selfies dans les miroirs parfaitement éclairés.

Depuis que Priya a été engagée en avril, elle ne parle que de ça. Elle mentionne la marque dans une phrase sur deux, comme une fille amoureuse. *Glossier est la prochaine licorne. Glossier m'a donné des stock-options. J'ai lu dans « Into the Gloss » que Priyanka Chopra exfolie sa peau avec du yaourt.* Priya ne se contente pas d'adhérer au pipeau commercial, elle s'est littéralement convertie.

Et c'est agréable de la voir s'épanouir dans son métier, après trois années de détresse professionnelle. Avant ça, elle vivotait grâce à des missions de rédactrice indépendante, répondant à des commandes d'articles de moins en moins réjouissantes. Vers la fin, elle n'intervenait plus que sur des articles SEO conçus pour inciter les lecteurs à cliquer sur des liens sponsorisés. À présent, elle exerce le métier de ses rêves, rédactrice en chef pour le blog de la marque.

Quand elle a commencé, j'ai commandé une montagne de produits aux noms dans l'esprit de « voile de nuage » et « haloscope », même si j'ignorais comment les appliquer. J'étais tout simplement heureuse de voir Priya hyper heureuse, et je voulais la soutenir.

Après une brève attente, Priya apparaît dans le couloir qui débouche sur l'accueil, enfilant un manteau de fourrure bleu qui a l'air coupé dans le pelage d'une Muppet, ses yeux bordés d'un eye-liner pailleté assorti.

– Prête ? demande-t-elle.

*

– C'est quel genre de cours, au fait ? je demande en traversant Canal Street en direction de Tribeca.

Je vois très peu Priya depuis qu'elle bosse pour Glossier et que nous avons quitté Orchard Street. Les trois dernières fois où nous avions prévu de nous retrouver toutes les deux, elle m'a planté à vingt heures, m'annonçant par texto qu'elle était coincée au bureau. Je me suis dit qu'il y avait moins de chance pour qu'elle me zappe si je la laissais choisir la sortie. Mais maintenant je me demande ce qui m'attend.

Hélas, mes craintes étaient justifiées. Elle m'a embarquée dans un cours de danse cardio, si bien qu'à la fin de la séance de cinquante-cinq minutes, j'ai l'impression d'avoir participé à une formation de commando de marine niveau expert, en brassards et Bikini ficelle. Mon tee-shirt trempé de sueur, je trébuche sur mes propres pieds pas moins de cinq fois.

À la fin de la séance, Priya me trouve prostrée sur les tapis déroulés pour le retour au calme. Je ne suis pas sûre de réussir à me relever, encore moins à désinfecter mon tapis et à rentrer chez moi à pied.

– Ça fait un bien fou, non ? se réjouit-elle une fois dans la rue, devant la salle de sport. Imagine les courbatures si tu pratiquais trois fois par semaine.

L'eye-liner bleu de Priya est intact, alors que mon mascara dégouline sur mes joues.

– Je ne le saurai jamais vu que je ne remettrai pas les pieds dans ce cours. J'ai rempli mon quota d'exercice physique jusqu'à la fin de l'année prochaine, au minimum.

J'espère ne pas m'être involontairement engagée dans une nouvelle tradition. Je préfère haut la main les vieilles coutumes, dont les dimanches soirs à manger des pad thaïs et des rouleaux de printemps livrés par notre restaurant préféré, en visionnant les intégrales de sitcoms comme *30 Rock*. Mais depuis que nous avons lâché notre appart, nous n'avons partagé ce type de soirée qu'une seule fois en cinq mois.

– Nous aurions pu faire autre chose, répond-elle.

– Je voulais passer du temps avec toi, et c'est ce que tu avais envie de faire.

– Tu es une grande sentimentale, dans le fond.

Elle me pousse d'un petit coup d'épaule.

– Ne le dis à personne. Cela nuirait à ma réputation. Et maintenant, peut-on aller chercher une immense barquette de frites et un Gatorade jaune si nous passons devant une épicerie sur le chemin ?

Elle entrecroise nos bras et je l'emmène vers Terroir, un petit resto de quartier que David et moi adorons. Je rationalise, me disant qu'être une habituée m'autorise à me pointer en tenue de sport, mes cheveux moites de sueur plaqués sur mon crâne.

Une fois que nous sommes installées à une table, avec une assiette de fromage à partager et une commande de frites en préparation, j'aborde le sujet qui me tourmente depuis l'annonce de Finn en début de semaine.

– Au fait, à propos de Noël…

– Je me demandais si nous allions l'évoquer, interrompt Priya. Hannah, je ne comprends pas. Je pensais que tu passais Noël avec la famille de David cette année. Ça bat de l'aile entre vous ?

– Tout va bien avec David. Mais il ne s'agit pas de lui. Il s'agit de nous quatre.

Je suis désappointée qu'ils renoncent tous aussi aisément à notre tradition de Noël.

Elle arque les sourcils.

– Tu n'as même pas encore parlé de Noël à David, c'est ça ?

Je vide la moitié de mon verre d'eau pour esquiver sa question. Elle me connaît trop bien.

La période d'éloignement de Finn m'a encore plus rapprochée de Priya. Avant, je répartissais mes confidences entre eux, pour ne pas devenir un trop lourd fardeau pour l'un ou l'autre. Mais le soir où ma relation avec Finn a été pulvérisée, Priya a été promue bureau des pleurs exclusif. Je crains qu'elle me dissuade de fêter Noël, comme elle m'a dissuadée les deux fois où j'ai failli rompre avec David, dans les premiers mois de notre histoire.

– Il est trop bien pour être vrai, hein ? ai-je demandé à Priya après notre quatrième rendez-vous. Tu vois, pour commencer, avocat spécialisé en propriété intellectuelle, ça sonne faux, non ? C'est la parfaite couverture d'un escroc. En plus, il pose trop de questions. Sur mon travail, tous mes trucs préférés, mon enfance. À croire qu'il essaie de deviner le mot de passe de ma banque en ligne. Penses-tu que cela cache une arnaque à l'usurpation d'identité ?

– Hannah.

Elle m'a regardée comme si j'étais la personne la plus stupide du monde, ce qui n'était pas exclu.

– Je pense qu'il essaie de te connaître. Et ça m'embête de devoir te l'annoncer, mais tu gagnes soixante-quinze mille dollars par an, et tu dépenses la moitié de tes revenus nets en loyer. Ton identité ne vaut pas grand chose. Et si c'était juste un mec bien ?

Elle avait raison à propos de David, mais il y a d'autres choses qu'elle ne peut pas comprendre. Pas totalement. Pas comme Finn. Et je crains que Noël ne soit l'une d'elles.

Après notre premier Noël, je n'étais pas sûre de revoir Finn. Pourtant, il s'est présenté à mon dortoir jour après jour, chaque fois avec une péripétie en tête. Il y a eu des assiettes de pain perdu au Johnny's Luncheonette, une matinée immergés dans le sous-sol de Garment District, où les vêtements entassés en une énorme pile sont facturés au poids, et une soirée films où il m'a forcée à regarder *Moulin Rouge,* et en retour, je l'ai forcé à regarder *Garden State.*

Me lier d'amitié avec Finn, c'était comme la grande scène d'une comédie romantique où les deux protagonistes tombent amoureux, et dont le montage est rythmé par une chanson pop entraînante. Sans s'en apercevoir, il m'a extirpée de la brume du deuil et de l'auto-apitoiement. À la rentrée de janvier, quand les étudiants sont revenus sur le campus, notre amitié était cimentée.

Et après une décennie de Noëls partagés, j'avais l'impression de lui devoir un ultime Noël pour commémorer tous ceux qu'il m'avait donnés. Alors j'esquive la question de Priya, qui espère savoir si j'ai annoncé à David que je ne passerai pas Noël dans sa famille. Il comprendra pourquoi c'est capital pour moi.

– Nous passons toujours Noël ensemble, tous les quatre, dis-je à Priya. Quoi ? As-tu prévu autre chose ?

– Je pensais aller à Bali. Je me suis renseignée, les billets sont bon marché si on décolle le vingt-cinq. Glossier ferme la semaine entre Noël et le jour de l'an, et c'est plus alléchant que de se geler toute la semaine à New York.

Je n'ai jamais entendu Priya mentionner Bali en six ans. On dirait qu'elle a lancé une fléchette sur une carte, comme si n'importe quoi lui conviendrait pourvu qu'elle ne reste pas avec nous à Noël. L'idée qu'elle déprécie tant notre tradition me blesse.

– Pourquoi partir seule à Bali alors que tu peux passer Noël avec tes amis ?

– Parce que le dernier Noël était… catastrophique.

Priya grimace comme si ce souvenir lui causait une douleur physique.

– C'est clair. Mais ce n'était la faute de personne.

– Et le précédent ? demande-t-elle avec la voix austère d'une enseignante qui s'évertue à me faire avouer que mon chien n'a pas réellement mangé mon devoir.

– Je comprends, mais crois-moi, tout est arrangé avec Finn. Ce n'était qu'une petite crise. Cette année sera différente en tous points. Je te promets, ce sera tellement mieux !

– Hannah, pourquoi est-ce aussi important pour toi ?

– Pourquoi n'est-ce pas plus important pour toi ?

Avant qu'elle n'ait pu répondre, elle reçoit un appel d'Amma. L'écran montre une photo de Priya et sa mère, joue contre joue. Le nez de Priya est plissé par l'hilarité.

Elle baisse les yeux sur son téléphone, puis les relève sur moi. La réponse à ma question flotte dans l'air entre nous. Elle n'a pas besoin de Noël, pas autant que moi. Elle a une vraie famille. Jamais elle ne le formulerait de cette façon – et moi non plus, ou pas à haute voix – mais c'est un fait.

Retournant le téléphone, elle ignore l'appel. J'ignore si c'est parce qu'elle n'a pas envie de parler à sa mère, qui l'alerte presque tous les soirs sur un problème médical mystérieux, révélé à elle par un patient qu'elle a reçu dans la journée dans le cadre de son activité d'infirmière praticienne, ou par respect envers moi.

J'étale du brie sur une tranche de baguette, la croque et mâche lentement pour me laisser le temps de trouver une manière de me faire comprendre.

– C'est le dernier Noël de Finn à New York…

– Et ? Il pourra revenir. Il part vivre à L.A., pas en Antarctique.

– Certes. Mais s'il se fait de nouveaux amis ? Ou s'il a un mec ? Ou si la tradition tombait dans l'oubli parce que nous ne célébrons pas Noël cette année et qu'ensuite il se retrouve à le passer tout seul, dans son triste appartement ?

– Pourquoi son appartement serait-il triste ?

– Je ne sais pas ! Ce n'est pas la question. Le problème, c'est que Finn est ma famille, comme toi et Theo. Et il s'agit de notre tradition. Quitte à fêter notre dernier Noël, autant bien faire les choses. Une dernière fois tant que nous vivons tous dans la même ville.

Dernièrement, nous étions de moins en moins disponibles pour nous voir. Autrefois, c'était une évidence de passer nos week-ends ensemble. Nous n'avions pas besoin d'une réservation au restaurant ou de places de concert pour nous sentir engagés à une date et à une heure précises. Quand nous n'avions pas de plan, nous trouvions une idée. C'est ainsi que nous avons passé un samedi pluvieux d'avril au Dave & Buster à Times Square, à tenter de remporter assez de tickets pour obtenir le lot le plus prestigieux, qui était, à notre grande déception, un minifour, celui qui trône dans la cuisine de Finn. Désormais, il faut trente mails et une invitation via le Calendrier Google un mois à l'avance pour sécuriser une date, et malgré cela, il reste une chance sur deux qu'au moins l'un de nous quatre annule. Alors que je pensais que Noël restait notre tradition sacrée, je découvre qu'elle est aussi en péril.

Elle pousse un soupir.

– Je sais que c'est important pour toi, alors compte sur moi. À une condition, dit-elle, un doigt levé. Pas de crise cette année. Tu dois me promettre que ce sera véritablement le meilleur de tous les Noëls. Pas de drame comme les deux précédents. Et tu dois aussi convaincre Theo. Sinon, Ubud, me voilà !

D'après son sourire, je sais qu'elle plaisante. Et je soupire de soulagement. Une de gagnée. Plus qu'un à convaincre.

*

Le samedi, je décide de m'attaquer à Theo. Pour commencer, je l'attends devant la galerie d'art Massey Klein, de Forsyth Street, où il m'a donné rendez-vous. Convaincue que le personnel reconnaîtra intuitivement ma relative pauvreté à mes vêtements et à ma coupe de cheveux, peut-être même à mon odeur, je reste sur le trottoir, et grelotte en écoutant le nouvel album de Clementine Del. Ce nouvel opus est beaucoup plus sombre que ses créations précédentes.

Ma playlist est interrompue par un appel de Brooke. Je n'ai pas l'énergie de lui faire face aujourd'hui, même s'il n'existe pas de moment idéal pour supporter ma sœur. De ce fait, je laisse la boîte vocale s'en charger.

Enfant, j'adulais Brooke. Bien sûr, en raison de nos six années de différence, je n'étais que sa petite sœur agaçante qui la suivait partout. Quelqu'un que notre mère l'obligeait à emmener à la piscine municipale, où elle retrouvait ses vraies amies. Mais je chérissais ces jours, où je faisais semblant de lire l'un des romans de la collection « Chair de Poule », pour mieux dévorer chaque bribe de potins que Brooke échangeait avec son trio de copines. Je nourrissais le fantasme que, plus tard, nous deviendrons les meilleures amies du monde, comme les sœurs dans *Charmed*, la série préférée de Brooke à ce moment-là.

De toute notre vie, nous avons été proches précisément une semaine. Celle qui a suivi le décès de notre père.

La disparition de notre mère nous a moins surprises. Le cancer avait peu à peu envahi son corps. D'abord les poumons, ensuite le cerveau, puis partout. Sa mort était comme une destination atteinte au terme d'un long voyage en voiture. Tout le monde est arrivé exténué, grincheux, et agacé par les autres passagers à bord. Malgré le chagrin, il y avait aussi du soulagement. Après l'enterrement, Brooke a été libre de retourner à Georgetown, consacrer les derniers samedis de sa dernière année d'études à faire la nouba à Sigma Phi Ep sans se sentir coupable de ne pas veiller notre mère alitée.

En revanche, la mort de notre père est survenue subitement. Un matin, trois mois après la perte de notre mère, il est parti au bureau et n'est jamais revenu. Il a percuté un arbre en revenant du parking-relais du centre-ville. Il s'était assoupi au volant, d'après le policier qui a frappé à notre porte et m'a pris pour quelqu'un d'assez âgé pour décharger cette nouvelle sur moi. Dans les moments où je touchais le fond, je me demandais s'il avait délibérément envoyé sa voiture dans l'arbre. S'il ne supportait pas de vivre dans un monde sans ma mère.

Toute la semaine qui a suivi l'accident, Brooke et moi avons erré dans la maison familiale, partageant notre chagrin dans le brouillard. Nous nous sommes aspergées de nuages de Chanel N° 5 appartenant à notre mère, emmitouflées dans les pyjamas en flanelle et les tee-shirts de musique vintage que notre père aimait mettre le week-end. La semaine, il revêtait ce qu'il qualifiait de déguisements de bureau - une collection de treillis et de chemises pastel – pour gagner sa vie en tant que graphiste dans une agence de pub.

– Hélas, on gagne mal sa vie en gribouillant, se lamentait-il en esquissant des caricatures de Brooke et de moi faisant nos devoirs sur la table de la cuisine. D'où l'importance de bosser vos maths.

C'était la partie la plus triste ; il a trouvé la mort à cause d'un emploi qu'il détestait.

Brooke et moi étions seules au monde. La seule famille que nous ayons.

Chacune notre tour, nous lisions des passages du journal intime de notre mère, dont nous ignorions jusqu'alors l'existence mais que nous avions trouvé dans le tiroir du haut de sa table de chevet, à côté d'un petit vibromasseur rose, ensuite jeté aux ordures dans un déluge de hurlements. Dans ces pages, les anecdotes cocasses de notre enfance alternaient avec les projets d'avenir qui ne se concrétiseraient pas, énumérant des destinations lointaines où elle voyagerait avec notre père après mes études. Brésil, Bermudes, Botswana, et cela uniquement pour les pays commençant par B.

Notre complicité dura le temps du congé pour décès familial que lui avait accordé Lehman Brothers, où elle occupait son premier poste d'analyste junior. Après quoi elle a repris le cours de sa vie.

Brooke a été désignée comme tuteur légal. Il n'y avait personne d'autre en réalité. Notre père était fils unique, et ses parents décédés. Ma mère était pour ainsi dire en froid avec sa famille. « Des cinglés extrémistes », comme elle les qualifiait. Aucun d'eux ne s'est pointé à la fin, même pas pour ses obsèques.

Le rôle de tuteur de Brooke était plus théorique qu'autre chose. Que sait-on à vingt-deux ans sur l'éducation d'une jeune fille de seize ans ? Brooke savait à peine s'assumer.

Considérant notre situation matérielle, nous étions aussi désespérées que l'on peut s'y attendre. Ma survie reposait sur un régime à base de pizzas livrées et d'invitations à dîner chez des amis qui avaient pitié de moi. Résidant à la maison, Brooke faisait l'aller-retour tous les jours pour travailler en ville. Le plus souvent, elle squattait le canapé d'amis qui vivaient moins loin de son bureau, et rentrait un week-end sur deux pour faire ses lessives et s'assurer que je ne détruisais pas la maison. L'idée de me transférer dans un lycée du centre ne nous a même pas traversé l'esprit.

Une minute après, mon téléphone signale un message vocal.

– Salut ! C'est Brooke. Tu n'as pas répondu à mon SMS pour Thanksgiving, je viens aux nouvelles. Les parents de Spencer viennent de Floride, et la famille de son frère fait la route depuis le Maine cette année. Nous serions très heureux que tu sois là aussi. Finn est le bienvenu. Ou David. Ou les deux. Bon, rappelle-moi pour me dire si je te compte pour le repas. Je dois communiquer le nombre d'invités définitif aux traiteurs avant mardi.

J'ai du mal à croire que Brooke fasse appel à des traiteurs pour Thanksgiving. Réflexion faite, j'y crois sans difficulté. Son interprétation de la parfaite femme au foyer, depuis qu'elle a épousé Spencer, mérite un oscar. Je la rembarre en quelques mots rapides : « Je vais chez les parents de David cette année ».

Elle renvoie deux pouces levés, probablement aussi soulagée de ne pas m'avoir à sa table que je le suis de ne pas la voir. Je serais la vilaine tache de son triste passé souillant la famille parfaite qu'elle s'est construite.

Une minute après dix heures, un SUV noir dépose Theo sur le trottoir devant la galerie. Son manteau en lainage gris charbon est assorti à une écharpe Burberry nouée autour du cou, impeccable comme toujours. Un sourire fend son visage dès qu'il me voit, appuyée à un abri à vélos.

– Pourquoi attends-tu dehors ?

– Il est écrit « uniquement sur rendez-vous », et je n'en ai pas. En as-tu pris un ?

J'indique une pancarte stylée en devanture.

– Pas pour nous. Tu dois te geler les cacahuètes, dehors.

– Theo, les filles n'ont pas de cacahuètes.

Il s'esclaffe.

– Les nénés, alors. Suis-moi.

Il m'entraîne dans la galerie. Une assistante vêtue de noir relève les yeux de son ordinateur portable, et adresse à Theo un sourire quasi imperceptible.

– N'hésitez pas, si je peux vous renseigner.

– Que cherchons-nous ? je murmure en le suivant dans la première salle.

– Tu n'as pas besoin de chuchoter. Ce n'est pas une bibliothèque.

– Alors ? je demande à pleine voix, même si je me sens en faute dans ce genre de lieu.

– Je cherche une œuvre pour ma chambre. Il s'arrête, comme s'il hésitait à développer. Celle au-dessus du lit appartenait à Elliot, il l'a emmenée en déménageant.

Elliot est le dernier de la liste d'amants mystérieux de Theo.

Depuis cinq ans que nous connaissons Theo, nous avons entendu des rumeurs sur les objets de son affection sans jamais les rencontrer à de rares exceptions près. Elliot, troisième violon dans le Philarmonique de New York, est une exception notoire. Theo semblait plus sérieusement engagé avec lui. Leur relation a duré sept mois, un record d'après mes infos. Il s'est installé chez Theo cet été, deux mois après leur rencontre.

Theo soutient qu'Elliot sous-loue son appartement parce qu'il avait prévu de quitter la ville en été. Selon la version de Finn, Elliot n'en voulait qu'à l'argent de Theo et appréciait avant tout le train de vie qu'il lui permettait. Cela dit, c'est compliqué de se fier aux opinions de Finn sur les partenaires de Theo. Ils lui déplaisent tous par principe. Le principe étant qu'ils ne sont pas lui.

– Pourquoi n'es-tu pas venu avec Finn ? je demande. Il est mieux qualifié que moi, non ?

– Tu sais que c'est faux. Il aimerait tout parce que c'est hors de prix.

Un rire sournois sort de mon nez. Il n'a pas tort.

– Ça m'a fait tellement plaisir que tu m'appelles pour qu'on fasse un truc ensemble, continue Theo. Nous n'avons pas partagé un moment tous les deux depuis un bail. Je me suis dit qu'une activité serait bienvenue.

Là encore, il n'a pas tort.

– Tu voulais me voir pour une raison particulière ? demande-t-il. Non que tu aies besoin d'une raison, bien sûr, je suis toujours heureux de te voir.

La main dans le creux de mes reins, il me guide vers la salle suivante, remplie de peintures hyperréalistes qui ressemblent à des photographies à une distance modérée. L'une d'elles montre un homme vêtu d'un petit maillot de bain, décoré d'ananas encore plus petits. Seuls son torse et ses jambes sont visibles. Sur une autre, une jeune fille représentée de dos porte un jean baggy et un sac à dos rose. Même si aucun des modèles n'a de visage, on en apprend beaucoup sur eux à travers les bouts de corps et de vêtements que l'on aperçoit.

– J'aimerais parler de Noël, dis-je.

– C'est ce que j'ai pensé.

Il s'abstient de toute indication sur son point de vue.

– Je crois que nous devrions le fêter. Offrir à Finn une dernière épopée de Noël. Une qui restera dans les annales.

J'ai préparé un discours entier. Je me suis entraînée devant le miroir de la salle de bains ce matin. J'attends de voir comment il reçoit mon introduction pour poursuivre.

J'étais presque certaine que Priya céderait mais Theo, ce n'est pas garanti.

Il s'arrête devant la représentation de deux paires de jambes nues, une femme en sandales et un homme en baskets. Le menton posé dans la main, il l'examine. Je ne saurais dire si l'œuvre l'intéresse ou s'il gagne du temps. Un instant, je me demande s'il est fétichiste des pieds. Pour ma part, je trouve cette peinture bizarre mais bon, j'ai eu un D à l'examen d'histoire de l'art, l'option obligatoire que j'ai choisie à la fac.

– Qu'en penses-tu ? demande-t-il au bout d'une minute.

– De la peinture ou de Noël ? Je t'ai dit ce que je pense de Noël, nous devrions faire quelque chose de spécial.

– Pour être franc, je suis indécis pour les deux. La peinture, je la trouve trop dérangeante pour la chambre.

Il se place face à l'œuvre suivante, signée par un autre artiste. Deux corps flottant sur un océan bleu sont peints à l'aide de superpositions d'épaisses couches de peinture, texturées pour suggérer des vagues. Plantée à côté de lui, j'attends qu'il se prononce pour Noël. Une autre chose que j'ai remarquée à force d'observer la vie amoureuse de Theo est qu'il se réserve une porte de sortie, préférant rompre pour éviter qu'on le quitte. Je sais que le départ de Finn l'affecte plus qu'il ne veut bien le montrer.

Après une minute à considérer en silence les nageurs, Theo rend son verdict. Comme il regarde devant lui, il s'adresse à la peinture plutôt qu'à moi.

– Je pense que vous devriez fêter Noël sans moi. Je ne veux pas déranger.

Après notre premier Noël à quatre, nous n'étions pas sûrs de revoir Theo. Ce printemps-là, nous l'avons invité à des *happy hours* à Tacombi, puis à voir une pièce dans un tout petit théâtre intimiste, qui parlait de l'assassinat de Jonbenét Ramsey, et dans laquelle Finn jouait son frère de neuf ans, bien qu'il en ait presque trois fois l'âge. C'était ironique, aux dires de Finn. Mais Theo a décliné toutes les invitations, sous le prétexte que, pour désolé qu'il soit de manquer l'occasion de nous revoir, il avait d'autres plans.

Avec Finn, nous avons passé un nombre d'heures incalculables à analyser les SMS de Theo, autour de litres de bière à un dollar au Lucky, notre troquet de quartier. Était-il réellement en voyage ? Pensait-il que des tacos à deux dollars, ce n'était pas assez bien pour lui ? Le Noël dernier, c'était un moment unique motivé par la solitude ? Plus Theo déclinait d'invitations, plus l'aura de mystère qui l'entourait s'élargissait. Nous fouillions Google en quête d'indices sur lui, mais sans nom de famille, nos recherches avaient peu de chances d'aboutir. « British Theo » nous a donné des résultats sur Theo James, acteur dans une nouvelle franchise dystopique pour ados, ou des liens vers des potins sur un participant de *Love Island* surpris en train de tromper sa copine avec sa mère qui avait subi assez d'opérations chirurgicales pour ressembler à sa jumelle.

Un samedi soir, nous avons cru le voir derrière la vitrine d'un snack-bar

– Tu n'as pas dit qu'il était friqué ? ai-je questionné Finn.

En dépit de quoi il m'a traînée à l'intérieur.

– Les riches sont excentriques, s'est-il défendu.

De près, le client ne ressemblait pas du tout à Theo mais ce snack servait un succulent *patty melt* – des burgers au pain de mie nappé de fromage fondu.

En août, Finn a invité Theo à célébrer ses vingt-cinq ans au Wilfie & Nell.

– C'est l'ultime rameau d'olivier, m'a prévenue Finn.

Theo a répondu que séjournant à Majorque, il était triste de manquer la soirée. C'était la goutte d'eau qui fait déborder le vase pour Finn. Personne ne peut encaisser le rejet à l'infini. Mais au cours de la soirée, le serveur a apporté une bouteille de champagne avec des bâtonnets d'étincelles sortant du goulot. Un cadeau de Theo. Finn arborait un immense sourire quand le serveur a déposé la bouteille devant lui, se délectant du spectacle, et impressionné que Theo ait sélectionné un Dom Pérignon.

– Il a gagné une nouvelle chance ? ai-je demandé en remplissant son verre.

– Une seule, a décrété Finn, incapable de masquer son sourire transi d'amour.

Le premier novembre, Theo a écrit à Finn : « C'est quoi le plan pour Noël cette année ? Je serai heureux de vous accueillir ! » Et aussi facilement que ça, notre quatuor s'est ressoudé. Dès lors, Theo a fait autant partie de nos traditions de Noël que nous autres.

– Déranger ? je lui renvoie.

Un court instant, j'oublie le silence de mort dans la galerie, tant et si bien que mon éclat de voix résonne plus que cela est nécessaire ou approprié. La galeriste relève la tête derrière son ordinateur portable pour vérifier si elle ne loupe rien de croustillant.

J'attrape Theo par le bras et le tire face à moi pour qu'il constate que je ne plaisante pas.

– Tu ne nous dérangeras jamais, dis-je dans un murmure. Ce ne serait pas Noël sans toi. Tu fais partie de notre groupe.

– Ah bon ? Je pensais que j'étais un sans-famille ?

Le côté gauche de sa bouche se recourbe en un sourire ironique. Il me taquine. Je suis presque sûre de l'avoir convaincu.

– Justement, c'est le type de personnes que j'affectionne.

Mon bras noué autour du sien, je le laisse me guider vers le mur opposé, devant une autre peinture du même artiste, celle-ci de quatre nageurs. Là où les deux autres nageurs donnaient l'impression de flotter avec sérénité, ceux-ci semblent s'éclater, au milieu de sortes d'éclaboussures. J'aime imaginer qu'il s'agit de nous quatre, même si les « personnes » sont d'épaisses gouttes visqueuses et abstraites de peinture de couleur chair.

– Hannah, dis-moi la vérité. Ça va, avec Finn ?

– Tout est réglé.

– Tu me le dirais s'il y avait un malaise, n'est-ce pas ?

– Bien sûr, mais il n'y a rien à dire.

– Alors je n'ai plus qu'une seule question. Veux-tu de l'aide pour organiser ?

Jetant mes bras autour de son cou, je pousse un petit cri dans son oreille. Le bruit dépasse les limites du tolérable pour la galeriste, dont la tête apparaît à l'angle.

– Un problème ? demande-t-elle.

– Nous prendrons celle-ci, décrète Theo en montrant les quatre baigneurs devant nous.

– Je m'occupe de l'administratif, répond-elle.

Elle retourne derrière son bureau, et revient coller un point rouge sur la notice de l'œuvre. Affaire conclue.

6

Finn

Cette année, 18 novembre

Je passe en revue ma collection de pull-overs, sortis des tiroirs pour les empiler sur mon lit. Le but est de trier ceux que j'emmène à L.A. et ceux que je donne. C'est difficile d'imaginer ma vie en Californie, sachant que je n'y suis allé que deux fois. La première avec ma famille quand j'étais adolescent. Nous avons pris un bus touristique qui faisait le tour de ce qu'ils présentaient comme des villas de célébrités. La seconde, pour mon dernier entretien d'embauche à Netflix. Mais je suis sûr que le Finn de L.A. portera plus de tee-shirts que de cols roulés. En conséquence de quoi les chandails constituent un point de départ aussi valable qu'un autre pour commencer mon tri avant de déménager.

Pour éviter de choisir, je les ai organisés par couleur et j'ai disposé les piles selon l'ordre de l'arc-en-ciel. Je suis sauvé de mon indécision par la sonnette.

– Allô ? dis-je dans l'Interphone.

Je n'attends personne et m'efforce de brider mes achats sur Internet jusqu'au déménagement. Je n'ai pas besoin de plus de foutoir à mettre dans les cartons à destination de la côte ouest.

– C'est moi, annonce la voix dans l'appareil.

J'enfonce le bouton d'ouverture de la porte de l'immeuble, et souris en entrouvrant celle de l'appartement, pour laisser Theo entrer directement.

Me trouvant dans la chambre, il m'offre l'un de ses cafés frappés.

– En voilà une agréable surprise ! lui dis-je avant d'aspirer à la paille une longue gorgée de café.

Froid, au lait d'avoine, mon préféré. J'aime que Theo connaisse mes habitudes, et qu'il se sente suffisamment à l'aise pour débarquer à l'improviste.

– Je me serais volontiers assis mais tes pulls ont piqué tous les sièges, dit Theo en indiquant le bazar autour de nous. Pars-tu au ski ?

– Si seulement… J'essaie de prendre de l'avance dans mes cartons.

Theo s'assoit sur le coin que je débarrasse pour lui au pied du lit.

– J'ai demandé un devis à une société de déménagement hier. Tu sais qu'il faut compter un délai de deux semaines avant de réceptionner ses affaires quand on part s'installer à l'autre bout du continent ? Donc soit j'emballe tout avant le 15 décembre, soit je passe deux semaines à L.A. dans un appartement vide.

– Facile, dit Theo. Expédie tout en avance et installe-toi chez moi. Je te prêterai tout ce dont tu as besoin.

Il bascule sur le dos, renversant une pile de pulls rouges sur le sol. J'attends de voir s'il les ramasse, mais absorbé par je ne sais quoi sur son téléphone, il ne le remarque pas. Typique de Theo : serviable avec les grandes choses, incroyablement inutile avec les petites choses.

– Merci, j'y réfléchirai, lui dis-je en rassemblant les pulls rouges par terre.

– À quoi veux-tu réfléchir ? J'ai résolu le problème. Maintenant, sortons bruncher vite fait. OK ?

Voilà donc le motif caché de sa visite. C'est imparable avec lui. Dès qu'il se retrouve célibataire, il remplit ses week-ends de visites de musées, de shopping, de dîners, de cocktails pour éviter tout moment de solitude. Et quand il n'a pas de plan, il s'en fabrique.

– Je dois préparer mes cartons !

– Pourquoi n'as-tu pas souscrit au service d'emballage ? Ne touches-tu pas une coquette prime de déménagement ?

– Elle couvre seulement le transport en camion, qui est hors de prix.

Je sais qu'il réglerait la mise en cartons si j'acceptais, mais c'est hors de question. Pour changer de sujet, je déplie un chandail rouge sur mon torse.

– Je garde ou pas ?

– Tu dois le garder ! Tu le portais le premier Noël, celui où je t'ai rencontré, si je me souviens bien.

Bien vu, j'avais oublié. Ça me plaît qu'il s'en souvienne. J'ai dîné de céréales pendant des semaines pour m'offrir ce chandail, tristement tombé en désuétude avec ses torsades verticales sur le devant. Très Billy Crystal dans *Quand Harry Rencontre Sally*. Je le replie et le pose sur la pile à garder.

– Et celui-ci ?

Je montre un tricot jaune flashy. Theo lève les yeux de son téléphone.

– Pas ta couleur.

Je l'ai acheté il y a quelques années après avoir vu un célèbre chanteur en porter un de la même couleur. Malgré tout, je ne peux qu'être d'accord avec Theo, il ne me va pas. Un jour, je l'ai mis au bureau avec un jean et toute la journée, je me suis inquiété que les gens me croient déguisé en citron. Je l'ajoute sur la pile à donner.

Ensuite, je soumets un pull vert à Theo.

– Juste pour info, rejouons-nous une scène de tri de fringues façon *Sex and the City* ? dit-il avec un sourire espiègle. Si je me prête au jeu, promets-moi qu'ensuite, nous irons bruncher. Je ne peux pas te laisser gâcher l'un de nos derniers dimanches dans la Grosse Pomme.

Je devrais sérieusement avancer dans mon rangement. Le pull jaune est la seule chose dont j'aie réussi à me séparer, mais il n'a pas tort. Il ne me reste que peu de week-ends new-yorkais. Je réalise soudain que bientôt, je ne recevrai plus les visites impromptues de Theo. Cette notion me noue l'estomac.

– Marché conclu. Mais avant de sortir, je dois me débarrasser de quelques affaires.

J'agite le pull vert devant ses yeux pour m'y atteler.

– Sais pas. Enfile-le.

Je retire mon tee-shirt tunisien bleu marine et le lance sur le lit. En prenant le pull vert, je vérifie si Theo me regarde. Eh non. Il est absorbé par quelque chose sur son écran. Sans me presser, j'enfile le pull-over, surveillant du coin de l'œil s'il s'intéresse à moi. Pas un regard.

Sans être exhibitionniste, depuis que je suis entré dans la trentaine, en début d'année, je me suis mis au sport pour la première fois de ma vie d'adulte. Hannah m'a charrié en l'apprenant.

– Décidément, j'ai raté plein de trucs. Nous ne sommes pas des sportifs, avait-elle ri.

D'un point de vue historique, je ne pouvais pas le nier. Notre style serait plutôt de « suivre les programmes de téléréalités sur Bravo en critiquant et en plaisantant non-stop. » Les *Real Housewives of Beverly Hills* gagnent la coupe de la discipline de prédilection. Avant cette année, le seul exercice que je pratiquais sciemment était ma course d'anniversaire. Tous les ans, le jour de mon anniversaire, je me lève tôt et je trottine jusqu'aux berges de l'Hudson. En mode répétition, j'écoute à fond *My Shot* de la bande originale *de Hamilton*, la comédie musicale de Broadway, et je parcours ce kilomètre et demi aussi vite que possible pour prouver que je reste jeune et capable de couvrir cette distance en moins de six minutes, le temps imposé quand je courais dans l'équipe universitaire d'athlétisme.

Cette année, j'ai rendu mes tripes à l'arrivée. Mais j'ai terminé ma course en 5 min 58, ce qui est la partie essentielle.

Autre différence concernant ma course d'anniversaire de cette année, j'ai chaussé mes baskets le lendemain pour retourner courir. Et le jour d'après. Et encore le surlendemain.

Mes performances étaient pitoyables et j'étais d'une lenteur affligeante quand j'ai rallongé la distance à cinq, puis sept, puis dix kilomètres – j'entendais dans ma tête mon entraîneur d'autrefois me hurler d'accélérer – mais c'était également très addictif. Courir est la seule chose qui m'empêche de cogiter et me permette de m'ancrer dans l'instant au lieu de me torturer sur l'état de ma vie à trente ans, aux antipodes de ce que j'avais imaginé, et sur le fait que je n'ai pas eu de relation sexuelle (ni même embrassé quelqu'un) depuis ma rupture avec Jeremy au printemps. Je commence à craindre de ne plus embrasser personne de ma vie. Soudain, me contenter de quelqu'un que j'apprécie au lieu d'attendre le grand amour ne me semble pas une si mauvaise idée.

À présent, trois mois et demi après avoir adopté une routine sportive, les changements physiques commencent à se voir. Je ne suis pas destiné à devenir un Monsieur Muscle sur Instagram, ma morphologie étant trop fine, néanmoins la petite bedaine apparue vers mes vingt-huit ans a fondu. Au saut du lit, avant d'avaler quoi que ce soit, pour peu que je me tienne dans une position particulière, je discerne les contours naissants de mes abdos. Je me demande si Theo le remarquerait aussi.

Je m'accroche au fantasme qu'il lève les yeux et que ce soit mon moment à la Rachael Leigh Cook dans les escaliers dans *Elle est trop bien.* Après l'été d'Elliott, l'hiver de Raj et six semaines franchement atroces d'Alex, il réalisera que je suis le bon. C'était moi depuis le début. Cela n'a pas fonctionné avec les autres parce qu'ils n'étaient pas moi. Ma stupidité, mes espoirs mal avisés me font grincer des dents. Je ne suis pas dans une comédie romantique. D'un coup d'œil à son téléphone, par-dessus son épaule, je constate qu'il scrolle sur Grindr. Un constat à l'effet d'uppercut dans le ventre.

– Ta-da ! fais-je, revêtu du pull vert.

– Non.

Theo détache à peine son attention de l'écran.

Bon, d'accord. J'enlève le pull vert et le lance sur la pile avec le jaune. Le suivant est un modèle à motifs noirs et bleus.

– Et celui-là ?

– Tu ressembles à un David Rose au rabais.

J'ai l'impression de recevoir une gifle. Ce tricot m'a coûté un bras. J'examine les tas de vêtements en me demandant si certains répondent aux critères très stricts de Theo.

– Tu te sens bien ? demande ce dernier.

– Ça va.

– Tu n'as pas l'air. Tu boudes.

– Je ne boude pas !

Ça sort plus comme un cri.

Theo se rassied et pose son téléphone à côté de lui sur le lit. Il est ouvert sur un long échange avec un gars qui n'est pas moi.

– Désolé, je pensais que nous étions lancés dans des essayages à la *Sex and the City*. Je faisais ma Samantha. Le but est d'alléger ta garde-robe, non ?

Bien sûr, c'est le but de départ. Mais ensuite, je me suis imaginé qu'il se passait peut-être autre chose. Non pour la première fois, je me sens bête de m'être autorisé à le croire. Comme je regarde ailleurs, il se baisse pour envahir mon champ de vision et m'obliger à affronter son regard. Prenant ma main, il entrelace nos doigts.

– Tu sais que je trouve que tout te va, j'espère ? Je plaisantais. Ne sois pas fâché.

Et revoilà cette satanée lueur d'espoir.

Deux heures plus tard, après un passage à Housing Works pour faire don d'une pile de pulls, nous marchons en direction de Soho. Mon manteau resserré autour de moi, je me protège contre le froid glacial. Remarquant mon geste, Theo m'attire contre lui, pour partager sa chaleur ou parce qu'il sait que je suis encore un peu vexé.

Je me délecte de la sensation d'être à ma place, blotti contre lui, même si son geste n'a pas de signification particulière. Theo est un ami affectueux – et pas juste avec moi – mais depuis notre rencontre, notre relation reste purement platonique.

– Les Anglais ne sont-ils pas censés être inhibés ? lui ai-je demandé un soir, entre deux films durant un marathon Lindsay Lohan à son domicile. Couché la tête sur les genoux de Priya, qui lui caressait les cheveux, il ronronnait quasiment pendant *Lolita malgré moi.* Il tournait la tête pour la regarder amoureusement de temps à autre.

– C'est une chance que je n'aie pas été élevé par des Britanniques, at-il rétorqué.

À ce moment-là, je savais tout sur Lourdes, la gouvernante de son enfance, une joyeuse Espagnole d'un âge avancé qui, à ce que j'ai compris, était un mélange de nourrice et de grand-mère de substitution. Une après-midi, en arrivant chez lui, je l'avais trouvé affalé sur le canapé, échangeant des potins en espagnol à un débit rapide sur Facetime. C'est alors qu'il a fait les présentations.

Durant toute l'enfance de Theo, Lourdes vivait avec sa famille une grande partie de l'année, et rentrait l'été à Marbella. Au lieu de se reposer, elle emmenait Theo. Là-bas, il s'éclatait en bodyboard sur l'océan, se nourrissait de tortillas faites maison avec ses vrais petits-enfants. D'après lui, ses parents ont épuisé leurs ressources parentales avec son frère aîné Colin. Au moment où Theo est né, ils s'absentaient beaucoup, principalement parce qu'ils ne supportaient pas de vivre sous le même toit. Il continue de discuter plus volontiers avec Lourdes qu'avec sa famille.

Installés au comptoir du Dutch, nous avons commandé des Bloody Mary avec une douzaine d'huîtres au barman à la moustache ironique, vêtu d'un tablier en jean.

– Comment Hannah a pris la nouvelle ? demande Theo.

– C'est vrai qu'elle a réagi bizarrement, mais aussi bien que possible, je dirais.

Le week-end dernier, quand j'ai annoncé la nouvelle à Theo, il m'a aidé à réfléchir à la meilleure manière de l'annoncer à Hannah. En public, ai-je décidé. Moins de chance qu'elle pleure ou hurle, deux réactions aussi probables l'une que l'autre.

Sous ses airs bourrus, Hannah est une grande sentimentale. Toutefois, elle est moins susceptible de céder aux émotions en public. Theo a reçu la nouvelle de mon départ sans sourciller. À tel point que j'aurais aimé qu'il s'émeuve un peu plus.

– Lui as-tu parlé depuis ? demande-t-il.

– Non. Je lui laisse le temps de digérer. Pourquoi ? Je devrais l'appeler, tu penses ?

– Oh ! là non, j'ai appris de mes erreurs. Je ne m'interposerai pas dans votre amitié. Je déclare ce sujet clos. Parlons d'autre chose. Quand pars-tu pour Thanksgiving ?

– Mercredi après-midi, je grogne.

J'ai eu du mal à accepter d'y aller, de me décider à y retourner, mais il le faut. C'est nécessaire pour moi d'essayer. En particulier maintenant.

– Je mène d'âpres négociations avec Amanda. J'essaie de la persuader de rester deux nuits au lieu de faire la route pour la journée. J'ai proposé de lui acheter de l'alcool, avant qu'elle reparte sur le campus, mais elle utilise sa fausse carte d'identité. Nous n'aurions jamais dû lui procurer. Je suis à deux doigts de lui proposer du cash.

– Je le redis, insiste Theo. Si tu ne veux pas y aller seul, je t'accompagnerai.

– Non. Autant que l'un de nous s'amuse. Tu as déjà réservé ton billet pour la Californie de toute façon.

– Je peux modifier mon vol, ça ne m'ennuie pas.

– Je ne peux pas te demander un tel service.

– Tu ne demandes pas, je propose.

– J'y réfléchirai, lui dis-je.

Je suis touché par son offre, vraiment. Mais je ne peux pas lui demander de m'aider à garder mon calme chez mes parents.

Les vibrations de mon téléphone sur le comptoir nous interrompent. Le nom de Hannah s'affiche sur l'écran.

– Tu crois qu'elle sait que nous parlions d'elle ? plaisante Theo.

Je réponds d'un glissement du doigt et Theo se rapproche pour écouter.

– Salut, dis-je.

– Hé, j'ai une bonne nouvelle !

– Ah oui ?

Au moins, elle ne téléphone pas pour m'incendier. Je n'ai pas exclu la possibilité qu'une fois la nouvelle assimilée, elle me reproche de ne pas l'avoir informée que je postulais à des emplois loin de New York. Avant qu'elle démissionne de Z100, nous en avons longuement discuté, le soir tard, pelotonnés sur le canapé à Orchard Street, avec des verres de vin et des saladiers de pop-corn. Nos solutions étaient du niveau d'Olivia Pope pour la Maison Blanche dans *Scandal*. Le problème : la carrière de Hannah à la station de radio était dans une impasse – tous ses collègues avaient de l'ancienneté, donc pas de place pour espérer une promotion. Nous avons rempli un bloc-notes de pour et de contre, avant qu'elle se décide à partir.

J'ai songé à lui en parler quand j'ai envoyé ma candidature, sauf que je ne pensais pas avoir mes chances. Mon CV n'est pas le top du top. Et je craignais de perdre le courage de postuler si nous en discutions au préalable.

– C'est bon pour Noël ! annonce Hannah d'une voix débordante de fierté.

J'angoissais à l'idée qu'elle échoue à tous nous réunir, à cause des deux dernières années – les deux, au moins en partie de ma faute – mais je suis content qu'elle ait réussi. Ce sera le parfait mot de la fin à ma période new-yorkaise. Notre ultime Noël.

Dès qu'il a la certitude qu'un scandale n'éclatera pas, Theo reprend son téléphone et parcourt Instagram.

– C'est génial, Han ! Ça me touche que tu aies réussi à convaincre les autres. Je suis super content. Un tout dernier pour les annales.

– C'est ce que j'ai dit à Theo. À propos de Theo, tu sais qu'il a rompu avec Elliott ?

– Mmm, fais-je avec prudence, Theo se tenant tout près.

Le plus dur avec Elliot est que nous nous ressemblons. Grand, métisse, une version de moi après une séquence de relooking pour un film. Plus éclatant, plus beau, mieux habillé. Mais la similarité de nos traits me reste sur le cœur. Et puis, bien sûr, n'oublions pas une différence majeure : Elliot est un musicien accompli. Il a réalisé son rêve d'intégrer un orchestre professionnel. Peut-être est-ce pour cela que Theo se sentait attiré par lui. Son type, c'est les hommes qui réussissent dans la vie. Pour ma part, je suis saupoudré d'une fine couche d'échec. Ces trois dernières années, j'ai croupi dans le purgatoire des dessins animés éducatifs, après cinq années à rater toutes les auditions. Je comprends, pas excitant.

– Maintenant que Theo est célibataire, tu devrais lui dire, suggère Hannah.

– Dire quoi à Theo ?

Theo se redresse en entendant son nom.

– Tu sais…

Je suis certain que c'est une conversation que je n'ai pas envie de mener avec Theo à portée de voix. L'index dressé, je lui fais signe de m'accorder une minute, et indique la vitrine en face de nous.

– Une seconde, dis-je à Hannah, le téléphone calé entre mon menton et mon épaule pour enfiler mon manteau.

– Oh ! purée, il est avec toi ?

– Mmmm.

– Mince, désolée.

Je me faufile à l'extérieur par la petite porte donnant sur Spring Street.

– Pas grave. Je suis dehors maintenant. Que disais-tu ?

Je marche de long en large pour me réchauffer, évitant des groupes de touristes chargés de sacs d'emplettes.

– J'ai vu Theo hier, il m'a dit qu'Elliot avait déménagé. Vous êtes enfin tous les deux célibataires en même temps. C'est peut-être le moment idéal pour partager ce que tu ressens.

Je me suis déjà aventuré sur cette voie.

– Ne m'en veux pas mais je ne me fie plus à tes conseils sur ma vie amoureuse.

– Raj ? demande-t-elle. Je ne savais pas pour lui. Là, c'est différent !

– Ouais, différent parce que je m'en vais. Donc ça n'a aucun intérêt. Fin de l'histoire.

– L'intérêt est que tu l'aimes et tu devrais lui dire.

– Si je ne lui dis pas, il ne pourra pas me briser le cœur en miettes, ni m'éjecter de sa vie parce que c'est trop gênant de rester amis. Je n'ai pas l'intention de tout réduire en cendres avant de partir.

– À l'inverse, si tu ne lui dis rien, tu risques de passer ta vie entière à te demander ce qui serait arrivé si tu avais avoué tes sentiments.

– Je n'ai pas besoin de lui dire. Je sais ce qu'il répondrait.

J'observe Theo à travers la vitre embuée. Le barman est penché vers lui, un bras plié sur le comptoir. Il rit à quelque chose que Theo a dit. Theo se fait des amis partout où il passe. Avec lui, les gens se sentent uniques, c'est son superpouvoir. J'ai assez de jugeote pour ne rien en conclure. Je repense à ce matin, et aux chandails. Je ne l'intéresse pas. Il a eu plein d'opportunités de tenter le coup, et n'en a saisi aucune. Il me voit seulement comme un ami et je dois l'accepter.

– Promets-moi au moins d'y réfléchir ? relance Hannah.

– D'accord. Mais je dois te laisser.

Après avoir raccroché, je continue de faire les cent pas avec mon téléphone à l'oreille, pour souffler une minute avant de retourner dans le bar. Je fixe Theo à l'intérieur, et me remémorant un fait établi, je psalmodie dans ma tête : *Il n'a pas ce genre de sentiments pour toi. Vous êtes juste amis.*

7

Hannah

Noël #7, 2014

Les portes de l'ascenseur s'ouvrent directement dans l'appartement de Theo.

Oh ! la vache !

Je pensais que cela n'arrivait que dans les films. Me tournant vers Priya, je vois ma stupéfaction dupliquée sur son visage.

L'an passé, Finn nous a relaté l'invitation de Theo jusqu'à l'écœurement, son logement embellissant à chaque récit. Je supposais qu'il en rajoutait, mais vraisemblablement, je lui dois des excuses. Priya et moi sommes clouées sur place devant l'ascenseur, bouche bée face au gigantesque sapin de Noël qui remplit une grande partie du vestibule. Il semble sorti de la vitrine d'un grand magasin. Enveloppé de guirlandes multicolores, des décorations excentriques le parsèment de touches acidulées. Une plaquette de beurre, une montgolfière, un skate-board rose pailleté. Des guirlandes argentées touffues, du genre que ma mère désapprouvait à cause de l'aspect fouillis, abondent sur ces branches.

Finn surgit en dérapant derrière le sapin, les yeux écarquillés. Manquant de peu de décrocher un hot-dog décoratif avec son coude, il se rattrape à mon bras.

– Vous ne devinerez jamais qui est ici !

– OK, dis-nous.

– Ce serait plus marrant que vous trouviez toutes seules. Écoutez un peu ça : Clementine Del se trouve ici !

Il sautille sur ses orteils en attendant notre réaction.

– La chanteuse ? demande Priya, perplexe.

– Oui, la chanteuse ! Ici ! Dans le salon ! Elle est encore plus jolie en vrai. Theo la connaît ! jubile-t-il.

Seule une authentique célébrité pouvait éclipser l'excitation de Finn de revoir Theo. Heureusement que nous n'avons pas essayé de deviner, sans quoi nous aurions passé la soirée dans l'entrée. Cette chanteuse se serait située à peu près dans le bas de ma liste, quelque part entre le pape et madame Brady, mon enseignante de cours préparatoire. Sa musique est un peu trop nunuche à mon goût – dans son clip le plus mémorable, elle porte sans ironie une robe en tulle rose dans une réplique à échelle humaine de la maison de Barbie. N'empêche que je suis impressionnée de la rencontrer.

Il nous entraîne dans le couloir qui débouche sur le salon où, ainsi que Finn l'a annoncé, Theo et Clementine Del sirotent des cocktails sur un canapé en velours bleu cobalt. Un tourne-disque dans un coin diffuse la voix envoûtante de Nat King Cole. Clementine, en pantalon palazzo à pois noirs et blancs, et court pull-over jaune, semble à son aise. Ses chaussures dorées à semelles compensées vertigineuses gisent sous la table basse, et ses cheveux blond platine négligemment enroulés sont maintenus par un crayon. Au moment où nous entrons, un éclat de rire jaillit de sa gorge, comme si Theo venait de raconter une blague particulièrement grivoise. Elle attrape son bras en gloussant.

Theo bondit sitôt qu'il nous remarque, l'air curieusement aussi ravi de parler avec nous qu'avec la pop star.

– Vous voilà enfin !

Il nous embrasse sur les deux joues, et Finn retourne dans le fauteuil face au canapé.

Malgré les selfies occasionnels partagés par Finn, mon souvenir de Theo s'est estompé ces douze derniers mois, ou peut-être que l'objectif a atténué ses traits ciselés. Ses cheveux, qui ont poussé entre-temps, bouclent autour des oreilles comme l'un des frères Stark dans *Game of Thrones*. Ça lui va bien. Étrangement, sa beauté s'accorde à merveille avec la chanteuse sur le canapé qui, sauf erreur de ma part, est l'égérie d'une flopée de marques de maquillage et de vêtements branchés.

– Premier point à l'ordre du jour : les cocktails, déclare Theo. Clem a préparé des margaritas !

– Pas très festif mais je ne sais rien faire d'autre. À moins que l'un de vous préfère un doigt de whisky. Auquel cas je sais aussi le servir. J'ai trop bourlingué en tournée avec des garçons. Mes musiciens ne boivent que ça.

Sa voix est familière à cause de ses tubes. La dernière, *Queen of Hearts,* est en ce moment incontournable. On l'entend dans tous les taxis, supérettes et cafés de la ville. À croire que les radios la diffusent non-stop en boucle.

Theo prend un pichet de margarita sur une crédence, et nous verse deux verres.

– Alors, les présentations, annonce-t-il.

Avant qu'il n'ait pu commencer, Clementine concentre son attention sur moi.

– Attends, je te connais.

– Moi ?

Je pointe mon doigt sur moi, puis jette un coup derrière pour m'assurer qu'une autre vedette ne se tient pas dans mon dos. Considérant la tournure de la soirée, cela ne me surprendrait guère.

– Tu la… connais ? demande Finn, sa voix atténuée par le choc.

– Mais si, tu m'as apporté un thé. Je me trompe ? demande Clementine, sans se soucier du ton incrédule de Finn.

Techniquement, c'est exact. J'ai servi à Clementine une tasse de camomille quand elle est venue à la radio l'an dernier donner une interview à Elvis Duran, l'animateur de l'émission matinale. Au cours de ces trois dernières années, j'ai apporté toutes sortes de boissons à tous les styles de célébrités : un Diet Coke pour Katy Perry, un Red Bull pour Snoop Dogg, un *venti moccha Frappuccino* pour Ed Sheeran. La plupart ne s'embêtent pas à me remercier, et je peux compter sur les doigts d'une seule main ceux qui se sont souciés de mon prénom. Je ne m'attendais certainement pas que Clementine Del se souvienne de moi un an plus tard. Je suis instantanément conquise par cette marque d'attention.

– Hmm, oui, à Z100, je pense ?

– Je le savais ! Je n'oublie jamais un visage. Les noms, c'est une autre histoire. Rappelle-moi comment tu t'appelles ?

Clementine se lève du canapé et vient vers moi la main tendue.

– Hannah.

– Contente de te rencontrer. Encore, disons. (Elle lève les yeux au ciel à cause de son étourderie). Tout le monde m'appelle Clem.

– Clem, je répète en lui serrant la main.

– Et Priya, intervient Theo, un bras autour de ses épaules.

Mâchoire tombante, Priya peine à assimiler les rebondissements de la soirée.

– Enchantée, dit Clementine.

Elle retourne s'affaler sur le canapé, une jambe repliée sous ses fesses.

– Donc, reprend Finn. Avant qu'elles arrivent, tu t'apprêtais à nous raconter comment vous vous êtes rencontrés.

– Ah oui, approuve Theo.

Il se rassoit à côté de Clementine, et ils échangent un regard semblable à une conversation muette, comme s'ils se consultaient avant de se décider à le révéler.

– Nous sommes sortis ensemble ! lâche Clementine.

Inclinée contre Theo, elle le pousse d'un coup d'épaule. Sans doute s'attend-elle à des rires. Au lieu de quoi sa révélation a l'effet d'une bombe. Un silence ébahi engloutit la pièce.

Leur relation aurait passionné la presse à scandale. Il n'y a pas moyen de faire ses courses sans que Clementine vous observe en couverture d'un magazine, sous un gros titre rapportant son voyage scandaleux au Cap, ou son hypothétique nouvelle querelle avec la princesse Beatrice. Donc, ça ne date pas d'hier. C'était avant que nous rencontrions Theo, sans quoi Finn l'aurait repéré sur les blogs de potins.

– Quand était-ce ? je demande, imaginant un Theo adolescent en blazer de lycée privé, les joues piquetées d'acné, sortant avec une Clementine Del pré-Hollywood. Je l'image en intello férue d'art dramatique. Peut-être qu'elle savait dès le début que Theo était homo et qu'elle l'a couvert jusqu'à ce qu'il soit prêt à le rendre public.

– L'été dernier, répond Clementine. Enfin, pas cette année, l'été d'avant.

Donc, Theo sortait avec Clementine Del juste avant de fréquenter Finn ? C'était tout… récent.

– Nous nous sommes connus à Ascot, continue Clem. J'y étais avec Peach, mon ancienne copine d'école. Elle s'appelle Penelope en vérité, Peach n'est qu'un surnom. Une clémentine et une pêche ! On adorait se faire passer pour des jumelles, même si on ne se ressemble pas du tout. Par contre, Clementine est vraiment mon prénom.

Elle remarque les coups d'œil que j'échange avec Finn.

– Pardon ! Je vous ennuie. C'est une manie chez moi. Je m'épanche. Bref, nous nous sommes rencontrés lors d'une course hippique d'un ennui mortel, voire inhumaine, à laquelle nous étions obligés d'assister. Rencontrer Theo a été la seule partie salvatrice de ma journée !

Theo prend le relais.

– Clem faisait une pause pendant sa tournée, et son manager l'a envoyée faire du relationnel avec un cadre de la maison de disques. Il se trouve que ce type est le père de ma pote Ollie. Son père s'était mis minable la veille, il avait une méchante gueule de bois. À cause de ça, il a envoyé Ol à sa place et je l'ai accompagnée. Nous pensions nous marrer un bon coup. Vous savez : bien se saper, se souler au Pimms, parier. Donc nous avons débarqué et, imaginez notre surprise quand Clem et Peach sont apparues dans notre loge. La journée a été plutôt bonne. J'ai gagné cinq mille livres. Bon, le vrai prix, c'était Clem.

Theo et Clem échangent des sourires mielleux.

– Je l'ai averti que je ne sortirais avec lui qu'à la condition qu'il fasse don de ses gains. Je ne tolérais pas l'idée que quelqu'un profite de la cruauté envers les animaux, explique Clementine. Quoique si j'avais su qu'il était friqué, je lui aurais fait tripler la somme.

Theo part d'un rire tonitruant et je sens que leur présentation de l'histoire a été arrangée à force d'être répétée afin de captiver le public dans les cocktails huppés. Je plaque un sourire neutre, et réfléchis à une question de relance courtoise. Mais toutes celles qui me viennent à l'esprit sont d'une flagrante impolitesse : *Pardon mais tu sors aussi avec des femmes ? Tu es sorti avec elle ? Theo est comment au lit ? Comment est Clementine Del au lit ?*

– Après Ascot, nous nous sommes enfuis quelques semaines à Capri. Clem ne connaissait pas l'île. Même si elle n'en a pas vu grand-chose…

– C'est pourtant une île minuscule ! admet-elle en serrant son bras pour plus d'emphase. Nous sommes beaucoup restés dans la chambre, si vous voyez ce que je veux dire.

Nous voyons. Vous avez forniqué.

– Mais après Capri, j'ai dû partir à Hong Kong pour reprendre ma tournée, et Theo avait prévu de passer l'été en Californie.

Theo s'empare du bâton de relais.

– Disons simplement que ça n'a pas collé. Nous étions rarement sur le même continent, encore moins dans la même ville.

– Il est la seule personne que je connaisse qui voyage plus que moi.

– Nous avons stoppé deux mois plus tard. C'est la seule ex avec qui je sois resté ami.

Quelle chance pour nous !

Je me rappelle qu'il ne faut pas lever les yeux au ciel.

– Nous nous voyons dès que nous sommes dans la même ville, ce qui n'arrive pas autant qu'on pourrait le croire, dit Clementine.

Theo et Clementine partagent un sourire complice. Oh mince, vont-ils s'envoyer en l'air ce soir ? Ou l'ont-ils fait avant que tout le monde arrive ? Cette idée me met mal à l'aise. J'avais classé Theo dans une certaine boîte, et si je suis honnête, je présumais que ce n'était qu'une question de temps avant qu'il se mette avec Finn. C'est uniquement pour cela que j'ai accepté de fêter Noël chez Theo, alors que je ne l'ai pas vu de l'année – pour que Finn teste s'il y a quelque chose entre eux, maintenant que Theo est de retour à New York. Or de nouvelles variables s'ajoutent à l'équation. Je surveille comment Finn encaisse tout ça, et le voit engloutir la moitié de sa margarita en une seule rasade.

– Hélas, il était pourtant parfait pour moi ! plaisante Clementine.

Finn s'étrangle en buvant avant d'être secoué par une quinte de toux.

– Désolé, c'est passé par le trou du dimanche, prétexte-t-il.

Sans se démonter, Clementine sourit béatement à Theo, leurs mains entrelacées sur le coussin du canapé. Theo ne montre aucun signe d'embarras.

– Tu sais, je suis juste ici ! roucoule Theo.

– Et je pars la semaine prochaine ! renchérit-elle avec une moue exagérée, continuant leur spectacle en duo.

– Clem est en tournée ces temps-ci, nous précise Theo, bien que je le sache.

La station de radio diffuse des pubs pour Jingle Ball, avec Clementine en vedette, toutes les quinze minutes depuis six semaines, et il m'incombe de les insérer dans la programmation.

– Je me suis dit que Clem s'entendrait bien avec vous. C'est un peu une orpheline elle aussi.

– Ce n'est pas le terme que j'aurais employé ! dit-elle, offensée par la formulation de Theo. Ma mère s'est remariée, elle passe les fêtes avec la famille de son mari. Tout est un peu trop nouveau et délicat. Ils n'ont pas cru bon d'inviter la fille de la télé à partager la bûche.

– Assez parlé de nous. Nous vous ennuyons sûrement. Racontez-moi tout sur vous ! Theo ne tarit pas d'éloges sur ses amis new-yorkais.

Elle doit nous confondre avec d'autres. Nous ne nous sommes vus qu'une fois. Comment est-il possible que nous méritions d'être mentionnés ? Ma liste de questions grossières s'étoffe de seconde en seconde.

– Et si nous passions à table ? suggère Theo, sentant une ouverture dans la conversation.

Nous nous levons sans dire un mot. Je jette un œil à Finn, qui cherche une sortie de secours.

Je m'éclaircis la voix.

– Je vais me laver les mains avant. À cause des miasmes du métro, vous savez. Finn, as-tu besoin de te laver les mains toi aussi ?

– Absolument ! J'ai les mains vraiment très sales.

– Moi aussi, intervient Priya de crainte de rester sur la touche.

Nous sommes les trois personnes les moins subtiles de la planète. Theo hausse les sourcils, mais n'essaie pas de nous arrêter.

Dans le couloir, en marchant vers les sanitaires, je m'attarde devant une photo de Theo avec Phillip Benson, le milliardaire excentrique propriétaire d'Infinite Airlines. Je n'aurais jamais cru que Theo fasse partie de ses légions d'admirateurs. Il a peut-être un faible pour les célébrités.

Dans l'immense salle d'eau en marbre, Priya se perche sur la table de toilette, et Finn tourne en rond, faisant cinq pas dans un sens et autant dans l'autre entre la cuvette et le mur du fond. Je referme la porte derrière moi et m'assois sur l'abattant abaissé. Qui a des toilettes assez vastes pour faire les cent pas ? Cependant, l'émerveillement immobilier a été relégué au second plan par la présence de la pop star.

– Donc Theo est bi ? dit Priya à Finn.

– Ou pansexuel, dis-je.

Finn, ostensiblement silencieux, semble sur le point de vomir.

– Tu te sens bien ? je lui demande. Tu n'étais pas au courant de leur histoire, c'est ça ?

– Non, je ne savais rien.

Finn s'immobilise et s'appuie au mur du fond.

– Il s'est réveillé nu dans mon lit. Désolé si je n'ai pas pensé à le cuisiner sur ses préférences sexuelles.

– Il n'a jamais fait allusion à une copine ? tente Priya.

Finn se laisse glisser le long du mur et, accroupi, se passe les deux mains dans ses cheveux en brosse.

– Les filles, je l'ai vu une seule fois. Comme vous. Je ne m'en doutais pas.

– Ouais, mais vous avez échangé des SMS, dis-je.

La semaine dernière, Finn a écrit un commentaire bizarre sur Gaston dans notre fil de SMS de groupe quand j'ai proposé de lui prendre un sandwich en allant chez lui, avant de tilter qu'il s'agissait d'une plaisanterie qu'il partageait avec Theo, pas avec moi.

– Il n'y a jamais fait allusion ?

– Non, jamais. Nous ne partageons pas notre tableau de chasse ni la bio de tous nos partenaires. Tu vois, je n'ai pas pensé à le soupçonner de coucher avec des méga-stars.

– Tu as l'air contrarié, dis-je.

– Je ne suis pas contrarié, affirme-t-il, même si son langage corporel exprime le contraire. Pourquoi ça me toucherait ?

– Parce que tu l'aimes bien ?

– Pas spécialement, s'offusque-t-il. Je t'ai dit le jour de mon anniversaire que j'avais tourné la page.

Déjà ce jour-là, je ne l'ai pas cru. Depuis un mois, Finn frétille de joie dès qu'il est fait allusion à Theo ou notre soirée. Mais c'est un peu comme si je voyais le masque glisser sur son visage, à l'instant où il se ferme et adopte un air détaché, là dans les toilettes, comme s'il s'agissait d'un rôle et qu'il se mettait dans la peau de son personnage.

Ce soir, le rôle de Finn sera joué par… cette version robotique de lui-même. Le laisser croire ça me paraît plus prudent que le confronter à ses bobards, sachant que nous devons tenir tout le dîner.

– Alors pourquoi cette réunion au petit coin ? demande Priya.

– Pour nous laver les mains et commérer, répond Finn. Je soupçonne Clementine de s'être fait refaire le nez. Vous avez remarqué qu'il est différent ? Je ne dis pas que ce serait bien mais, si nous le voulions, nous vendrions une fortune une photo d'elle prise au cours de la soirée.

*

Notre groupe de cinq est assis autour d'une table assez vaste pour douze. Au lieu de rassembler tout le monde à une extrémité, les chaises en trop ont été retirées, ce qui crée des vides déplaisants entre chacun de nous. Le plan de table n'est pas l'unique source d'embarras. La conversation s'enlise depuis notre brin de causette dans la salle d'eau.

Pendant que tout le monde se concentre sur sa salade, je fixe le plat de viande rôtie au milieu de la table – les jarrets surmontés d'un petit chapeau en papier – en espérant ne pas devoir me servir car j'ignore comment découper cette chose.

– C'est une couronne de côte d'agneaux, explique Theo en remarquant mon regard. Enfant, c'était notre menu de Noël. J'en ai commandé une aux traiteurs pour nous.

Des fredonnements approbateurs circulent autour de la table.

– Nous avions aussi des papillotes surprises à Noël. Mais je n'ai pas eu le temps d'en commander, continue Theo, dans une nouvelle tentative de lancer une conversation. Une année, mon père en a fait fabriquer avec des billets de cent à l'intérieur. Seulement, cette année-là, j'avais fait beaucoup de bêtises, j'ai failli me faire renvoyer de l'école primaire après m'être battu avec un copain de classe. Alors pour moi, il en a fabriqué une avec un morceau de charbon à l'intérieur.

Clementine essaie de lui toucher le bras pour le consoler mais à cause de la distance, sa main tapote le vide avant de se poser sur la nappe blanche, dans le désert spatial.

Derrière son épaule, j'aperçois une photo de Theo, pris en sandwich entre Phillip Benson et une femme d'un certain âge, aux cheveux blonds laqués façon Farrah Fawcett avec une expression effarouchée figée par les injections.

– Tu dois être un grand admirateur de Phillip Benson, dis-je à défaut d'avoir plus intéressant à dire. Si tu cites ses bouquins, je serai obligée de vous laisser.

Tyler, le second assistant sur l'émission matinale, cite à tout bout de champ des devises *corporate* extraites du guide de Benson. « Le mal nécessaire est plus souvent mal que nécessaire » se plaît-il à nous rappeler pour se soustraire aux tâches rébarbatives.

– Oh ! crois-moi, je suis la dernière personne qui le citerait, m'assure Theo. L'ego de cet homme qui a rédigé un guide de développement personnel autour de ses problèmes perso est consternant. Je suis éberlué que les lecteurs n'exigent pas d'être remboursés.

– Tout à fait !

Puis je me souviens de l'autre photo de lui dans le couloir.

– Tu as pourtant l'air de l'admirer, non ?

Theo a un rire amer.

– Pas vraiment.

– Mais la photo dans le couloir ?

Mon regard fait le tour de la table, pour voir si les autres sont aussi confus que moi.

– Phillip est son père, ma chérie, dit Clementine. Tu ne savais pas ?

Non, je ne savais pas, et à en juger par la réaction de Finn – ses sourcils touchant quasiment la racine de ses cheveux – il l'ignorait aussi. C'est embêtant que nous ayons déjà utilisé le prétexte du besoin pressant, parce que soudain, il y a matière à confabuler.

– Avec quelles célébrités fantasmez-vous de faire un plan à trois ? demande tout à coup Priya.

Je suis reconnaissante qu'elle fasse diversion. Clementine tourne son corps entier face à Priya, ses mains serrées en prière.

– Ohhh, ce que c'est amusant ! Des célébrités avec qui j'ai déjà couché ? Ou avec qui j'aimerais coucher ?

– Euh, comme tu veux ? répond Priya.

– Peu importe. Ça ne change rien à la réponse. Chris Evans et Rita Ora. On pourrait croire qu'il brillerait, mais elle sait bichonner un clitoris.

Finn en reste bouche bée. Sa mâchoire tombe littéralement. J'imagine que mon visage montre une réaction comparable. Nous dînons chez le fils d'un milliardaire, avec une fille qui a couché avec Captain America. De notre côté, nous sommes une assistante, un acteur qui ne décroche pas un rôle, et une chroniqueuse stagiaire. J'imagine à peine à quel point ils regrettent leur choix d'invités.

– Et toi ? demande Clementine à Theo.

– Les célébrités sont trop capricieuses pour moi. Désolée, chérie, répond-il à Clementine.

Elle hausse les épaules avec indifférence, avant de s'intéresser à Priya.

– À ton tour.

– Peut-être Dominic Broughan…

– Non, l'interrompt Clementine. Il embrasse atrocement mal. Trop de langue. Tu vois le genre.

Avec une grimace dégoûtée, elle agite la langue comme un lézard. Les gloussements s'élèvent autour de la table, ce qui a pour conséquence de l'encourager. Elle se met à pétrir l'air devant elle.

– Il tripote beaucoup trop aussi, complète-t-elle. Et il est minuscule. Il m'arrive à la clavicule.

*

Après le dîner, Theo change la musique. Une ballade mélancolique irlandaise remplit le salon.

– Les Pogues ? T'es sérieux ? demande Clementine, couchée sur le dos sur le tapis du salon.

Le crayon retenant son chignon s'est perdu quelque part au cours du repas, ses cheveux blond argenté sont étalés autour d'elle comme la crinière d'un lion.

– *Fairytale of New York* est la chanson préférée des Britanniques, se défend-il.

– Jouons à un jeu, suggère-t-elle, le tempo de la chanson s'accélérant. Theo, as-tu des cartes à tout hasard ? Pour une partie de strip-poker.

À ce stade, nous sommes tous passablement éméchés. Une fois la tension initiale dissipée, Clementine a réussi à tous nous apprivoiser. Moi avec ses goûts musicaux, Finn avec ses connaissances encyclopédiques des comédies musicales (je ne me suis pas trompée en l'imaginant passionnée de théâtre à l'adolescence) et Priya avec des anecdotes sur des personnalités. Ce n'est pas difficile de comprendre pourquoi elle est célèbre. Elle dégage quelque chose de magnétique. Une aura indescriptible.

En outre, elle exerce une influence épouvantable. Autodésignée responsable de nos verres, elle les remplit en puisant dans le stock inépuisable de vin rouge de Theo, et nous ressert dès que le niveau des verres descend en dessous de la moitié.

– Je suis une optimiste, ma chérie, se justifie-t-elle en remplissant le mien presque à ras bord. J'aime les verres pleins.

Je ne saurais dire quelle quantité j'ai ingurgitée, mais mon verre n'a pas été à sec un seul instant au cours des deux heures à table.

– Pas de cartes, je crains, répond Theo.

– Je connais un jeu, offre Priya. Aurais-tu un drap ?

– Oui, répond Theo.

Dubitatif, il part chercher le drap demandé par Priya. Clementine se rassoit d'un air excité.

– Dis-moi, dis-moi. C'est quoi le jeu ?

– Le jeu du drap, répond Priya.

– Le jeu du drap ?

À cause de l'accent de Clementine, ça sonne plus comme « jeu du gras ». Je glousse. Je suis plus ivre que je ne croyais.

– Explique-nous en quoi ça consiste, dit Finn en passant de sa chaise au tapis, à côté de Clementine.

Theo revient avec un drap blanc, qu'il confie à Priya.

– Super, je m'apprêtais à expliquer les règles.

Captivés, nous écoutons tous Priya avec attention.

– Chacun commence avec dix bouts de papier. On peut inscrire tout ce qu'on veut. Une personne, le titre d'un film, un lieu, un objet. Ça se joue en quatre manches. La première ressemble à un jeu des devinettes, sauf qu'on peut prononcer tous les mots sauf ceux qui sont sur le papier pour faire deviner ce qui est inscrit à son équipe. Pour la seconde manche, un seul mot est permis. La troisième consiste en charades. La quatrième, charades sous le drap. Nous reprenons les mêmes mots à chaque tour, donc on devine plus facilement à mesure que le jeu se complique.

– On forme des équipes ? demande Finn, déjà emballé.

– Oui, deux équipes. On joue à tour de rôle, et chaque équipe dispose d'une minute pour faire deviner à son coéquipier le plus de mots possibles. Le tour s'achève quand la pile de feuilles est épuisée. Chaque papier correctement deviné rapporte un point.

– Je crains que ce ne soit trop compliqué pour des gens éméchés, dis-je.

– Fais-moi confiance, c'est amusant. Les hivers sont froids à Syracuse, nous avions de longues heures à remplir.

– Je suis partant, dit Finn.

– Moi aussi, enchérit Clementine.

– D'accord, dis-je.

– Quelles sont les équipes ? demande Theo.

– Pourquoi pas les filles contre les garçons ? Comme vous n'êtes que deux, à vous de commencer, suggère Priya.

Theo se lève derrière Finn, et lui masse l'épaule comme un manager chauffant son boxeur professionnel.

– Tu te sens d'attaque ?

– Absolument.

Finn sourit comme s'il avait remporté la loterie.

Après avoir rempli les verres et trouvé des stylos – les seuls dans le bureau de Theo étaient deux stylos-plumes Montblanc plantés sur des socles décoratifs, plus le crayon du chignon de Clementine sous la table de la salle à manger – nous cogitons pour choisir les mots, puis lançons nos feuilles repliées dans un saladier en cristal.

– C'est plus chic que nos parties au lycée, dit Priya. Nous utilisions le saladier dédié au pop-corn slash vomi.

Elle tend le lourd récipient à Finn, le premier à faire deviner.

– Une minute au chrono. C'est parti !

Finn pioche son premier papier et sourit en lisant l'indication.

– Il s'agit d'une série musicale sur Oz ! crie-t-il à Theo qui arbore un regard vide.

– Kristin Chenoweth ! ajoute Finn.

– Hmmm…

Le front plissé, Theo réfléchit.

– Populaire ! crie Finn.

Theo restant muet, Finn tente de chanter à la place.

– PO-PU-LAIRE.

Rien n'y fait. J'ai de la peine pour Theo. Ce moment me rappelle le jour où Finn a tenté de m'apprendre à jouer à Zip, Zap, Zop, leur exercice d'échauffement en cours d'art dramatique, et qu'il s'est énervé parce que je ne pigeais pas assez vite.

– Sorcière ! hurle Finn à Theo.

– Je passe ? fait Theo.

– J'y crois pas. Il faut combler tes lacunes au plus vite si tu veux qu'on reste amis, se moque Finn en changeant de bout de papier.

– Podcast policier dont tout le monde raffole.

– *Serial* ? propose Theo.

Avant que Finn n'ait pu piocher un papier dans le saladier, l'alarme du téléphone de Priya signale la fin du temps imparti.

– Ce qui leur fait un point.

Theo serre la cuisse de Finn.

– Je n'ai pas été à la hauteur. Je me rattraperai au prochain tour.

Je vois Finn fixer la main de Theo les yeux écarquillés.

– Ils sont mignons, me murmure Clem, penchée vers moi.

Je hoche la tête, à défaut de savoir quoi répondre. Priya prend la direction du premier tour de notre équipe.

– Donne tout, Priya ! l'encourage Clementine en jouant un roulement de tambour sur ses cuisses.

Theo lance le minuteur sur son téléphone.

– Et c'est parti.

Priya déplie son premier papier. Un œil fermé, elle réfléchit.

– Photos seins nus de Clem prises par des paparazzis, annonce-t-elle.

– Le yacht de Leonardo di Caprio ! crie Clementine, sans que l'on sache si elle s'enflamme pour ce souvenir ou pour le point gagné.

– Des gens qui se versent de l'eau sur la tête sur les réseaux sociaux, propose Priya.

– L'Ice Bucket Challenge, je hurle.

– La femme dans *Hunger Games*, dit Priya avec urgence.

Elle saisit une pleine poignée de papiers. Notre équipe a le vent en poupe.

– Katniss Everdeen ! crie Clementine.

Au gong de fin, nous totalisons huit papiers. Clementine tape dans la main de Priya quand elle prend sa place sur le canapé.

Une heure plus tard, nous entamons la dernière manche, et j'ai mal au ventre à force de rire. Après des débuts houleux, Finn et Theo ont fait une superbe remontée. Le tour débute avec un score de soixante-quatorze points pour les garçons contre soixante-seize pour les filles. Theo s'est pris au jeu, révélant un esprit de compétition aussi affirmé que Finn. Les papiers restant dans le saladier sont ceux qui sont reposés à chaque tour car trop difficiles à deviner.

– C'est à moi. Promets de ne pas me faire la tête si je foire cette manche ? demande Clementine.

– Tu ne vas pas foirer, affirme Priya.

Clementine rabat le drap sur sa tête, entraînant quelques papiers en dessous.

– À vos marques, prêt, partez.

Clementine bascule la tête en arrière et mime je ne sais quoi avec ses mains. Ça donne l'impression qu'elle joue de la trompette imaginaire. Puis elle remue les hanches dans une sorte de frotti-frotta.

Theo se marre tellement qu'il essuie des larmes au coin de ses yeux. Nous ririons également si nous n'étions pas autant concentrées pour deviner que Clementine essaie d'interpréter. Je n'aurais jamais prédit que la soirée se terminerait avec une authentique pop star s'excitant dans le vide avec un drap sur la tête.

Si les paparazzis avaient acheté à prix d'or des photos de son nez refait, imaginez la surenchère pour celle-ci. En légende, on lirait : « Clementine Del en pleine dépression nerveuse ».

Clementine reprend son numéro de *air* trompette.

– « Drunk in Love » ? devine Priya.

Oh, oui, elle buvait, elle ne jouait pas de la trompette virtuelle.

– Tu déchires ! hurle Clementine sous le drap, vaguement dans la direction de Priya.

– Interdit de parler ! gronde Finn.

– M'embête pas, je ne triche pas.

À présent, elle traverse la pièce à toute vitesse, les bras écartés. Plongeant de côté, elle renverse une flûte à champagne vide. Un verre si épais qu'il ne se brise pas.

– T'inquiète ! ordonne Theo. Le jeu d'abord.

Clementine s'accroupit, bras tendus et se relève lentement, avant de marcher en canard dans le salon, comme un avion paré au décollage.

– *Réflexions à 35 000 pieds !*

J'aboie le titre du guide de développement personnel publié par le père de Theo.

– Bravo ! s'exclame Clementine.

Elle remonte le drap sur sa tête, qui retombe comme un voile de mariée et me plaque au sol en m'étreignant. Nous basculons en arrière, les membres emmêlés avec le drap en lin de qualité supérieure. Priya se jette sur le tas.

Au bout de la pièce, Theo bougonne.

– Seul mon père peut gâcher un Noël même sans être là.

Finn masse le dos de Theo pour le consoler.

– Je veux ma revanche.

Mais la revanche n'a pas lieu. Peu après la fin de la partie, Clementine s'endort, roulée en boule comme un chat sur le tapis, et ronfle doucement. Nous autres sommes trop survoltés par le jeu, ou le vin, ou la compagnie des uns et des autres, ou une combinaison étourdissante des trois.

À mesure que notre conversation se prolonge jusqu'aux premières lueurs du jour, une sensation électrique s'affirme dans la pièce comme si les choses s'emboîtaient entre nous quatre. J'étais fâchée que Finn invite Theo l'année dernière, mais il avait raison. Il est l'un des nôtres.

8

Hannah

Cette année, 22 novembre

Notre voiture de location, une Prius argentée, est à l'arrêt devant la maison des parents de David à Fairfield. Je suis déjà venue deux fois chez eux – pour l'anniversaire de sa mère, et pour celui de David. Et à chaque visite, la maison m'impressionne de nouveau. Non qu'elle soit immense. Avec deux salaires de l'enseignement, et dans l'un des quartiers les plus prisés du Connecticut, ce serait chimérique. Mais parce qu'elle semble sortie d'une sitcom d'ABC. Revêtement blanc, volets noirs, une corne d'abondance remplie de calebasses sur la première marche de l'allée en brique menant à une porte d'entrée rouge vif. L'ensemble est si accueillant.

– Prête ? demande David, derrière le volant.

– Ouaip, je réponds avec une confiance que je ne ressens pas.

Mon genou a sautillé sur tout le trajet, à savoir une heure et demie.

– Ça va être sympa, dit David pour tenter de me rassurer. Mes parents sont fous de joie de te recevoir.

Dès que David actionne le verrouillage sur la clé électronique, la voiture émettant un bip-bip de confirmation, la porte d'entrée s'ouvre et sa mère apparaît comme une image mise sur pause d'elle attendant le retour de son benjamin pour que la fête commence.

Dès que je me trouve assez près, elle m'attire entre ses bras. In extremis, je tends ma tarte à David pour éviter qu'elle l'écrase.

– Hannah ! Nous sommes si heureux que tu fêtes Thanksgiving avec nous cette année !

June me serre encore un coup.

– Et moi, je compte pour des prunes ? taquine David derrière moi.

June l'inspecte en le tenant à bout de bras, irrémédiablement soucieuse qu'il soit aussi mince. Comme s'il avait dépéri depuis la dernière fois, il y a trois semaines, quand nous avons rejoint ses parents à Grand Central pour les inviter à dîner avant qu'ils aillent voir *Dear Evan Hansen* à Broadway, les billets étant un cadeau d'anniversaire déraisonnable offert par David.

June l'étreint, son baiser laissant une traînée de rouge à lèvres rose sur sa joue.

– Tu ne compteras jamais pour des prunes, tu es bien trop beau. Pour du *corned beef*, à la limite. Tout le monde aime le corned beef.

June prend son fils par le bras et nous emmène à l'intérieur.

– Va dire bonjour à tes frères, dans le petit salon.

Il me redonne la tarte avant de s'enfoncer docilement dans la maison. Même si elle est on ne peut plus charmante, June me terrifie.

Ma réaction peut sembler étrange, face à une femme fluette en pull beige et pantalon assorti qui ne dit jamais de méchanceté sur qui que ce soit. Ce qui m'effraie, c'est que David coure après son approbation.

La première fois que j'ai rencontré ses parents, autour d'un steak-frites, alors que nous sortions ensemble depuis cinq mois, il marchait d'un pas enjoué en rentrant.

– Ils t'apprécient, a-t-il déclaré.

– Tant mieux. Je les apprécie aussi.

– Ils n'aimaient pas du tout Alexa.

Sa précédente copine, la seule assez sérieuse pour qu'il la leur présente.

– Ils la trouvaient snob et pas très futée.

Depuis, consciente que rien n'est acquis, je vis dans la crainte que June révoque son tampon de validation.

Je la suis dans la cuisine, où des marmites mijotent sur chaque feu. L'audace de June qui cuisine un repas entier en tenue écrue, sans tablier et sans se tracasser de se tacher, confirme qu'il convient de la redouter.

– Où je la pose ? C'est une tarte aux noix de pécan, dis-je en montrant ma boîte à pâtisserie rose.

June a émis des objections quand j'ai proposé d'apporter quelque chose.

– Je m'occupe de tout, votre présence suffira, avait-elle dit.

Je ne cuisine pas beaucoup. Voire pas du tout. En revanche, la nourriture est le langage amoureux de David, et il a hérité ce gène de sa mère. Il m'a courtisée en dînant dans ses restaurants préférés, me relatant son histoire personnelle à travers les mets – le ramen porte-bonheur, qu'il commandait dans une gargote de Saint-Marks avant chacun de ses examens de fin d'année, le plateau de fruits de mer à Jeffrey's Grocery où son père l'a emmené avant l'examen du barreau, les pancakes du Sarabeth, où il invite sa mère à toutes les fêtes des mères. Quand j'étais enrhumée, il a insisté pour demander à June sa recette de soupe de poulet, avec un bouillon fait maison à partir d'une carcasse de poulet. D'après lui, la soupe a des vertus thérapeutiques surnaturelles. À ma stupéfaction, elle m'a guérie.

Ce que j'ai apporté pour Thansgiving chez sa mère me donnait l'impression de passer un test, et je me devais de le réussir. Bien que je connaisse déjà tout le monde, le fait de venir un jour férié rend l'instant important, plus officiel que mes précédentes visites.

Toute la semaine, j'ai épluché les commentaires sur toutes les boulangeries de la ville afin d'être certaine de commander la meilleure tarte possible, avant d'arrêter mon choix sur Pies'n Thighs à Williamsburg. J'ai pris le train J pour traverser le pont à huit heures ce matin, pour récupérer ma tarte sans risquer que son goût s'altère dans la nuit.

– Laisse-la par ici, trésor.

June indique un coin sur le plan de travail où deux autres tartes refroidissent sur une grille. J'en vois une troisième dans un Tupperware bombé apporté par l'une des belles-sœurs de David. S'il s'agissait d'un test, c'est avec un sentiment d'échec que je pose ma tarte sur les autres, toutes faites maison.

– Je peux aider à quelque chose ? je demande.

– Tout est prêt. Va donc voir ce que font les filles.

*

– Tu sais que c'est la croix et la bannière d'intégrer une bonne école maternelle ? pérore Jen, une belle-sœur de David, à Zoe, son autre belle-sœur, quand j'entre dans le salon. Inscris-toi sur liste d'attente dès à présent.

Le visage de Zoe se froisse. Elle suit en ce moment son troisième cycle de FIV en autant d'années. Elle me l'a confié un soir où nous prenions un verre – un verre de vin pour moi, une eau pétillante pour elle – dans un bar à vin cosy de Fort Greene, au coin de la rue où elle vit avec Nate, le cadet de la fratrie. Ils se sont installés dans un trois-pièces il y a quelques années, dans l'espoir qu'un bébé occupe la seconde chambre. Jusqu'à présent, elle ne sert qu'à un vélo Peloton.

– J'ignorais qu'on pouvait mal s'asseoir en cercle, je plaisante pour tenter de détendre Zoe.

Même si je ne l'ai vu que de rares fois en petit comité, je l'aime bien et Jen est un tyran.

– Tu n'imagines pas ! Ne pas avoir inscrit Sophie sur liste d'attente à Saint Ann à la minute où je suis tombée enceinte est le plus grand regret de ma vie. C'est pour cela que nous avons dû quitter New York, admet-elle. Nous avons trop tardé pour qu'une école d'excellence l'accepte.

Je me retiens de lever les yeux au ciel en apprenant que *ça* – le fait que sa fille soit refusée dans des écoles maternelles à 48 000 dollars par an – soit le moment qui a scindé son monde en deux. Sans aller jusqu'à lui souhaiter de souffrir, j'aimerais qu'elle prenne le recul nécessaire pour s'entendre parler. Une pimbêche. Quel que soit l'impact produit sur moi, il heurte deux fois plus fort Zoe et son utérus vide.

Ne m'étant que trop incrustée dans la conversation sur la maternité, je tente ma chance sous la véranda, où David mène un débat sans fin sur l'intérêt relatif d'investir dans le bitcoin pendant que le clan des hommes suit d'un œil distrait le match des Giants.

*

Après deux heures d'allers-retours entre les femmes au salon et les hommes sous la véranda, cherchant ma place dans cette famille, je n'ai plus d'énergie. Bien que tout le monde soit sympa avec moi – dans le cas de June, à un point exténuant – je ne réussis pas à me détendre. Et l'effort commence à peser. Claquée et stressée, je monte dans l'ancienne chambre de David pour m'octroyer une minute de solitude.

Dans sa chambre, j'effleure les trophées de football sur la commode, et les photographies encadrées de David lors de sa remise des diplômes, flanqué de ses deux frères. J'ouvre un exemplaire corné des enquêtes policières des Frères Hardy, sur l'étagère. Lors de l'un de nos premiers rencards, David m'a confié qu'il avait failli devenir inspecteur à cause de cette série.

– Pourquoi as-tu changé d'avis ? ai-je demandé.

– Parce qu'Adam voulait devenir avocat, et je voulais pardessus tout suivre son exemple.

– Tu es une sorte d'enquêteur. Les avocats résolvent des affaires à leur façon.

– C'est gentil, répond-il. Je pense que j'ai loupé l'épisode sur le rebelle qui se distingue par ses frasques. De nous deux, c'est toi qui vas au bout de tes rêves. Et je trouve cela incroyablement sexy.

À présent, dans cette pièce remplie des reliques de sa jeunesse, le fait de ne pas avoir connu ces anciennes versions de lui provoque une jalousie irrationnelle en moi. L'as du football à l'école primaire, le président du club des meilleurs élèves du lycée, même le fêtard qui fréquente les boîtes de nuit new-yorkaises. Ce dernier, une courte phase immortalisée par une photo de lui coiffé avec du gel et une chemise brillante parmi une troupe de potes de fac, punaisée au tableau d'affichage au-dessus de son bureau.

J'ai swipé à droite sur le profil Bumble de David à cause de la combinaison de sa fossette singulière et de sa citation de présentation *Tu seras le DJ, je serai le chauffeur.* Je n'ai compris qu'elle était extraite de paroles de John Mayer qu'à notre cinquième rendez-vous. À ce moment-là, il me plaisait déjà trop pour que je me soucie de ses goûts musicaux discutables. Et fidèle à la promesse de son profil, il se plaît à me laisser être le DJ.

Je me suis toujours imaginée en couple avec un musicien, quelqu'un qui soit aussi féru de musique que moi. Pas un chanteur, mais plutôt un batteur ou un bassiste. Quelqu'un qui ne joue pas pour les filles ou la gloire mais pour l'art. David n'aurait pas pu en être plus éloigné. La semaine dernière, je l'ai entendu chanter le jingle de Stanley Steamer sous la douche, et une fois il m'a demandé un mot de six lettres pour ses mots croisés répondant à la définition : ancien membre d'un groupe annonçant un « Sign of the Times ».

– Il est mignon dans le genre boy scout, a commenté Priya après l'avoir aperçu se faufilant hors de ma chambre le lendemain de notre second rendez-vous.

C'était perspicace. Avec son charme de gendre idéal, les vieilles dames aiment papoter avec lui quand elles patientent à la caisse de l'épicerie. Je ne pensais pas qu'il me conviendrait. Je me projetais avec un tatoué taciturne. Mais, je ne sais comment, à peu près tout en David me plaît.

Sursautant en entendant tapoter sur l'encadrement de la porte, je serre le livre de poche contre ma poitrine. Derrière moi, David est appuyé au mur, un petit sourire aux lèvres.

– Coucou.

– Coucou, dis-je, intimidée d'avoir été prise en flagrant délit.

– Que fais-tu dans ma chambre ? Je t'ai cherchée partout.

– Je fouine.

– Puisque nous nous confions des trucs louches, est-ce bizarre que j'aime te voir dans ma chambre ? À l'époque du lycée, aucune fille n'est venue ici. C'est comme un vœu qui s'exauce.

Sous son regard qui me survole de la tête aux pieds, je pique un fard. Si ses parents ne se trouvaient pas au rez-de-chaussée, je l'entraînerais sur le lit. Au lieu de quoi je me contente de traverser la pièce pour lui donner un petit bisou. Rien d'embarrassant au cas où ses parents débouleraient.

– Il faut redescendre avant qu'on nous cherche ? dis-je.

– Restons un peu. J'ai besoin de souffler moi aussi. Je sais qu'ils sont épuisants. Ça me touche beaucoup que tu sois venue.

Dès qu'il me serre contre lui, je m'abandonne entre ses bras, la tête sur son épaule. Je hume l'odeur de son déodorant mêlée au bois de santal et au cuir de son eau de toilette. Il ne m'en faut pas plus pour que quelque chose se relâche dans ma poitrine. Comme si je pouvais respirer pour la première fois de la journée. Même si je n'ai pas d'expériences d'école maternelle à échanger avec Jen et Zoe, ni d'opinions sur la cryptomonnaie ou le football, je me rends compte que je suis néanmoins contente d'être ici. Parce que c'est là où est David, et ce sont les personnes qu'il aime le plus. Et je veux qu'ils m'aiment également.

*

La table du dîner mérite une double page dans un magazine. Après avoir pris sa retraite de sa fonction de directrice adjointe du collège local, l'été dernier, June a suivi une formation de huit semaines à l'Institut culinaire d'Amérique, en périphérie de Poughkeepsie. Aujourd'hui elle donne son récital. Voletant autour de la table, elle remplit les verres et découpe la dinde en petites bouchées pour ses petits-enfants.

– Alors, David, dit Jen une fois que tout le monde a pris place. Quand comptes-tu passer la bague au doigt à Hannah ?

Elle boit un peu de vin pour dissimuler son sourire crâne. Les conversations autour de la table s'arrêtent net, et chacun attend la réponse à la question qui les tracassent tous, mais que seul Jen a l'audace de poser.

– Eh bien… bredouille David, en lançant des appels à l'aide visuels autour de la table.

Nate lui flanque une tape dans le dos.

– L'embête pas, Jen. Si ça se trouve, il attend Noël pour ça et tu as gâché sa surprise.

– Maman tricote à Hannah sa chaussette de Noël, observe Adam sur un ton entendu.

Il est clair que ses grands frères ont hâte que David rejoigne leurs rangs de maris et de pères. Ce serait mignon, sans cette soudaine impression d'être projetée dans l'un de ces rêves où je serais appelée au pupitre pour prononcer un discours qui j'ai omis de préparer. Et, évidemment, je ne porte pas de pantalon. Tous les regards allant de David à moi, je me demande brièvement si ce serait suspect que je file au petit coin, et laisse le clan Becker régler ça entre eux.

– Fiche-lui la paix, gronde le père de David sur un ton qu'il employait pour réclamer le silence dans une classe de lycéens chahuteurs.

– Tu sais que je te taquine, Davey, fait Jen en remplissant son verre de vin. J'essaie de donner un coup de pouce à Hannah ! Je suis sûre qu'elle s'impatiente. À sa place, je trépignerais.

Elle me fait un clin d'œil comme si nous étions complices.

Jen me rappelle ma sœur. La Jennifer bronzée et musclée, aux parfaites mèches blondes, était juriste d'entreprise quand elle a épousé Adam. Maintenant elle est mère au foyer, avec deux enfants, et s'appuie sur le même esprit de compétition pour devenir la femme et la mère parfaites, comme si elle était en lice pour s'associer à la société Mme, Maman et femme d'intérieur.

Fut un temps où Brooke semblait suivre une voie moins conventionnelle. Après le krach boursier de 2008, et la faillite de Lehman Brothers, elle a empoché sa part de la vente de notre maison d'enfance pour vivre une sorte de Rumspringa[8] de quart de vie, faisant la fiesta aux quatre coins du globe, probablement soulagée d'être dégagée de la responsabilité de m'avoir à sa charge.

8. Tradition amish permettant aux adolescents d'aller découvrir le monde en dehors de leur communauté et de faire le choix d'y retourner, ou pas.

Elle est rentrée de voyage un an plus tard avec Spencer, un bourlingueur qu'elle a rencontré à une fête de la Pleine Lune à Phuket. J'ai levé les yeux au ciel quand elle a insisté pour que je m'envole pour Boston à Thanksgiving, ma troisième année de licence, pour faire sa connaissance. J'ai cédé, de mauvaise grâce, quand elle a dégainé l'artillerie lourde : « Tu es la seule famille que j'ai. »

Nous avons grignoté des sandwichs à la dinde pris à l'épicerie fine, au pied de l'immeuble de l'Upper East Side où habitait Brooke, pendant que Spencer nous sermonnait à propos de la supériorité des sushis japonais sur leurs équivalents américains, et me recommandait de visiter impérativement Angkor Wat avant que le site soit ravagé par le tourisme, comme s'il était dispensé du statut de touriste.

Il n'a aucune chance de durer, ai-je songé à la fin du séjour.

Pourtant, il est resté.

Spencer a pris un emploi chez Citadel et Brooke au Crédit Suisse. Ils ont fait l'acquisition d'appartements de plus en plus grands, à mesure que leurs salaires explosaient. Après deux années de vie commune, ils ont annoncé qu'elle était enceinte, c'est-à-dire l'année où je me suis installée à Manhattan. En très peu de temps, Brooke a démissionné, ils se sont installés dans une maison de Highland Park – la ville qui jouxte celle où nous avons grandi – et Spencer a mis au doigt de Brooke un diamant aussi large qu'une patinoire.

Au Thanksgiving suivant, nous étions cinq : moi, Finn, Brooke, Spencer et bébé Ella qui a hurlé à pleins poumons tout au long du dîner au point de virer au violet, ce qui était déroutant. Après le dîner, j'ai fait la vaisselle avec Brooke pendant que Spencer et Finn attachaient le bébé dans la voiture pour tourner dans le quartier, l'unique remède pour calmer ses pleurs.

C'était la première fois que je me retrouvais seule avec Brooke depuis des années. Il y avait toujours quelqu'un pour faire tampon, Spencer, Finn ou le bébé – parfois les trois réunis. Alors j'ai saisi l'opportunité pour lui poser une question qui me chiffonnait. « Ça t'arrive de te sentir triste en pensant à maman et papa ? » Elle ne parlait jamais d'eux, mais habitant la bourgade voisine, elle passait obligatoirement devant des rappels de notre enfance, presque au quotidien. J'imaginais que c'était comme vivre dans un musée de son propre chagrin.

Elle a poussé un soupir en nettoyant au goupillon un biberon d'Ella. Rien n'indiquait si elle soupirait parce qu'être une jeune maman l'épuisait, ou parce que je l'exaspérais.

– Tu sais quel est ton problème, a fini par répondre Brooke. Tu dois cesser de vivre dans le passé.

– T'énerve pas, ce n'était qu'une question.

– Bien sûr que je me sens triste quand je songe qu'Ella ne connaîtra pas ses grands-parents, ou quand je passe devant l'ancien bureau de maman. D'ailleurs, il a été remplacé par un Subway. Et tu n'imagines pas à quel point j'aimerais que maman me conseille pour qu'Ella fasse ses nuits, ou me rassure sur le fait qu'être parent devient plus facile avec le temps, ou me fasse un câlin ou m'apporte un repas fait maison quand j'ai passé une semaine sans dormir plus de deux heures d'affilée…

Brooke laisse sa phrase s'éteindre, manifestement perdue dans ses pensées.

– Mais on ne peut pas changer le passé, alors à quoi bon s'appesantir ? Ce n'est pas sain, Hannah. Pour continuer à vivre, tu dois tourner la page.

Au cours des sept années qui se sont écoulées entre-temps, Brooke a pondu deux autres fillettes, et creusé la distance entre nous, poursuivant son chemin de telle manière que je ne suis pas certaine d'avoir encore ma place dans sa vie. Quand David m'a invitée pour Thanksgiving, j'ai éprouvé un mélange de victoire et de défaite en déclinant l'invitation de Brooke. Je tenais la preuve que je traçais ma route aussi, ainsi qu'elle l'avait suggéré, mais ce faisant, j'admettais que Brooke et moi ne serions jamais proches comme je l'avais espéré.

*

Après le repas, le dessert et trois parties animées de Pictionary, David et moi reprenons la voiture, le coffre chargé de Tupperware remplis de restes. À l'entrée de l'I-95, David pose la main sur ma cuisse.

– Mes parents t'apprécient vraiment, tu sais.

Il soupire de bien-être.

– Ils sont formidables, dis-je. Jen, je pourrais m'en passer, mais cet écrasé de pommes de terre au gorgonzola qu'a cuisiné ta mère a presque rattrapé le coup. Quel délice…

Je gémis d'extase rien que d'y penser.

– Je suis désolé pour Jen. Tu sais comment elle est. Je lui ai fait la remarque après le repas. Ce n'était pas juste qu'elle te tende une embuscade.

Quand il me lance un regard, je vois qu'il est nerveux, parce qu'il pince sa lèvre entre ses dents.

– À propos de ce qu'elle a dit… serait-ce tellement insensé ? De se fiancer ?

Je sens ma gorge se nouer.

– Pas insensé, non. Juste un peu tôt. Ne penses-tu pas ?

J'ai à peine franchi l'étape cruciale d'un jour férié avec sa famille que nous nous précipitons déjà vers la suivante.

Chaque fois que nous faisons allusion au mariage, c'est en termes abstraits. De la même façon que nous évoquons un voyage en Italie au-dessus de nos moyens, et que je ne pourrais de toute façon pas effectuer car je manque de jours de congé. C'est un projet pour *un jour.*

Et que sais-je de ce que c'est d'être une femme mariée – ou même, si je mets en avance rapide, une mère – après tant d'années sans avoir de famille ? Et si je n'assurais pas du tout, et que je finissais sans rien ? Ses réflexions s'entrechoquant dans ma tête, ma jambe recommence à sautiller.

– Prématuré ? Pas tant que ça. Je suis sûr de moi, Han. Nous vivons déjà ensemble, ce ne serait pas un grand changement.

– Alors pourquoi se presser ? Les mariages coûtent une fortune.

– Je discuterais avec ma mère. Je ne voudrais pas qu'elle te force à avoir un mariage blanc froufrouteux, si c'est ce qui te tracasse. Je sais que ce n'est pas ton style. En ce qui me concerne, je me contenterais d'un mariage à l'église et de manger un bout dans un snack-bar. Ça n'a pas d'importance pour moi. Je veux juste être avec toi.

Je lui souris. Je sais que David veut juste un plan. Il a des plans à cinq ans, des plans à dix ans, et un tableur pour projeter son plan d'épargne retraite. Moi, je m'efforce de ne pas trop penser à l'avenir. La longévité n'est pas ce qui caractérise ma famille. Non que je n'aie pas envie d'être avec lui, mais nous avons trouvé l'équilibre, alors pourquoi le perturber ?

– Ne t'imagine pas que je n'ai pas remarqué que tu ne m'avais pas répondu, dit-il sur un ton badin. Du coup… Si je faisais ma demande à Noël, dirais-tu… oui ?

Il chuchote le dernier mot, comme s'il redoutait ma réponse.

– Sans vouloir esquiver, nous n'avons pas encore discuté de Noël. C'est le dernier Noël de Finn à New York et…

– Attends, fait-il en me jetant un coup d'œil, ses sourcils rapprochés par la confusion. Tu ne viens pas chez mes parents à Noël ?

– Tu sais que j'ai l'habitude de le fêter avec mes amis. Je ne suis pas venue l'année dernière.

– Mais nous habitons ensemble cette année, dit-il comme si c'était la clé du problème, sa perplexité remplacée par un air blessé. Et je sais que Noël est ta fête préférée. J'espérais que nous fabriquerions une nouvelle tradition ensemble cette année. *Ensemble.* Je pensais qu'après aujourd'hui…

Je le coupe pour éviter toute méprise.

– J'ai passé une excellente journée aujourd'hui ! Ta famille est charmante ! Mais Finn, Priya et Theo sont ma famille. Et notre tradition de Noël est une façon de la célébrer. Noël est important pour moi parce qu'*ils* sont importants pour moi.

– Je sais qu'ils sont importants pour toi mais je veux être ta famille aussi. Ma famille peut devenir la tienne, dit-il, et malgré sa voix tendre et remplie d'espoir, ses arguments m'irritent.

– Ma famille n'a pas besoin d'être remplacée, David. Ce n'est pas parce qu'elle est hors normes qu'elle n'est pas réelle…

– Ce n'est pas ce que je…

Je sens que je m'emporte. J'ai besoin de tout déballer, de lui faire comprendre.

– Ces gens ont été à mes côtés contre vents et marées ces dix dernières années.

Je fixe la rangée de feux arrière qui s'étend devant nous et respire profondément.

– Mes parents continueront de manquer à une partie de moi. Je ne digérerai jamais leur disparition. Et pendant un moment, j'ai craint de ne jamais retrouver le bonheur, ou la sécurité ou le réconfort. J'étais seule. Mais ils se sont rassemblés autour de moi, et m'ont offert de la compréhension, de l'amour et de la vitalité. Tu téléphones à June ou à l'un de tes frères quand tu as une journée difficile, ou pour partager une bonne nouvelle. Moi, je partage ces choses-là avec eux. Ils sont ma famille de toutes les manières qui comptent.

Après un silence, il me prend la main.

– J'aurais dû choisir mes mots avec plus de délicatesse. Je ne voulais pas insinuer que vos liens sont moins valables. Je ne peux pas imaginer ce que tu as traversé. Tu es réellement la personne la plus forte que je connaisse. Et je suis si heureux que tu aies trouvé des personnes qui t'ont apporté tout ça. Mais Hannah…

Il tire sur ma main pour m'inciter à le regarder, ce que je fais.

– … Ne vois-tu pas que je veux que tu te sentes aimée, réconfortée et vivante grâce à moi aussi ?

– Je le sais, David.

Je presse sa main pour le souligner, et une seconde, il détache son regard de la circulation pour jauger ma sincérité.

– Mais c'est différent. Tu as tes parents, tes frères, et je n'essaye pas de les remplacer. On peut avoir une famille et un partenaire amoureux, l'un n'empêche pas l'autre. Tu sais, des tas de couples passent les fêtes chacun de leur côté.

– Sauf que je n'ai pas envie d'être l'un de ces couples.

Dans le silence qui suit, j'ai l'impression d'avoir atteint une impasse.

– C'est juste que…, hésite-t-il.

– Quoi ? dis-je, incapable d'en rester là.

– Rien, c'est sans importance. Je déteste l'idée qu'on se dispute à cause d'un détail.

J'ai beau savoir que ce n'est pas son intention, mon esprit bloque sur le « détail », qui zigzague dans ma tête comme une balle rebondissante vendue cinquante centimes dans un distributeur.

– Un détail ? Tu n'as rien écouté ? Ce sont mes proches. Ce n'est pas un détail. Ils sont tout pour moi. Ne fais pas semblant de ne pas comprendre. Ta famille est juive, David ! Tu ne me feras pas croire que Noël compte à ce point pour vous.

Il s'offusque.

Quel piètre argument… J'ai vu des photos de lui et ses frères enfants, en pulls rouges identiques, déchirant des emballages cadeaux ornés de Père Noël. Certes, ils ne sont pas chrétiens mais June a pleinement adopté la version commerciale de Noël. Je sais que Noël a de l'importance pour lui. Mais pourquoi dois-je être celle qui fait des compromis ? Pourquoi n'est-ce pas lui qui reconnaît que ma tradition compte autant que la sienne ?

Nous roulons un quart d'heure en silence, absorbés dans nos réflexions.

Norwalk.

Darien.

Stamford.

Je compte dix sorties avant me sentir capable de lui parler.

– David.

– Juste une chose, Hannah. Quel genre d'avenir veux-tu ?

Dans le regard qu'il me lance, je discerne un mélange de peine et de colère.

– Et quelle place j'occupe dans cet avenir ? Quelquefois, je me demande si ce sera toujours ainsi. Tu es la personne la plus importante de ma vie, mais quoique je fasse, je ne me hisse jamais au sommet de ta liste.

– Je t'aime, David. Tu le sais.

– Je sais, et je t'aime aussi. Mais que faisons-nous ? Où allons-nous ?

Ses questions me donnent le tournis.

Je me retiens de dire que j'aime les choses telles qu'elles sont, parce qu'il est clair qu'il ne partage pas mon opinion.

– Je ne sais pas, finis-je par lâcher.

Pas pour le blesser, ce qui finira par se produire, mais parce que le monde me semble désaxé à cause du départ de Finn. Quand j'essaie de me projeter dans le futur, c'est comme regarder dans le bleu obscur d'une boule magique. *Redemande plus tard.* J'ai l'impression que l'habitacle de notre minuscule voiture de location se referme autour de moi.

– Auras-tu la gentillesse de me tenir informé, quand tu sauras ?

– Je…

Je m'apprête à contester, sinon que je ne peux pas. Sa requête n'a rien de déraisonnable.

– Bien sûr.

Le reste du trajet s'effectue en silence.

De retour à Tribeca, David me dépose devant l'appartement, et va déposer la voiture au parking du coin de la rue. Je suis certaine que nous sommes tous les deux soulagés de disposer de ces quelques minutes pour nous calmer.

– Joyeux Thanksgiving, dis-je à Frank, en passant devant le bureau du portier de nuit pour prendre l'ascenseur.

Avant de l'appeler, je me ravise et fais demi-tour.

– Avez-vous oublié quelque chose, madame Becker ? demande Frank alors que je repasse devant lui dans l'autre sens. Son erreur sans malice me fait l'effet d'une gifle, et je ravale le besoin de préciser que David et moi ne sommes pas mariés. À l'heure qu'il est, nous nous parlons à peine.

Dehors, je bifurque à droite en direction de West Side Highway. J'ai trop d'énergie anxieuse à évacuer, et je ne tiens pas particulièrement à poursuivre notre conversation quand David rentrera. Marcher un peu m'éclaircira les idées.

Sauf que le temps d'atteindre Hudson River Park, j'ai l'esprit encore plus embrouillé. Peut-être qu'en parler m'aiderait. Je m'empare de mon téléphone et appelle le nom en tête de ma liste des favoris, celui de Finn.

9

Finn

Cette année, 22 novembre

Je me réveille désorienté face à un mur bleu marine. Ceux de mon appartement sont blancs. J'aurais aimé les repeindre mais une clause du bail l'interdit. Après vérification, les draps ont pour motifs de minuscules A en lettres cursives, le logo des Atlanta Braves.

Ah oui, j'ai dormi dans la chambre de mon enfance. Ça me revient à présent.

Je m'assois pour examiner ma chambre. Il faisait nuit à mon arrivée, hier soir, après une interminable journée de retards à JFK. L'attente me convenait – j'avais enregistré la dernière saison de *Thrones of Glass* dans mon iPad, et m'étais muni au kiosque à journaux d'un sachet de snacks au fromage. Plus le vol était retardé, moins je resterais avec ma famille.

Le temps qu'un taxi me dépose devant le pavillon de ma mère à Peachtree City, il était minuit passé, et j'ai à peine eu l'énergie de me brosser les dents avant de me coucher. Allumer la lumière impliquant de me relever pour l'éteindre, j'ai utilisé la lampe de mon téléphone pour me diriger jusqu'au lit, où je me suis tombé dans un sommeil sans rêves, et sans avoir rechargé mon téléphone. De ce fait, il me reste douze pour cents de batterie, je dois trouver un chargeur.

La chambre est une capsule temporelle. Des romans fantasy aux dos fendillés sont empilés sur le rebord de la fenêtre. Mon père détestait ces livres de poche. « Tu es trop vieux pour ces bouquins de chochotte. Va plutôt t'amuser avec les autres garçons. » Les seuls livres qu'il lisait étaient des romans de Jack Ryan. Quand une explosion ne se produisait pas toutes les vingt pages, c'était par définition pour les chochottes. Une vision du monde ironique pour un comptable. À mes yeux, l'attrait de ces « romans de chochotte » résidait dans l'espoir que je découvre un fond escamoté dans une armoire ou reçoive la visite d'une chouette qui m'indique une trappe pour fuir sa maison ou, encore mieux, que je découvre que j'avais été échangé à la naissance, et n'étais pas son fils naturel.

Au lieu d'affronter ce flot de souvenirs désagréables, refoulés depuis mon départ, je me concentre sur le sanctuaire de celui que j'étais autrefois. Sur les murs, des posters de Michael Johnson des jeux Olympiques de 1996 et de l'équipe des Braves World Series 1995. J'étais trop jeune pour me souvenir de quelque événement sportif avec un tant soit peu de clarté mais mon père en faisait la promotion dans des proportions quasi mythiques, à un point où ses souvenirs se confondent avec les miens. Plus tard, Johnson est devenu pour moi une inspiration, étant à la fois la raison qui m'a poussé à tenter ma chance avec l'équipe des sprinteurs et le sujet de nombre de fantasmes masturbatoires d'adolescent.

Tout est resté intact dans ma chambre. Moi, en revanche, j'ai beaucoup changé. Si ce n'est que j'ai toujours envie de coucher avec Michael Johnson. Enfin, je crois. Il faudrait que je vérifie sur Google s'il s'est bonifié avec l'âge.

J'éprouve de la tristesse pour le garçon qui occupait cette chambre. Celui qui faisait des efforts monstres pour gagner l'approbation de tous, en particulier de son père, et cacher son homosexualité, dont il avait une vive conscience depuis les douze ans d'Ashley King, quand lors de sa fête d'anniversaire, il a fait tourner la bouteille et qu'elle a désigné Billy Bradford. Je me suis penché vers le centre du cercle en remerciant la chance. C'était le garçon le plus mignon de notre classe. Mais Billy était moins emballé que moi. Ma gaffe a fait exploser de rire mes camarades de classe. Les garçons n'étaient pas supposés embrasser les autres garçons. Tout le monde savait qu'au cas où ça tombe sur un garçon, il fallait relancer la bouteille.

Billy a passé le reste des années de collège à raconter à tous ceux qui voulaient l'entendre que j'étais pédé comme un phoque. Même si c'était vrai, je ne courais pas après une nouvelle étiquette qui me différencie de l'écrasante majorité blanche de notre quartier aisé.

Quand mon père a eu vent des rumeurs, il s'est rendu chez Billy pour s'entretenir avec son père, d'homme à homme. Le lendemain, Billy a frappé à ma porte avec une lettre d'excuse, l'air penaud. Il paraissait tellement affecté que j'ai failli lui présenter des excuses. J'avais envie d'admettre qu'il n'avait pas tort, mais mon père se tenait derrière moi dans l'entrée, supervisant les excuses de Billy.

Je repousse les couvertures, traverse la chambre et cherche dans la commode un vêtement à enfiler par-dessus mon boxer. J'opte pour un pantalon de pyjama, content de rentrer dedans, même s'il me moule plus que dans mes souvenirs. J'ai laissé ma valise au rez-de-chaussée, n'ayant plus l'énergie de la porter à l'étage. En outre, j'aime savoir mon bagage près de la porte, au cas où j'aurais besoin de m'enfuir.

C'était étrange pour moi de me retrouver à la maison. Je n'aurais jamais pensé revenir, encore moins deux fois en deux ans. *Ce n'est pas chez moi. C'est la maison où j'ai grandi.* Ma vraie maison est un appartement grand comme un mouchoir de poche dans le West Village, au-dessus de la troisième meilleure pizzeria du quartier, mais plus pour longtemps. J'ai remis mon préavis de départ à trente jours au bailleur, et je dois rendre les clés avant le quinze décembre. Mais ne pouvant encaisser qu'un accès de panique à la fois, je descends dans la cuisine.

*

Ma tante Carolyn étale une pâte à tarte sur l'îlot.

– Finn ! s'écrie-t-elle avec un mélange d'excitation et d'appréhension, comme un marin colonial repérant une terre, quand elle m'aperçoit dans les marches.

– Toujours un lève-tard, à ce que je vois.

Ça, c'est l'accueil chaleureux de ma mère.

Je la trouve changée. Ses cheveux sont plus courts, et elle les laisse friser naturellement. Je ne l'avais jamais vu autrement qu'avec les cheveux lissés, hormis sur les photos granuleuses et jaunies de son enfance. Elle relève les yeux d'une énorme dinde qu'elle est en train d'arroser, et me fait un sourire indulgent, pendant que je marche mollement vers la vieille cafetière dans le coin.

Dans le placard au-dessus de la cafetière, je cherche l'un de mes mugs. Ma mère n'a jamais travaillé à l'extérieur. Cette maison était son ouvrage, époussetée avec une quasi maniaquerie, et redécorée tous les cinq ans, comme si elle vivait sur le pied de guerre au cas où *Architectural Digest* passerait. Les Legos, les Barbies et tout objet en plastique étaient bannis hors de nos chambres. Son unique concession au désordre était notre collection familiale dépareillée de mugs, provenant d'équipes sportives et d'associations caritatives. Je tressaille en écartant la tasse MEILLEUR PAPA (quelle ironie !) pour repêcher dans les profondeurs des étagères ma tasse fétiche, verte à l'effigie de mon équipe de course en terminale, avec le slogan *Vaut mieux courir que jouer au ballon.*

Mais je ne trouve aucune de mes tasses. J'arrête mon choix sur une violette, de la troupe des scouts d'Amanda, et la remplis de café.

– Je peux me rendre utile ? dis-je.

– Tout est prêt, répond ma mère sans me regarder.

– Tu veux que j'épluche les pommes de terre ?

C'était ma tâche, quand j'étais gamin.

– Déjà fait, répond ma tante Carolyn, manifestement satisfaite de son efficacité.

– OK.

Ça m'émerveille d'avoir été complètement rayé de cette famille ces dix dernières années. Je me demande s'ils ont décroché mes photos d'école du mur du salon. Ça ne me surprendrait pas de mon père.

– C'est une vraie fournaise dans la cuisine. Si tu n'as besoin de rien, pourquoi n'aides-tu pas Amanda à lustrer les couverts ? suggère ma mère.

Je réalise alors qu'elle n'a peut-être pas plus envie de passer du temps avec moi que je n'ai envie d'en passer avec elle. Pourquoi suis-je venu, en fait ?

Je trouve Amanda dans la salle à manger. Toutes les portes du vaisselier sont ouvertes, comme si un esprit frappeur avait retourné la maison avant que je me lève. Ses coudes posés sur le bois ciré de la table, elle a le nez plongé dans son téléphone.

– Quoi de neuf, triple andouille ? C'est sympa de te joindre enfin à nous. Maman ne m'autorise jamais à dormir aussi tard, dit-elle sans quitter des yeux le SMS de la longueur d'une nouvelle qu'elle est occupée à rédiger.

– Elle se contrefiche de ce que je fais. Elle m'a viré de la cuisine, dis-je en me laissant choir sur une chaise tapissée à côté d'elle.

Ces chaises sont neuves, et résolument plus modernes que les modèles en bois d'autrefois.

– La chance. Elle me lâche pas les baskets au sujet de mon orientation post-bac.

– Je peux t'aider ?

Les couverts en attente d'être astiqués forment une montagne devant elle, le genre traditionnel avec des rosettes en filigrane sur les manches, réservées aux grandes occasions. Un cadeau de mariage de Grandma Everett.

Au moins, il n'y a pas de tension avec Amanda. Je m'inquiétais que notre relation ne survive pas à mon départ. Elle avait onze ans à ce moment-là. C'est sûr que je ne pouvais pas me pointer, tapi dans l'obscurité pour traîner avec elle, vu qu'elle vivait chez mes parents. Alors je lui envoyais des e-mails : des liens vers l'annonce d'un concert des Jonas Brothers au Philips Arena, ou un article sur une librairie qui ouvrait dans le centre commercial à ciel ouvert du centre-ville. J'aurais aimé téléphoner mais elle n'avait pas de portable et je redoutais que mon père réponde sur le téléphone fixe. Une chose est sûre, je ne voulais pas perdre ma sœur.

Dès qu'elle a eu dix-huit ans, j'étais scié, mais aussi fou de joie, qu'elle tienne parole et vienne me voir à New York. Elle a profité des vacances de printemps, et financé son voyage grâce à des petits boulots de surveillante de baignade et baby-sitter. Elle a menti à nos parents, prétextant que ce voyage réservé aux terminales était un stage d'observation auprès d'anciens élèves du lycée que nous avons fréquenté tous les deux.

Avec Hannah, Theo et Priya, nous l'avons emmenée voir la comédie musicale *Wicked* et l'avons fait entrer en douce dans le sous-sol de Home Sweet Home pour danser, lui procurant une fausse pièce d'identité de médiocre qualité, dégotée à St. Marks Place. À la fin de son séjour, je n'aurais su dire si elle était plus tombée amoureuse de la ville ou de Theo, qu'elle a suivi à la trace comme un chiot, suspendue à ses lèvres.

Depuis, elle revient à chaque printemps. Il n'en reste plus qu'un dernier, avant la fin de son cursus à Emory. Je me demande si elle viendra à L.A., mais de toute façon, je sais que ce ne sera pas la même chose sans Hannah, Priya et Theo.

Maintenant que je suis levé, maman et tante Carolyn écoutent à plein volume Whitney Houston dans la cuisine. Je reconnais l'album, le préféré de maman. La cassette ne quittait pas le lecteur de son break Mercedes. Nous nous égosillions sur « How Will I Know », sur le court trajet jusqu'à l'école. À cette époque, les chansons étaient réservées à la voiture, notre père proscrivant la musique forte dans la maison.

Un éclat de rire de tante Carolyn s'échappe de la cuisine.

– Oh, ce que tu es sotte, s'esclaffe maman

– Elles n'ont pas arrêté de la matinée, m'informe Amanda. C'est chelou, hein ? Je m'attends en permanence à ce que papa sorte de son bureau pour nous prier de faire moins de bruit parce qu'il a un appel professionnel. Puis ça me revient.

– Ouais, c'est clair que ça fait bizarre.

De mon point de vue, cela s'applique à tout mon séjour, pas juste aux rires. Je ne sais plus ce que je peux qualifier de bizarre ici.

– Malgré tout, elle a l'air en forme, non ?

– Elle est heureuse de te voir.

– Je n'en suis pas si sûr.

– Elle ne parle que de ça depuis un mois. Elle remet au menu les macaroni au fromage cette année parce qu'elle sait que c'est ton plat préféré.

J'essaie en vain de faire concorder ces révélations avec la sécheresse dont elle fait preuve à mon égard.

– Elle… s'adapte, continue Amanda.

Comme nous tous. C'est malaisant pour moi aussi de revenir dans cette maison. De revenir à cette table. Où tout est parti en vrille. Où j'ai annoncé mon homosexualité à mes parents et été rejeté de ma propre famille.

La réponse de mon père a été un « non » catégorique.

Juste *non.* Comme si la seule force de son objection pouvait modifier ma sexualité.

Un an plus tôt, ça aurait pu. J'aurais répondu « bien, monsieur », et invité à sortir l'une de mes nombreuses copines qui se penchaient un peu trop près, et touchaient mon bras un peu trop longtemps, comme si elles me donnaient le feu vert pour les embrasser.

Mais l'été après ma première année de fac, tout a basculé quand je suis sorti avec Sean Grady presque tout le second semestre. Sean a été mon premier vrai petit ami.

Nous nous sommes rencontrés lors d'une soirée vin et fromage organisée par son groupe de chant a cappella. L'événement se voulait plus chic qu'une classique fête de campus basée sur la bière et les jeux à boire, mais dans la pratique, le vin venait d'un cubi. Sean avait révélé son homosexualité dès le lycée, et n'appréciait pas que je cache la mienne. À la fac, tout le monde savait mais pas à la maison, surtout pas mes parents.

Que ce soit su à la fac ne suffisait pas à Sean. Avant les vacances d'été, il m'a posé un ultimatum : profiter que je rentre chez moi pour l'annoncer à ma famille, sous peine de réévaluer notre relation à la rentrée. Avec le recul, c'était ultra tordu, mais à cette époque-là, j'ai pris sa requête à cœur.

J'ai décidé de l'annoncer à table, le soir de mon retour pour les vacances. Pas parce que je m'attendais que ça se passe paisiblement, mais pour laisser à mes parents tout l'été pour digérer la nouvelle, de la même façon que les parents de Sean l'avaient bien pris. « Fais-moi confiance, m'avait-il dit, mes parents sont des catholiques irlandais de la vieille école. S'ils ont fini par l'accepter, tout ira pour le mieux avec les tiens.

Ça ne s'est pas bien passé.

Après avoir lancé son objection, mon père s'est levé de table, servi un double bourbon dans la carafe du bar roulant, que je pensais purement décorative, et enfermé dans son bureau pour le reste de la soirée, claquant la porte derrière lui pour souligner son mécontentement.

La réaction de ma mère s'est limitée à un « Oh, Finn », avant de se lever pour faire la vaisselle, même si elle n'avait pas touché à son saumon.

Oh, Finn, quoi ? me suis-je demandé. *Oh, Finn, comment as-tu pu ? Oh, Finn, laisse-lui du temps ?*

Ce soir-là, je suis resté assis en haut des marches, dans l'obscurité, espérant épier une conversation entre mes parents, quand mon père a émergé du bureau.

– Il changera vite d'avis quand je cesserai de financer son école artistique fantasque. Tu verras, Suze, l'ai-je entendu dire à ma mère dans la cuisine.

Il s'est servi un autre bourbon avant de retourner dans son bureau.

J'étais sidéré qu'elle ne prenne pas ma défense. Je pensais vraiment qu'elle me soutiendrait. Pourtant elle n'a pas pipé mot.

Mon téléphone qui vibre contre ma cuisse m'arrache à ce souvenir. Le sortant de mon pantalon de pyjama, je lis le SMS de Theo : « comment ça se passe chez tes parents ? »

L'horreur.

L'an dernier, j'ai suivi Priya dans sa famille pour Thanksgiving. D'ordinaire, je le passe chez la sœur d'Hannah, mais nous étions brouillés. La mère de Priya a cuisiné un festin de dinde tandoori pour les mangeurs de viande, et un curry au potiron et pois chiches pour les végétariens, mais j'ai préféré la purée au masala. Dans la maison pleine de monde, Priya était traitée en héroïne rentrant de la grande ville. En particulier par ses cousines adolescentes, éblouies par le sac en toile rempli d'échantillons de produits de beauté qu'elle leur a apporté, des cadeaux que lui envoient les attachées de presse pour l'inciter à rédiger un article sur les produits. Non sans émotion, je n'arrêtais pas de me dire que ce devait être merveilleux de se sentir à sa place parmi tant de gens. J'aurais dû y retourner cette année au lieu de venir ici.

Dans mon fil de SMS avec Theo, trois points apparaissent puis disparaissent.

Après deux autres tentatives échouées, je n'obtiens qu'un emoji renfrogné.

J'attends que les points ressurgissent, sans succès.

Je m'apprête à demander à Theo ce qu'il a prévu pour la journée quand mon téléphone s'éteint. Pas grave, Theo n'a pas besoin que je l'entraîne dans ma déprime. Il s'éclate à Napa avec ses copains de l'internat, la moitié d'une caisse de cabernet probablement vide bien qu'il ne soit que neuf heures du matin là-bas.

Ma mère et moi n'avons pas la même définition d'un petit repas. Cela devient évident quand elle me charge de déplier les rallonges de la table. Un flot régulier de tantes, cousins et voisins se déroule tout au long de l'après-midi. Nous buvons du thé glacé sucré, fourmillant dans le salon utilisé uniquement en cas de réception. Je reste collé à Amanda pour ne pas avoir à expliquer ma décennie d'absence ou ma soudaine réapparition.

Pour autant, je n'avais pas de tracas à me faire. Tout le monde est en habits du dimanche et agréable avec moi. Bien élevés, ils s'abstiendront de faire des réflexions devant moi mais je sais que j'alimenterai leurs potins, dans la voiture, quand ils rentreront. La seule allusion à mon absence est un « j'ai prié pour toi », de la part de ma grand-tante Eunice.

À 14 h 55, à l'heure où tante Carolyn nous invite à nous mettre à table, la maison est remplie et la table grogne sous le poids d'une douzaine de plats, dont trois sortes de salade de pommes de terre, chacune de mes tantes étant convaincue de confectionner la meilleure.

– La table des enfants a été dressée dans la cuisine, gronde tante Carolyn quand elle surprend un enfant en miniature polo Lacoste assis dans la salle à manger. Je ne le reconnais pas. C'est sans doute un cousin né pendant mon exil.

Je me dirige avec Amanda vers la table de la cuisine. Nous serons les aînés mais au moins, je serai épargné de la table des adultes. Cela ne l'empêche pas de subtiliser du vin dans le cellier, et de discuter des garçons qui lui plaisent au lycée. Ses coups de cœur sont légion.

– Pas toi, m'arrête tante Carolyn, le bras tendu comme un agent de la circulation militant m'interdisant l'accès à la cuisine. Tu n'es plus étudiant, tu es promu à la table des adultes !

– Mais j'ai envie de m'asseoir avec Amanda.

– Nan.

Son ton ne laisse pas de place à la négociation.

Je me retrouve assis entre ma tante Ruthie, la sœur aînée de ma mère, et mon second cousin Travis, qui d'après ce que j'ai compris est le père du gamin en polo. Adolescent, je soupçonnais tante Ruthie d'être lesbienne et d'avoir le bon sens de garder ça pour elle. Garde forestier au parc de Tallulah Gorge, tous les ans, elle partait en voyage dans d'autres parcs nationaux avec un groupe exclusivement féminin. Peut-être que je me trompais et qu'elle n'avait simplement pas envie de se marier comme sa sœur cadette. Après tout, tante Ruthie n'a jamais perdu sa place à notre table pour les fêtes familiales.

Le dîner se déroule sans incident. Ma mère s'empresse d'intervenir quand oncle Robert demande si j'ai une copine, à New York.

– Sais-tu que Finn a décroché un poste à Netflix ? Nous sommes si fiers de lui, dit-elle.

Un *oooh* collectif s'élève de la table. Je ne sais pas trop si je dois me réjouir de mériter enfin la fierté de ma mère, ou m'attrister qu'elle s'acharne à cacher ma sexualité.

– Tu pourras faire quelque chose pour qu'ils programment *Bloodline* une saison de plus ? demande oncle Robert, qui mord à l'hameçon.

Tante Ruthie et moi sommes les seules personnes à nous resservir en vin.

– Je suis contente que tu aies trouvé du temps pour nous, me chuchote-t-elle, égayée par son troisième verre de chardonnay, si bien que son « nous » sonne comme « bouh ». Je sais que tu es débordé à New York, mais tu as disparu trop longtemps. Tu as manqué à ta maman.

Cela impliquant que je me suis absenté par choix, je ravale un rire amer.

*

Plus tard, une fois que la famille élargie est partie et que la vaisselle a été frottée à la main – « Le lave-vaisselle nettoie mal », d'après ma mère – nous nous installons tous les trois devant la télé.

– Regardons *Bienvenue à Schitt's Creek*, suggère Amanda. Ça te plairait, maman. C'est une saga familiale.

– Je ne regarde rien qui contienne une grossièreté dans le titre, s'offusque-t-elle.

Nous échangeons un regard avec Amanda, sans que l'un de nous ne conteste. Ce serait trop compliqué d'expliquer qu'il ne s'agit pas de *shit,* ou merde en anglais, mais d'une bourgade. Donc nous optons pour le film niais qui raconte l'histoire d'une pétasse, une citadine coincée, qui va skier avec sa meilleure copine et découvre que son chalet a aussi été réservé par deux bons partis. Peu importe que le film en soit à la moitié, on connaît la fin en lisant le résumé.

Un œil sur la télé et l'autre sur mon téléphone, je cherche sur le profil Instagram de Theo s'il a publié des photos de Californie. Rien de neuf. Mon analyse poussée des pages de ses camarades de voyage est interrompue par un appel de Hannah.

– Je dois répondre.

Je m'éjecte du canapé, ravi de saisir cette excuse pour échapper au film, et monte en courant dans ma chambre.

– Je suis trop contente que tu répondes ! s'écrie d'emblée Hannah.

En fond sonore, j'entends des voitures défiler, et elle est essoufflée comme après une marche rapide. Rien qui évoque le Connecticut.

– Qu'est-ce qui ne va pas ? je demande.

– Tout.

– Mais encore ?

– Je me suis disputée avec David.

Elle marque une pause, comme si j'étais censé savoir de quoi il retournait sans qu'elle ait besoin d'expliquer. À un autre stade de notre amitié, cela aurait été plausible. En ce moment, je n'en ai pas la moindre idée. Au sujet des enfants ? Veut-il l'obliger à déménager dans le Connecticut ? J'ai beau me creuser, elle n'a rien dit récemment sur leur relation qui me mette sur la voie.

– À propos de Noël, dit-elle.

– Quel est le problème avec Noël ?

– Il ne veut pas comprendre. En rentrant, après le repas de Thanksgiving, nous nous sommes disputées. En résumé, il répétait « comment veux-tu que nous construisions quelque chose si tu refuses de passer Noël avec ma famille ? ».

Je dois lui accorder un point pour sa parfaite imitation de David, sa voix basse, son ton sec et son élocution précise.

– Vous êtes ensemble depuis presque deux ans. Ce n'est pas hallucinant qu'il ait envie de passer Noël avec toi.

– Finn ! Tu es censé être de mon côté.

– Je suis de ton côté. Tout ce que je dis, c'est que je comprends aussi pourquoi il est contrarié.

– C'est idiot qu'il soit contrarié. Il est juif ! Noël ne fait même pas partie de ses traditions.

– Si tu le dis. Et quand es-tu allée à l'église pour la dernière fois ?

Je peux affirmer que c'était pour la messe intégrée au week-end de remise des diplômes, et uniquement parce qu'elle était obligatoire. Dans le silence qui se prolonge, je l'imagine chercher une repartie cinglante.

– Franchement, Han, si tu souhaites fêter Noël avec la famille de David, il n'y a pas de souci.

– Ce n'est pas le but de mon appel. Je refuse de baisser les bras et je veux que tu t'indignes avec moi. Il ne comprend pas que vous ÊTES ma famille. Il a qualifié notre tradition de *détail.* Plus insultant, ça existe ? Mais ce qui m'exaspère vraiment, c'est qu'il n'y aurait pas de dispute si j'étais partante pour célébrer Noël avec Brooke, et ce n'est pas ma faute si cette fille est méga narcissique.

Quelqu'un sonne à la porte d'entrée. Qui diable se pointe chez ma mère après neuf heures ? Une pensée horrifiante surgit dans ma tête : *et si elle avait un amoureux secret ?* Cette idée me noue l'estomac. Ce serait trop bizarre.

– Finn, braille maman en bas. C'est pour toi.

J'emmène mon téléphone, serré entre mon oreille et mon épaule, pendant que Hannah continue d'évacuer sa colère, sa diatribe passant sans transition de David à Brooke. Je sais d'expérience que ça risque de s'éterniser. Dans les marches, j'aperçois une paire de mocassins.

Quelques marches plus bas, je discerne un jean noir, retroussé aux chevilles.

D'autres marches, et je reconnais un pull vert.

Theo est ici ? Dans l'entrée, chez ma mère ? L'air exténué. Un sac en cuir élimé posé à ses pieds.

– Euh, Han, je dois te laisser. Theo est ici, lui dis-je et avec sa permission, je raccroche.

Au son de ma voix, il lève les yeux vers moi et un sourire timide fend son visage.

– Que fais-tu là ? je m'étonne à haute voix.

Theo regarde alentour pour s'assurer que personne d'autre ne peut entendre.

– Ton SMS. Tu as dit que c'était l'horreur. Alors j'ai volé à ta rescousse. Ou en renforts, pour souffrir à ton côté. À toi de choisir.

– Tu es venu… ici ? dis-je, mon cerveau peinant à assimiler la nouvelle.

Il hoche la tête.

– Donc, on s'évade ?

Il indique la porte, derrière son épaule, et me fait un clin d'œil.

– Non… je…

Je bafouille. Je n'en reviens pas qu'il ait fait tout ce chemin pour me sauver de ma famille. Manifestement, je ne passe pas un week-end idéal mais ce n'est pas si atroce. Je n'avais pas besoin qu'il vienne me sortir de là, je voulais juste me plaindre. Toutefois, Theo a écourté son séjour, et sauté dans un avion au débotté pour me secourir. Je ne peux pas décider si j'ai envie de l'étreindre, de lui sauter dessus ou de pleurer. Mon cerveau continue de tenter d'assimiler l'idée même de sa présence.

– Nous restons, c'est ça ? demande-t-il au bout d'une minute. Parce que ta mère me réchauffe une assiette et j'ai une faim de loup.

Je l'étreins de toutes mes forces. C'est une chance que mon visage soit enfoui dans son cou, à cause des larmes qui picotent le coin de mes yeux. Ses deux mains me frottent le dos.

– Hé, ça va. Tu vas bien.

Et il a raison. Maintenant qu'il est là, je me sens bien. Je me délecte du sentiment de sécurité que je ressens entre ses bras.

– Merci, je murmure dans son pull en cachemire.

– De toute façon, je m'ennuyais en Californie sans toi.

*

Je grignote une seconde part de tarte pendant que Theo attaque une assiette de restes, s'arrêtant toutes les deux bouchées pour complimenter ma mère sur ses talents culinaires.

– Un jour, ma mère a tellement laissé brûler un plat tout prêt de Tesco que les pompiers ont dû intervenir. C'était un curry mais le temps qu'ils éteignent l'incendie, ce n'était que du plastique carbonisé et du riz. Je pense que c'est la seule fois que je l'ai vue cuisiner. J'ai du mal à croire que vous ayez préparé tout ce festin, madame Everett, s'émerveille Theo.

– Oh ! vous êtes trop gentil, dit-elle.

Je constate que son compliment la fait sourire dans sa tasse de déca.

– Finn ne nous a pas prévenus qu'il attendait un *ami*, sinon je vous aurais gardé une assiette. Je crains de ne plus avoir que des restes disparates.

Son ton signale le mot « ami » avec des guillemets clignotants et un coup de Klaxon pour indiquer qu'elle soupçonne autre chose.

– Ne dites pas de sottises, c'est succulent. Je n'aurais pas permis que vous fassiez des efforts pour moi, dit Theo.

Les yeux plissés, il me regarde, un sourire espiègle relevant le coin gauche de sa bouche. Je n'aime pas la direction que prend la conversation.

– En vérité, je n'étais pas sûr de pouvoir me libérer. J'étais en Californie pour raisons professionnelles mais dès que tout a été réglé, j'ai pris le premier avion. Je ne supportais plus de rester loin de *mon ami* une minute de plus.

Il amplifie son accent, comme quand il fait du charme, et à en juger par l'expression de ma mère, ça marche. Il enroule son bras autour de mes épaules pour plus d'emphase.

J'ai si souvent rêvé de ces moments : être le petit ami de Theo, être à la maison. Je n'ai jamais osé rêver des deux réunis, pourtant c'est ce qui m'arrive.

Et c'est une mascarade.

Je sais qu'il joue la comédie pour me remonter le moral, ET affirmer son soutien. *Nous deux contre le monde entier !* Si ce n'est que ça produit l'effet inverse. À la place, je me sens d'une tristesse épouvantable. Je devrais l'arrêter. Si je joue le jeu, tôt ou tard, nous devrons prétendre que nous avons rompu ou admettre que nous avons menti.

– N'est-ce pas charmant, lui dit-elle avant que je n'aie pu protester. Je suis heureuse que Finn ait quelqu'un comme vous dans sa vie. C'est un vrai bonheur de t'avoir de nouveau à la maison, dans des circonstances plus joyeuses. Theo, pardon de ne pas être d'une agréable compagnie. Je me suis levée aux aurores pour cuire la dinde, je suis épuisée. Je vous laisse, les garçons. Je monte me coucher. Mais je me réjouis de passer la journée avec vous demain.

– Moi aussi, madame Everett.

– Appelez-moi Suzann, je vous en prie, lui dit-elle.

– Très bien, Suzann, ronronne-t-il quasiment.

– Finn, tu t'occuperas de la vaisselle ? dit-elle, un ordre déguisé en question. Et laisse une lumière allumée pour ta sœur, quand elle rentrera de je ne sais où elle est allée avec ses copines. Tu sais qu'elle rentrera pompette.

Elle secoue la tête, comme pour dire *Les enfants sont comme ça.*

De fait, je ne savais pas qu'Amanda faisait la bringue. J'ai loupé ses années de lycée. De toute façon, c'est plus facile de concorder.

– D'accord, maman.

À la dernière seconde, une question me vient.

– Maman, où sont les draps pour le clic-clac du sous-sol ?

– Tu sais, mon chéri, ça ne me dérange pas que vous partagiez ta chambre. Je suis plus moderne que ton père. Dormez bien, les garçons.

Theo cramponne mon bras, son autre main sur sa bouche, quand elle disparaît dans la cuisine et rince sa tasse avant de la ranger dans le lave-vaisselle. Le temps qu'elle monte l'escalier, il convulse à force de se gondoler de rire en silence.

– Admets-le, hoquette-t-il entre deux éclats de rire, après qu'elle ait refermé la porte de sa chambre. C'était mignon !

– Ce n'était pas mignon. C'était bizarre, comme si elle faisait campagne pour une sorte de prix de la perfectibilité. Tout à l'heure, elle a prétendu que j'étais hétéro quand un oncle m'a demandé si j'avais une copine. Ne lui accordons pas *trop* de crédit. Je ne pense pas qu'elle soit prête à coller un drapeau arc-en-ciel sur son parechoc.

– Dois-je comprendre que tu ne veux pas dormir avec moi cette nuit ?

La gorge serrée, je déglutis. J'en ai envie par-dessus tout, même si je sais que Theo le conçoit comme un prolongement de son rôle.

– Si tu préfères dormir dans le clic-clac, je trouverai les draps. Nous devrions lui dire que nous ne sommes pas ensemble. Elle se fait des idées, et si nous entretenons la méprise, il faudra organiser une fausse rupture.

– Il t'incomberait de nous inventer une rupture. Je ne te plaquerai certainement pas, tu es le meilleur pseudo copain que j'ai eu !

Il ébouriffe mes cheveux à la façon d'un grand frère.

– Nous lui annoncerons demain, dis-je.

– Oh, t'emballe pas. Elle fait des efforts au moins. Laisse-la croire ce qu'elle veut. Plus sérieusement, as-tu un autre de ces ravissants pyjamas pour moi ? (Il montre le pantalon en pilou que j'ai remis après le départ des invités). Je n'en ai pas apporté.

– Hélas, c'est un modèle unique.

– Si tu ne me crois pas capable de dormir à poil…

Je me sens rougir.

Theo pose ses couverts dans son assiette et se lève.

– Qu'attends-tu pour me montrer ta chambre ?

10

Finn

Noël #8, 2015

Quand Hannah jette un œil dans le sac de courses Trader Joe, sa réaction est immédiate.

– Y a pas moyen.

– Sans ça, interdiction de venir. Je n'ai pas rédigé le règlement.

Elle me regarde avec les yeux plissés comme si je la punissais par envie.

– Je suis habillé en pingouin dans les toilettes d'un Starbucks. Ce n'est pas idéal pour moi non plus.

Elle déplie avec précaution le costume d'elfe en velours vert, le tenant entre le pouce et l'index comme si elle craignait d'attraper des morpions.

– Il a été nettoyé au pressing, si c'est ce qui te tracasse.

– Je m'inquiète plutôt pour ma réputation.

C'est gonflé, venant de Hannah dont le chandail préféré est marron, et au moins trois tailles trop grand. Je la surnomme Madame Patate quand elle le porte.

– Tranquillise-toi, *Vogue* n'en saura rien.

Renfrognée, elle regarde dans le sac.

– Personne ne te verra. Il faut se sacrifier pour son équipe.

– Personne ne me verra ? Fieffé menteur ! Cette farce est télévisée ! souffle-t-elle. Es-tu sûr que c'est la seule option ?

Elle fouille dans le sac comme s'il recélait des déguisements à son goût dans un double fond.

– Priya est arrivée avant toi et a pris le costume de Mère Noël. Alors oui, c'est la seule. D'ailleurs, pourquoi n'êtes-vous pas venue ensemble ?

Priya était ponctuelle, et Hannah avait trente minutes de retard. J'ai envoyé Priya et Theo nous enregistrer à l'accueil, pendant que j'attendais Hannah. Quand elle est arrivée, j'ai dû acheter un second café parce que le code des toilettes se renouvelle toutes les heures.

– Priya a passé la nuit chez Ben ?

– Le photographe de voyage ?

– Oui, enfin. Non. Le même gars, mais il étudie la médecine je ne sais où dans le Midwest, dit-elle en levant les yeux au ciel. Il est là pour les fêtes, ses parents habitent dans l'Upper East Side. Elle a dormi chez lui toute la semaine.

À peu près tous les six mois, Ben revient à New York et avec Priya, ils s'attirent comme des aimants. La passion les dévore toute la durée de son séjour. Après, elle se morfond, morose et inerte pendant un bon mois. Je désapprouve Ben sans même le connaître.

Quelqu'un frappe impatiemment à la porte des toilettes. Ce sont les seules, et elles doivent voir de l'action à en juger par la poubelle qui déborde et les paquets de papier hygiénique qui jonchent le carrelage à sept heures du matin, le jour de Noël.

– Une petite minute, je crie en regardant Hannah avec sévérité.

Maugréant, elle retire son sweat-shirt Bleachers.

Pendant qu'elle enfile le costume d'elfe en velours synthétique, je me remémore ce qui m'a amené ici. Après quatre heures d'auditions ratées – j'ai failli, à plusieurs reprises, mais n'ai finalement pas décroché un rôle – il me fallait à tout prix un plan B. Quelque chose d'original. À défaut de me produire sur scène ou devant une caméra, je pouvais au moins participer à un événement. C'est Hannah qui a repéré l'annonce qui a débouché sur mon recrutement à ToonIn. Elle s'est pointée à la *happy hour* armée de pages imprimées d'offres d'emploi, annotées de commentaires et criblées de points d'exclamation, du style « ça a l'air sympa !!! » ou « avantages amusants !!!!! »

– Des dessins animés éducatifs ? ai-je songé à haute voix, sans grand enthousiasme.

Assurément les bas-fonds du monde du spectacle.

– Considère ce poste comme un tremplin, m'a-t-elle encouragé. Ça n'engage à rien de postuler, et tu développeras ton expérience des entretiens.

À ma grande stupéfaction, j'ai obtenu le job. Et j'ai accepté sans hésiter parce qu'après quatre années à collectionner les refus, c'était enivrant d'entendre enfin un « oui », pour changer.

Et si ma fonction a son lot d'inconvénients – la cafetière de café Kirkland invariablement brûlé, la nuée de quinquas en costards-cravate obsédés par les données des études de marché sur ce que les moins de cinq ans estiment « génial » et le déjeuner gratuit du vendredi sur le thème de l'école primaire (croyez-moi : la pizza surgelée de votre enfance est encore moins ragoûtante que dans vos souvenirs) – l'un de ses avantages consiste à défiler sur le char ToonIn dans la parade de Noël.

Quand l'e-mail a été envoyé à toute l'entreprise il y a deux semaines, j'ai inscrit mon nom dans la première case de la liste. Dans mon esprit d'Américain de vingt-neuf ans, tous les New-Yorkais se devaient d'assister physiquement à la parade de Noël.

Mon plan était que Priya serait mon + 1, car en théorie la plus encline à me suivre. Hannah et Theo pouvaient faire la grasse matinée et nous retrouver plus tard. Or vendredi, mon nom était non seulement le premier de la liste mais aussi le seul de la liste. Pourquoi mes collègues ne s'enthousiasment pas plus ? Cette parade est une institution ! Ne veulent-ils pas amener leurs enfants ? *Tant pis pour eux, tant mieux pour nous,* ai-je songé en ajoutant le nom de Liam, mon camarade de box, en seconde position sur la fiche. Cela ne le gênerait pas, étant donné qu'il skiait à Breckenridge avec sa famille blanche éminemment protestante.

– Au fait, si quelqu'un demande, Theo s'appelle Liam, dis-je à Hannah.

Occupée à enfiler ses ballerines à bout pointu, elle lève les yeux au ciel.

*

Trois heures plus tard, nous remontons la Sixième Avenue à une telle lenteur que je sais que nous bougeons uniquement si je me repère à un immeuble, et que je le regarde se rapprocher petit à petit. Postés en bordure du char, Hannah et moi agitons les mains et lançons des bonbons dans la foule, pendant que Theo et Priya, habillés en Père et Mère Noël sur une plateforme surélevée, encadrent Chicky, héros du dessin animé vedette de la chaîne et invité d'honneur de notre char.

Nous avons rencontré Keith, le type bedonnant qui frôle les soixante ans et porte le costume de Chicky, dans les vestiaires avant qu'il enfile sa tête. Bien qu'il soit déguisé en poulet, ou plutôt une poule à en juger par les longs cils et les griffes vernies en rose, sa mission l'emplit de joie.

Hannah et moi vivons une expérience moins épanouissante.

– J'ai le bras en bouillie, se lamente Hannah. Normal que Michel Obama ait ces biceps, à force de saluer la foule.

– La douleur dans mon bras me fait merveilleusement oublier qu'il est gelé.

– J'avais oublié que j'étais frigorifiée à cause de mon intenable envie de faire pipi mais voilà que tu me le rappelles.

– J'en ai ma claque.

Je comprends à présent pourquoi aucun de mes collègues ne s'est porté bénévole pour la parade.

Devant nous, Bryant Park se trouve à notre gauche, ce qui signifie que nous arrivons aux abords des quarantièmes rues. À cette allure, cela prendra une heure pour atteindre le point d'arrivée, à Herald Square. Plus jamais nous ne défilerons.

– Change-moi les idées, pleurniche Hannah. Je pense que mon petit orteil droit va se détacher à cause des engelures. J'envisage de me soulager dans mon pantalon parce que, primo, ce n'est pas mon pantalon, et deuzio, ça me réchaufferait. Est-ce complètement barjot ?

– Complètement dégoûtant, lui dis-je. Au moins tu as un pantalon. Je n'ai que des collants.

– Tu sais, ces chaussons d'elfe ne sont pas doublés ! Bon, allez ! Distrais-moi.

– Te distraire comment ?

– Je ne sais pas. Dis-moi un secret.

– Tu connais tous mes secrets.

Hannah et moi entretenons un flux quasi constant d'échanges de messages tout au long de nos journées de travail. Je ne bois pas un soda, je ne prends pas de pause pipi, je n'ai pas de pensée néfaste envers Maureen du marketing sans que Hannah le sache. Mais il y a une chose que je ne lui ai jamais dite. Peut-être que le froid me rend délirant parce que la confession me chatouille le bout de ma langue.

D'un air bizarre, elle me regarde hésiter à passer aux aveux.

– J'ai un crush sur Theo.

– Pardon ? C'est ça, ton secret ?

– Ouais ?

Un sourire jubilatoire éclaire son visage, ce qui dans sa tenue d'elfe la fait ressembler au méchant d'un film d'horreur.

– Ce n'est pas un secret. Tout le monde est au courant.

– Tout le monde ?

C'est-à-dire ? Theo aussi ? Il me semblait que Hannah pensait que la flamme s'était éteinte. J'ai veillé à ne pas mentionner mon coup de cœur depuis qu'avec Theo, nous sommes des amis proches.

Le Noël dernier – notre second avec Theo – était différent du précédent. Nous avons quitté son appartement avec le projet de revenir pour le feu d'artifice du jour de l'an. Les gratte-ciel alentours bouchaient la vue, mais cela n'avait pas d'importance. À la place, nous avons vidé six bouteilles de champagne et nous sommes baignés nus dans le Jacuzzi collectif sur le toit terrasse, habituellement fermé pour l'hiver.

Au cours de la nouvelle année, il y a eu des brunchs prolongés en dîners, et des soirées film à la fin desquelles nous nous endormions tous sur les lits de fortune, aménagés sur le sol du salon de Theo. S'il dispose de plusieurs chambres d'amis, nous ne voulions surtout pas rater une seule seconde de ce moment collectif, ne serait-ce que pour dormir. Le temps que les tas de neige grise bordant les trottoirs fondent, tous les quatre, nous étions devenus inséparables. Avant cela, je n'avais pas réalisé qu'il manquait quelque chose à notre groupe. Pour autant, Theo comblait naturellement les lacunes, un peu comme un enduit pour joint.

Un soir de mars, mon téléphone a sonné alors que je regardais la série *Parks and Recreation* pour la énième fois, afin de tromper la déprime du dimanche.

– Tu sais qu'il pleut moins à Londres qu'à Miami ? a demandé Theo sans préambule.

– Je l'ignorais. Es-tu à Londres ou à Miami ?

Puisqu'il était vingt et une heures sur la côte Est, il était deux heures du matin à Londres.

– À Londres. C'est l'anniversaire de mon père, il a organisé une gigantesque célébration de sa personne. Ce n'est même pas un chiffre rond. Il fête ses soixante-neuf ans.

J'ai ravalé un gloussement.

– Il pleut là-bas ?

J'ai entendu le froissement d'un duvet, et l'ai imaginé s'extraire du lit pour vérifier. Dans mon esprit, il était nu, une vision que je pouvais aisément faire apparaître depuis le bain de minuit de la Saint-Sylvestre.

– Il pleut, a-t-il confirmé.

– D'après mon appli météo, il fait vingt-huit degrés et le ciel est dégagé à Miami. J'aurais opté pour Miami.

– Moi aussi.

Je recevais ces appels dès lors que Theo souffrait d'insomnie en voyage, ce qui était fréquent. En temps normal, il commençait par un fait étonnant, qui semblait pompé sur un bouchon de Snapple. *Savais-tu que le mâle kangourou s'appelle un boomer ? Aujourd'hui j'ai appris que l'aéroport de Dallas Fort Worth est plus grand que l'île de Manhattan. Quel est le seul État d'Amérique dont le nom soit une monosyllabe ?* (Réponse : le Maine)

Les appels duraient des heures, parfois jusqu'à l'aube où qu'il se trouve dans le monde. Alors que les conversations de vive voix étaient frivoles et amusantes, ces échanges nocturnes étaient plus sérieux. Se parler sans se voir, à une heure tardive, incitait à se dévoiler. Il s'est confié sur le divorce très médiatisé et brutal de ses parents, quand il avait dix ans ; j'ai relaté l'été où j'ai coupé les ponts avec les miens. C'était comme si l'avance rapide de notre amitié était activée.

Un soir de mai où Theo était au Maroc, au bout de la quatrième heure pendu au téléphone, mon épuisement cédait le pas à un délire étourdi quand j'ai trouvé le courage de poser la question qui me titillait depuis un moment.

– Et les filles ?

– Me demandes-tu si j'appelle Hannah et Priya les soirs où je ne t'appelle pas ? J'ai le regret de t'informer que je suis l'homme d'un seul homme. Et tu es le bon. Purement monogame avec mon insomnie, je crains.

– Non, plutôt si tu... tu sais... vois des filles ? Il t'arrive encore de sortir avec des filles ?

Les yeux fermés, paupières serrées, je me suis préparé à sa réponse. Peut-être que je n'étais qu'une expérience ratée.

– T'arrive-t-il d'avoir une conversation extraordinaire avec quelqu'un, tellement géniale que la façon dont son cerveau fonctionne t'excite ? Pas nécessairement à cause de son intelligence, même si c'est attirant aussi, mais juste sa façon de voir le monde ?

Rembobinant notre conversation, je me demandais s'il me parlait de moi à l'aide d'un langage codé.

– Mmm, ai-je fait pour ne pas dévier la conversation.

– Pour moi, tout tourne autour de cette émotion. Je suis attiré par la personne, pas par l'emballage.

– Tu vois, pour moi, l'emballage compte beaucoup.

Les mots s'échappent de mon cerveau embrumé par la fatigue. Je serre les dents, de crainte que ma grossièreté ait bousillé le moment s'il faisait effectivement référence à moi. C'était la preuve que mon cerveau fonctionnait comme celui d'un collégien surexcité.

– Autrement dit, tu es pansexuel ? ai-je demandé par souci de clarté.

– Si tu as besoin de mettre une étiquette, disons que oui.

Il a réorienté la conversation vers le bleu breveté de la maison d'Yves Saint Laurent à Marrakech. Le bleu Majorelle, ai-je appris. Ouvrant les paupières, j'ai cligné des yeux en direction du plafond de ma chambre, à la fois déçu par le changement de sujet et soulagé, parce que la discussion se rapprochait de la frontière de notre amitié que nous n'avons jamais évoquée mais que, par un accord tacite, nous n'avons jamais franchie non plus. Pas depuis la première nuit.

Toute l'année j'ai très peu dormi, mais j'ai découvert qu'en plus d'être excitant et énigmatique, Theo peut aussi être gentil, généreux, drôle et qu'il fonctionne selon un rythme de quatre heures de sommeil par nuit, au mieux.

– Vous n'avez vraiment jamais parlé de votre rencontre ? demande Hannah.

– Bien sûr que non ! je réplique, horrifié à l'idée de cette mise au point qui n'aurait pour conséquence que mon rejet.

– Ce n'est pas ce que j'appelle un scoop, Finn. Avec Priya, nous devisons fréquemment sur ton faible pour Theo, réplique Hannah avec un coup d'œil vers l'endroit où il officie, dans son costume de Père Noël, près du trône doré de Chicky. Nous nous demandions si tu en avais conscience ou pas. Mais tu sais que tu parles de lui à tout bout de champ, j'espère ?

– Normal, nous sommes amis.

– Tu passes plutôt ton temps à t'extasier sur lui.

Je me sens rougir.

– Theo est au courant ?

Je retiens mon souffle dans l'attente de la réponse de Hannah.

– Je ne sais pas trop. Probablement.

C'est la cata. Si Theo sait, cela signifie que mes sentiments ne sont pas réciproques. Parce que s'il savait et ressentait la même chose pour moi, nous serions… ensemble, non ?

– D'ailleurs, tu n'es sorti avec personne depuis que tu le connais, continue Hannah.

– Faux ! J'ai eu un date avec un mec d'une application de rencontre la semaine dernière.

– Comment c'était ?

– Il habite à Hoboken, ça aurait été une relation à longue distance.

Visiblement, elle n'est pas dupe.

– Il ne s'est rien passé, mais ça aurait pu si j'avais voulu.

– Sauf que tu n'en avais pas envie parce que tu es amoureux de Theo. Je pense que tu devrais lui dire. Tu sais, manifestement, il est attiré par toi. Vous vous connaissez parce qu'au début, vous avez passé la nuit ensemble. Donc pour lui, tu ne ressembles pas à un vilain gnome.

– Exact. Mais peut-être qu'il ne cherchait rien de plus qu'un coup d'un soir.

– Possible. Mais vous êtes inséparables. Il aime passer du temps avec toi, et tu l'attirais suffisamment pour qu'il te suive chez toi. Je pense que tu fais l'idiot sur ce coup-là.

– Je ne fais pas l'idiot. Je suis prudent. Je me rappelle la facilité avec laquelle mon père a révoqué son amour. S'il m'a appris une chose, c'est que, quoi qu'on en dise, l'amour est conditionnel. Et si Theo n'appréciait pas mes nouvelles conditions ? À la seule pensée d'une vie sans Theo, je me sens vide. Mieux vaut le garder en ami que de le perdre.

– Nous sommes quelque peu occupés, là. Je ne veux pas me retrouver coincé sur un char en plein défilé, avec quelqu'un qui m'a rejeté.

– Alors dis-lui après. Promets-moi de lui dire aujourd'hui.

– Pourquoi aujourd'hui ?

– C'est Noël, j'ai l'impression que ça nous porte bonheur. Tu ne crois pas ? Après tout, c'est ce qui nous a réunis.

Hannah a le regard rêveur et, un instant, je m'autorise à croire que cette journée nous portera chance. Au moins je n'ai plus froid. Mon corps s'est mis à transpirer à cause de l'anxiété. Vais-je enfin sauter le pas ?

*

Après la parade, nous nous réfugions dans le bar le plus proche, un pub irlandais entre Penn Station et Herald Square. Il répond à notre unique critère, disposer de toilettes, dans lesquels nous nous précipitons sitôt entrés.

Bien que ce soit Noël et que le pub serve habituellement de cantine aux banlieusards en transit, la fin du défilé attire la clientèle. Il est équipé d'une cheminée dans le fond, et la chaleur imprégnée de bière qui embue les vitres participe à l'atmosphère réconfortante. Il fait si chaud, en fait, que Theo prend ses aises, et reste en pantalon de Père Noël et bretelles. Torse nu, telle la page de décembre d'un calendrier de pompiers, il tient salon au comptoir avec Priya.

Toutes les dix minutes, ils sont interrompus par quelqu'un qui souhaite se prendre en photo avec Theo. La première à le solliciter, une serveuse d'une quarantaine d'années, se trémousse sur ses genoux. Sa poitrine contre son visage, elle lui chuchote à l'oreille ce que j'imagine être une proposition. Theo s'esclaffe, la tête renversée en arrière, pile au moment où le barman les immortalise.

Je les observe depuis le box où Theo a abandonné son manteau rouge sur une pile, avec les sacs à main des filles et les cabas en toile remplis des vêtements du quotidien de tous les participants. Je suis retenu captif par Keith, qui s'est délesté de son déguisement de Chicky pour mettre un jean trop large et une vieille chemise rouge. Keith est mécanicien à Mount Kisco, un bled dans le comté de Westchester d'après ce que j'appris.

– Je ne m'imaginais pas défiler un jour sur un char, me dit-il. Ma femme aimait les parades. Elle est décédée d'un cancer des ovaires il y a cinq ans, et depuis, je reviens tous les ans. Ça m'aide à me sentir plus près d'elle. De toute façon, je n'ai rien de mieux à faire pour Noël.

– Je suis désolé pour votre femme, lui dis-je.

D'un geste, il rejette ma compassion avant de raconter en détail son ascension dans la hiérarchie de la parade. Nous en sommes à la septième année, celle où Keith tenait la ficelle d'un ballon Snoopy.

– Un vent infernal soufflait cette année-là. Une catastrophe pour les ballons, dit-il.

J'ai du mal à manifester un tant soit peu d'intérêt pour son histoire. Même s'il est sympa, ça m'ennuie d'être coincé avec lui. Hannah, partie nous chercher des verres, flirte depuis un bon quart d'heure avec le barman, un tatoué à l'accent irlandais. La connaissant, il est musicien dans un groupe. Je caresse l'idée d'abandonner Keith quand j'entends la voix de ma mère dans ma tête me rappelant à mes bonnes manières, et m'enjoignant de respecter les aînés.

Pendant que Keith rejoue minute par minute le défilé de 1998, mon regard s'échappe vers le corps à moitié nu de Theo, au comptoir. Son torse large, musclé, bronzé après deux semaines à Bondi Beach, au début du mois. Je garde aussi un œil sur un trio d'homos, au bout du comptoir, arrivés il y a une demi-heure et qui matent aussi Theo avec un plaisir flagrant. Je ne sais pas trop s'ils ont choisi ce pub par hasard ou si Theo les a invités sur Grindr, mais en tout cas, le créneau pour notre grande discussion se referme.

Je dois choisir judicieusement le moment. Je ne veux pas attendre la fin de la soirée, ni prendre le risque que l'un de nous ait trop bu. Cela dit, un petit verre me donnerait du courage pour dévoiler mon âme. L'équilibre est plus délicat qu'il n'y paraît.

L'un des homos se décide à aborder Theo. La plaie. Je n'ai pas d'autre choix qu'écourter grossièrement le monologue de Keith, sans compter que je ne le reverrai jamais puisque cette parade restera pour moi une expérience isolée. Quelle importance, s'il me trouve malpoli ?

– Keith, je m'excuse, je dois dire un truc important à Theo. (Je rectifie, ayant oublié le nom d'emprunt). Euh, à Liam. Ce ne sera pas long. Ça ne vous ennuie pas ?

– Oh, allez-y. De toute façon, je ne vous ai que trop retenu avec mes souvenirs sans intérêt. Je ferais bien d'attraper un train à Grand Central pour rentrer.

Au comptoir, le minet pose la main sur l'avant-bras de Theo, et indique ses amis au bout du bar. Theo leur fait coucou.

– Vos histoires ne sont pas sans intérêt. C'est juste…

Je ne sais pas quoi raconter à Keith. Oh bon, autant lui dire la vérité, considérant que mes chances de le recroiser sont quasi nulles.

– Je suis amoureux de, euh, Liam, dis-je en bafouillant. Le garçon déguisé en Père Noël ? Et j'ai besoin de lui avouer. Tout de suite, dans l'idéal.

Les yeux de Keith qui ressortent de leurs orbites trahissent le choc. Il est probablement homophobe, et maintenant je suis bon pour qu'il me fasse la morale. Au lieu de quoi il embraie :

– Ai-je précisé qu'avec ma femme, nous nous sommes fiancés à Noël ?

Il me sourit. Oh ! non, c'est reparti…

– Vous savez, dit Keith, c'est une très longue histoire et je devrais probablement la partager avec ce garçon, là-bas.

Keith montre l'homme qui monopolise Theo et me fait un clin d'œil.

Se levant du box, il se dirige vers le comptoir. Il est plus fringant qu'il en donnait l'impression. Après lui avoir tapé sur l'épaule, il se lance dans son récit. Malgré l'air perplexe du minet, Keith ne lui laisse pas l'occasion de le rembarrer. Délaissé, Theo regarde autour de lui d'un air dérouté. Quand il me voit assis seul dans le box, je hausse les épaules.

Est-ce mon grand moment ?

Theo approche, en pantalon de velours rouge et bretelles. Sa dégaine, loin d'être ridicule, lui va bien. Sacrément bien. Pour ma part, je suis affublé d'un costume de pingouin qui n'est pas conçu pour s'asseoir. Tout le tissu s'est amassé au creux de mon entrejambe. Theo s'assoit lourdement sur la banquette en face de moi.

– Je t'ai à peine vu de la journée. Tu me manques.

Il étire le mot « manque » à la façon d'un ballon qui se dégonfle. Il est en bonne voie pour finir beurré.

– J'étais ici même.

– Avec un autre homme, objecte-t-il en remuant les sourcils. Dois-je m'inquiéter pour toi et Keith ?

Je ris, sans savoir s'il flirte ou se moque. À cause de son sens de l'humour pince-sans-rire, je suis incapable de différencier quand je suis complice ou victime de sa plaisanterie.

Les yeux verrouillés à Theo, je tente de combiner un regard irrésistible et un sourire avec les yeux, sans pouvoir jurer que j'y parviens.

– J'espérais te parler d'un truc.

– Rien de grave, j'espère ?

– Non, dis-je pour le rassurer.

En fait, cela dépend de ce que je suis pour lui. Ce serait grave pour lui, de devoir éjecter une personne de plus d'une longue file de prétendants. Je fais marche arrière.

– Enfin, je ne pense pas. Peut-être ? Non.

La tête inclinée et les yeux plissés, Theo tente de me suivre. Je bousille déjà tout.

– Alors voilà…

Le regard de Théo s'éclaire. Un sourire retrousse ses lèvres.

C'est bon signe. Hannah a raison, je n'ai pas gardé mes sentiments aussi secrets que je le pensais. Theo sait ce que je vais révéler et à première vue, il semble… exalté. J'ai peut-être été idiot. Il s'agit de Theo. Qu'ai-je à craindre ?

– Donc, tu l'as probablement déjà compris et ce n'est pas dramatique si ce n'est pas réciproque mais je…

Je marque une pause quand je constate que les yeux de Theo ne rencontrent pas les miens. Il y a quelqu'un derrière moi ?

Je lance un coup d'œil derrière mon épaule, vers la porte. Un homme d'origine sud-asiatique en pardessus poil de chameau se dirige vers nous. Il a l'air sorti d'une pub de magazine, comme si un instant il méditait, le regard dans le vague, le coude sur un genou, faisant la promotion d'une montre, d'un imperméable ou d'un whiskey hors de prix, puis par ennui, s'était aventuré hors de la page. Ses épais cheveux noirs sont habilement décoiffés, comme si une équipe de coiffeurs avaient passé des heures à perfectionner sa coiffure, mais que bizarrement, les ébouriffer rendait mieux. Je me retourne face à Theo, assurément intéressé par cet homme, plutôt que par moi.

Merde, merde, merde.

Quand le mannequin Rolex atteint notre table, Theo dit :

– Raj, tu as réussi à te libérer !

Il est aux anges, comme si Raj était le cadeau de Noël qu'il avait réclamé toute l'année. Theo se glisse hors du box.

– Je t'avais promis de venir, répond Raj, avec un sourire étincelant.

Il retire son manteau, révélant une chemise blanche aux manches enroulées aux coudes. Il a des avant-bras sexy, à ce que je remarque quand il suspend son manteau à la patère du box.

Surtout, qui est ce mec ?

– Raj ? crie Priya au comptoir en s'éjectant de son tabouret haut pour se jeter dans ses bras.

Un court instant, je me demande s'il s'agit d'un cousin de Priya qu'elle aurait omis de mentionner, avant de réaliser que ma logique est affreusement raciste.

– Priya. J'ai tellement entendu parler de toi, dit-il.

Bye bye, ma théorie.

Raj pose une main possessive sur le torse nu de Theo, et je sens mon cœur s'effondrer dans mon ventre.

– Finn, je te présente Raj, dit Theo et ils me regardent tous les deux, le triste pingouin dans le box. Mon petit ami, précise-t-il.

Pour le prouver, Theo donne à Raj un baiser torride, un peu plus appuyé que la bienséance l'exige en public.

Depuis quand, bordel ? ai-je envie de hurler. Et comment Priya le sait-elle, et pas Hannah et moi ? Je suis soudain jaloux de Keith qui a défilé entre Priya et Theo. Si seulement son costume de poulet lui avait permis d'entendre ce qu'ils se disaient, il aurait pu me prévenir.

Je suis furieux. Autorisé ou pas, je bous de rage.

– Ça va ? demande Raj avec un charmant accent britannique.

– Super. J'ai un peu trop bu.

En vérité, je n'ai pas bu un seul verre. Je me lève, tire aussi subtilement que possible sur le costume qui me moule les parties génitales, avant de serrer la main de Raj.

– Enchanté, dit Raj. J'ai beaucoup entendu parler de toi.

– Pri, emmène Raj commander un verre. Finn a été interrompu au milieu de quelque chose d'important, dit Theo.

Priya prend Raj par le bras comme s'ils étaient deux vieux potes, en dépit de son regard inquiet destiné à jauger comment j'encaisse la nouvelle.

– Désolé, que disais-tu ? reprend Theo en se rasseyant en face de moi.

– Oh, euh… je pense que nous devrions fêter la Saint-Sylvestre sur ton toit cette année encore.

– Merveilleux ! Faisons ça.

Theo se lève et pose la main dans mon dos.

– Ralentis avec l'alcool, tu n'as pas l'air en forme.

Je hoche la tête et il part retrouver Raj au comptoir. Une fois seul, je lâche ma tête sur mes bras repliés sur la table. Maintenant je vais devoir regarder Theo embrasser Raj à minuit. Formidable.

11

Hannah

Cette année, 1er décembre

David et moi rentrons du marché des producteurs d'Union Square, son sac en toile chargé de tiges de choux de Bruxelles, d'un bouquet de carottes arc-en-ciel, d'une barquette de champignons et d'un pain au levain. Mon unique participation est un sachet de bâtonnets de bretzels secs, devenus une addiction bénigne ces cinq derniers mois, depuis que nous vivons ensemble et que je l'accompagne au marché le samedi matin.

Il est lancé dans la description de la recette de coq au vin de Melissa Clark, parue dans les pages gastronomie du *New York Times,* et qu'il aimerait essayer ce soir, quand il s'immobilise.

– Prenons-en un ?

Il indique un stand de sapins de Noël, sur le trottoir de West Broadway.

Nous nous arrêtons pour examiner les rangées de sapins, tous enveloppés dans des filets de telle sorte que l'unique différence notoire est leur hauteur.

– N'as-tu pas dit que tu rêvais d'un vrai sapin ? renchérit-il.

Mon cœur palpite. Parce qu'il est tellement attentionné. Il se souvient de toutes mes petites remarques. Je l'ai dit, c'est vrai. J'ai spécifiquement dit que j'aimerais un sapin acheté à un vendeur dans la rue, parmi tous ceux qui se matérialisent fin novembre et remplissent les coins de rue de l'agréable parfum de pin. À Orchard Street, la place manquait pour un sapin. L'ameublement de notre salon était une partie de Tétris, modulée au gré de nos trouvailles sur les trottoirs : deux petites tables d'appoint que Priya a décapées et repeintes, un coffre vintage, une lampe tripode. Nous avions posé un sapin synthétique miniature sur la table basse, et fabriqué les décorations à partir d'anciens numéros d'*Us Weekly*, auquel Priya était abonné, et de colle pailletée. Le sommet du sapin de l'année dernière consistait en une photo de Meryl Streep sur le tapis rouge découpée en forme d'étoile.

– D'accord, prenons-en un, dis-je à David.

Peut-être que *ça* deviendra notre nouvelle tradition de Noël, exclusivement à nous.

*

Une demi-heure et quatre pâtés de maisons plus tard, des doutes émergent au sujet du sapin, à cause des aiguilles qui me piquent les doigts comme de vraies aiguilles. D'autant plus que je ne porte pas de gants.

– On s'arrête un peu ? je demande, haletante. J'ai besoin de changer de position.

– Veux-tu changer de côté ?

Il porte la partie la plus lourde, le tronc, mais je tiens la moitié piquante, le haut, qu'il est impossible de soutenir solidement.

– Euh, pas vraiment. Pourquoi ? Veux-tu échanger ?

– Je pense que nous devrions accélérer sur les dernières rues. Histoire d'en finir.

– Tu suggères de courir avec ce mastodonte ? En ce qui me concerne, j'envisage plutôt de l'abandonner sur le trottoir. Je sais que le livre *A Tree Grows in Brooklyn* encourage à la persévérance, mais je pense que ce sapin aurait tout de même une vie agréable sur les trottoirs du Sud de Manhattan. Nous habitons un bon secteur scolaire, dis-je, pantelante.

– J'admets mes torts, je n'aurais pas dû suggérer le plus grand sapin, dit David, ses épaules un peu voûtées, son sac de courses glissant sur son bras.

Mon ventre se noue de culpabilité.

– Non ! Tu as très bien fait ! Il sera magnifique à la maison. Tu verras, avec des guirlandes lumineuses. C'était une super idée, je t'assure.

Je crochète mes doigts dans le filet, le laissant me couper la circulation.

– Je suis prête. Une… deux… trois… allons-y.

Je m'élance dans un trot maladroit qui nous donne des allures de voleurs en fuite.

*

Le temps d'émerger de l'ascenseur en titubant, nous dégoulinons de sueur et le sapin a perdu plus de vingt pour cents de ses aiguilles.

– Est-ce grave, si le sommet est dégarni ? s'interroge David à haute voix, pendant que nous le traînons dans le couloir de notre appartement, déposant dans notre sillage une traînée d'épines.

– Nous devrons l'aimer tel qu'il est. Je ne réitérerai pas cette démonstration de force héroïque. Je suis sûre qu'Amazon vend des postiches pour sapin.

Nous échangeons des sourires, assommés de fatigue.

– Adoptons un second sapin, plus jeune, une copine pour l'accompagner dans sa crise de la quarantaine, plaisante David.

Il entreprend d'installer le pied pendant que je désinfecte les minuscules entailles sur mes doigts au-dessus du lavabo de la salle d'eau. Il n'y a pas de pansement dans l'armoire à pharmacie mais je sais que David en conserve dans son tiroir à chaussettes, car ses mocassins noirs lui provoquent des ampoules.

Dans son tiroir, à défaut de pansements, je tombe sur une boîte en velours noir, cachée parmi son assortiment de chaussettes soigneusement organisé, toutes associées par paires.

Mon rythme cardiaque s'accélère.

Ce n'est pas nécessairement ce que tu imagines.

En dépit de la nervosité qui fait palpiter mon ventre, je me raccroche à l'idée que l'écrin renferme des boutons de manchette ou un cadeau de Noël pour sa mère. Voire un joli pendentif ou une paire de boucles d'oreilles. Tout sauf une bague. Je ne me sens pas prête pour la bague. Nourrie par des années de comédies romantiques et de magazines féminins truffés de recette de « poulets de fiançailles » – un poulet à rôtir pour son petit ami dans l'espoir qu'il fasse sa demande à ce moment précis – je prends conscience que je n'ai pas la réaction appropriée. Toutefois, ça m'éclaire sur la cause de notre vive dispute à Thanksgiving. Peut-être que le problème est sans lien avec Noël. C'était parce que David avait déjà acheté une bague.

Je m'assure que David est occupé. Accroupi dans le coin du salon, il s'évertue à enfoncer seul le sapin dans le pied. Puis j'ouvre l'écrin.

Il abrite un diamant taillé en marquise, sur un simple anneau en or. L'ovale en pointe ne m'évoque qu'une chose, et c'est un vagin.

C'est quoi, cette monstruosité ?

Brièvement, ma nervosité est remplacée par une pure confusion. Sans être du style à fantasmer sur l'alliance de mes rêves, je suis certaine qu'elle ne ressemblerait pas à celle-ci. Comment a-t-il pu m'associer à cette bague ? Si je n'étais pas certaine de sa fidélité, j'aurais pu croire qu'il la destinait à une autre.

Soudain, ma respiration s'accélère. Me connaît-il si mal que ça ? Comment peut-il se figurer que cette bague me plairait ?

– Hannah ? Tu me donnes un petit coup de main ? crie-t-il dans le salon.

Je me serre la poitrine, comme s'il m'avait surprise équipée d'une traîne de mariée, valsant avec une photo de lui. Je referme la boîte et referme le tiroir avec ma hanche.

Dans le salon, il me demande de tenir le sapin droit pour qu'il visse la base. Je m'exécute, et fixe le mur sans un mot, essayant en vain de démêler mon opinion sur la bague-vagin de mon point de vue sur les fiançailles.

Concentré sur le sapin, David ne remarque pas que je me suis repliée. La souche en place, il met l'album Beach Boys Christmas sur le lecteur, et s'assoit à côté de moi sur le canapé d'angle en cuir marron. Il déroule son bras autour de moi et m'attire contre lui.

– C'est l'album de Noël préféré de mon père.

Il soupire de contentement pendant que nous regardons le sapin un tantinet courbé, sensiblement plus dégarni dans le quart supérieur gauche.

Son embellissement a atteint son apothéose, laquelle est pathétique étant donné que nous ne possédons pas de décorations de Noël. Mais après une minute, David se repousse du canapé.

– Où vas-tu ? dis-je d'un ton accusateur.

Un instant, je retiens mon souffle, redoutant qu'il aille chercher la bague. Toutefois il passe devant la chambre sans s'arrêter, et ouvre un placard que nous utilisons peu. Il s'apparente en réalité à un tiroir à fouillis vertical, bourré de matériel de ski, de jeux de plateaux, de bacs en plastique pleins de câbles de chargeurs dont l'utilité est tombée dans l'oubli. Et d'élégantes boîtes blanches de tous les produits Apple que nous possédons à ce jour, et dont nous nous accordons à dire que nous n'en avons pas besoin mais que nous ne pouvons nous résoudre à les jeter. Les seuls objets importants dans ce fouillis sont nos valises, et ma panique se déplace de la demande en mariage à la crainte qu'il parte. Je ne veux pas de ça non plus ! Pourquoi les choses ne peuvent-elles rester exactement telles qu'elles sont ? C'est parfait, en l'état actuel des choses. Stable.

À la place, il attrape un carton de taille moyenne, avec la mention f*ragile* inscrite sur le côté, avec l'écriture à boucles caractéristique de sa mère, et deux paquets de guirlandes lumineuses.

– Ma mère nous a envoyé deux ou trois babioles de base, me dit-il. J'ai eu peur toute la semaine que tu les trouves, et que cela gâche la surprise.

– Je n'avais rien remarqué.

Ce que j'ai vraiment envie de savoir, c'est quand il a l'intention de révéler son autre surprise, celle sur laquelle je suis tombée, et pourquoi il a choisi cette bague – hideuse – en particulier.

Il pose le carton devant moi. À l'intérieur, quelques boîtes scellées de boules pailletées rouges et dorées, un assortiment de décorations confectionnées par David dans son enfance, dont une photo et de lui et ses frères dans un cadre fabriqué avec des bâtons de sucettes. Et, enveloppées dans du papier de soie, six ou sept décorations Christopher Radko, la marque fétiche de June. Je les reconnais parce que j'ai failli m'étrangler en découvrant le prix – 103 dollars – d'un plaid que nous lui avons offert en cadeau commun pour le dernier Noël. Le fait qu'elle s'en sépare est l'équivalent d'une invitation gravée dans le marbre à rejoindre la famille.

– C'est très gentil d'envoyer tout ça, dis-je en me levant du canapé pour accrocher un bonhomme de neige étincelant au sapin, et éviter qu'il confonde l'instant avec celui de sa demande en mariage.

De son côté, David ajoute méthodiquement un crochet à la photo de la fratrie en chandails assortis de Noël. Sur la photo, son sourire révèle ses dents de lapin, avant qu'elles soient parfaitement redressées par un appareil.

– Je me demandais, dit-il avant un moment d'hésitation. Quels genres de décorations avais-tu quand tu étais enfant ?

– Ma mère décorait le sapin tout en blanc. Parfois quelques décorations dorées, mais sans plus, dis-je en détachant l'adhésif du paquet de décorations rouges.

– Ça te ferait plaisir d'aller en chercher des blanches en son honneur ? propose-t-il.

Je ris.

– Surtout pas ! Merci pour ton adorable attention, mais non. Son sapin me terrifiait. Nous n'étions pas autorisés à le toucher. Bon, je le touchais quand même et je craignais que le Père Noël le sache. J'essayais de me lever un peu avant tout le monde, le matin de Noël, et je descendais sans faire de bruit pour m'assurer qu'il avait néanmoins apporté mes cadeaux et que je n'étais pas punie.

Ourlant la lèvre, il fait une moue exagérée.

– Petit chou.

– Je sais, dis-je en riant.

Une douce sensation de chaleur m'envahit quand je me remémore les Noëls de mon enfance. Je n'avais pas repensé aux sapins blancs surchargés depuis une éternité. Je suis contente de pouvoir partager ce souvenir avec David.

– Écoute, j'ai une idée. (Il marque une pause théâtrale.) Et si, à la place, nous devenions la famille au sapin farfelu ?

– Je valide ton idée !

J'ai beau m'accrocher à la satisfaction, pendant que nous décorons le sapin au son de Brian Wilson qui fredonne que ce sera un Noël morose sans toi, la bague ne cesse de me hanter. Et à force de m'interdire d'y penser, je ne pense plus qu'à ça. Des bagues dotées d'immenses pieds dignes de personnages Disney me narguent en dansant le cha-cha-cha dans ma tête.

Les décorations en place, nous nous effondrons sur le canapé pour admirer notre ouvrage.

– Il nous reste du boulot, observe David. Ce sapin n'a rien de farfelu. En fait, c'est le genre de sapin qui a un crédit immobilier sur le dos et conduit une Honda Accord.

Je m'esclaffe, excitée à la perspective de dénicher des décorations pour personnaliser notre sapin à notre façon.

– Je te sers du vin pendant que je commence à préparer le dîner ? offre David.

– Ce serait super, dis-je.

Le soulagement m'inonde quand il se dirige vers la cuisine. D'après moi, un poulet braisé est l'endroit le plus improbable pour dissimuler une bague.

12

Hannah

Cette année, 2 décembre

Le lendemain après-midi, Theo nous emmène à l'étage des vêtements de créateurs pour femmes du grand magasin Saks, nous guidant entre les portants de robes du soir incrustées de paillettes. Derrière un assortiment de vestes à épaules structurées qui me rappelle la période *Vogue* de Madonna, il actionne une sonnette près d'une simple porte en bois.

Après qu'il m'a invitée à cette virée shopping de dernière minute, j'ai appelé Priya, prétendument pour qu'elle se joigne à nous. À vrai dire, je voulais connaître son opinion sur la bague. Elle connaît David mieux que n'importe lequel de mes amis. Même si David vivait seul au début de notre relation, et que nous aurions aisément pu nous terrer dans son appartement, il mettait un point d'honneur à passer du temps chez moi aussi.

Par un dimanche pluvieux, au début de notre histoire, Priya a préparé un chana masala, l'une des spécialités de sa mère, pendant que nous regardions d'une traite *Ocean's 11, 12 et 13* sur le câble. Après avoir dévoré son bol jusqu'à la dernière miette, David a insisté pour qu'elle lui apprenne la recette. Pendant des mois, notre kitchenette s'est transformée en école de gastronomie clandestine, où se déroulaient des leçons de cuisine dominicales à deux. Elles ont pris fin aux premiers jours de l'été, l'appartement devenant trop étouffant pour allumer le réchaud. Priya a formé David aux saag paneer et malai kofta, ce dernier requérant plusieurs FaceTime avec la mère de Priya pour le perfectionner. Je me satisfaisais du rôle de goûteuse désignée, et j'étais encore plus heureuse quand David a remporté le tampon d'approbation de Priya.

Ce matin, au téléphone, Priya m'a rembarrée en prétextant un travail à rendre, bien que ce soit dimanche.

– J'essaie de vous retrouver plus tard ?

– Au fait ! J'ai trouvé une bague dans le tiroir à chaussettes de David, lui ai-je lancé avant qu'elle puisse se débarrasser de moi.

– C'est formidable, Hannah. Félicitations !

Elle était distraite, et une voix masculine a résonné derrière elle. Je me suis demandé où elle était, et avec qui.

– Je dois te laisser. Prenons un verre la semaine prochaine, d'accord ? Et je vous rejoins si j'arrive à me libérer.

Avant que je n'aie pu arguer que c'était urgent, elle a raccroché.

Pendant que j'attendais le train E pour retrouver Theo dans les beaux quartiers, je ne pouvais me détacher du sentiment que la distance se creusait entre Priya et moi. Je me demandais s'il y avait un malaise, et le cas échéant, pourquoi ne m'en parlait-elle pas ? C'est ainsi que la virée shopping se limite à Theo et moi, Finn étant parti visiter un logement à L.A.

Quand une femme avec un carré gris-blond ouvre la porte escamotée, un nuage de Chanel N° 5 flotte dans son sillage. Je reconnaîtrais ce parfum n'importe où, c'était celui de ma mère.

– Miriam ! s'exclame Theo en lui faisant la bise sur les deux joues.

– Theo ! répond-elle avec un accent britannique BCBG similaire au sien.

Ailleurs que dans un grand magasin, l'affection dans sa voix m'aurait incitée à l'identifier comme sa mère.

– Et qui est cette demoiselle ? demande-t-elle en me regardant par-dessus son épaule.

– C'est Hannah.

Il me tire devant lui pour que Miriam puisse m'embrasser à mon tour.

– Quel plaisir de vous rencontrer, dit-elle. Entrez, tout est prêt.

Elle nous guide dans le fond d'un salon, percé de hautes fenêtres donnant sur la Cinquième Avenue, et encadrées de rideaux blancs vaporeux qui retombent en gonflant jusqu'au sol. J'ai l'impression d'être parachutée dans un clip de Céline Dion.

Une profusion de plateaux d'écharpes en soie, de boucles d'oreilles massives et de délicates montres en or sont disposés sur la table basse en verre. Sur une console, contre le mur, une dizaine de sacs à main sont exposés. Tout est beige ou doré, y compris le mobilier. J'ai l'impression de me retrouver dans un jeu d'espionnage, où j'aurais pour mission de repérer l'intrus dans ce décor écru, crème et doré. Sauf que l'objet qui détonne, c'est moi avec mes Doc Martens montantes et mon jean vieux de huit ans déchiré au genou.

– Champagne ? propose Miriam.

Même la boisson suit le code couleur. D'un regard, Theo remet la décision entre mes mains.

– Volontiers, merci, dis-je.

Miriam va chercher le champagne, nous laissant seuls avec ce que j'imagine valoir des centaines de milliers de dollars de marchandise.

Deux missions sont à l'ordre du jour : la première, choisir des cadeaux de Noël pour les deux figures maternelles de Theo, et la seconde, définir un programme pour le dernier Noël de Finn. Ces deux tâches m'accablent autant l'une que l'autre mais ça me détend de penser à autre chose qu'à la bague.

Annabelle, la mère biologique de Theo, a épousé le père de Theo à vingt-deux ans, et divorcé à l'apogée de sa fortune, dont elle s'est octroyé une part substantielle. Désormais elle se partage entre une maison de ville à Londres, un loft à Paris et un domaine dans le sud de la France. Nous ne l'avons jamais rencontrée mais elle se comporte comme une tante amusante, pas comme une mère. Une fois par an, elle débarque et inonde Theo de cocktails et de virées shopping.

– À ma naissance, ils se haïssaient déjà mais le divorce a traîné une bonne décennie parce que mon cher papa savait qu'il y laisserait des plumes, m'a un jour expliqué Theo.

La majeure partie de son enfance, il était sous la responsabilité de Lourdes, sa gouvernante adorée, pour laquelle nous cherchons aussi un cadeau aujourd'hui.

– Parle-moi de ce qu'aime ta mère, dis-je.

– Dépenser l'argent de mon père et rien d'autre.

Il lève une paire de boucles d'oreilles en diamants dans la lumière, qui renvoie des arcs-en-ciel sur les murs autour de nous.

Miriam rapporte deux flûtes de champagne sur un plateau d'argent.

– Miriam, dit Theo. Qu'est-ce qui coûte le plus cher sur cette table ?

Elle prend un porte-bloc sur la console et son index survole la liste.

– Le bracelet tennis Cartier, je pense.

Elle traverse la pièce pour lui soumettre la liste et nous éviter l'embarras d'entendre le prix de vive voix.

Theo hoche la tête.

– Affaire réglée. Pourrais-tu l'emballer et l'expédier à son adresse à Londres ?

– Bien entendu, confirme Miriam avec calme, alors qu'elle percevra probablement une commission déstabilisante. Si vous voulez bien m'excuser, je fais changer la sélection, pour vous permettre de choisir le second cadeau.

Une armée de vendeuses envahit la salle, à une telle rapidité que je me demande si Miriam cache un bouton d'alerte dans sa manche pour les convoquer. Celles-ci emportent les plateaux d'écharpes blanches et les bijoux en diamant.

Miriam, qui a tout de l'hôtesse de l'air la plus chic du monde, dans son pantalon noir, ses escarpins à bout pointu et son élégant foulard rouge noué autour du cou, pousse un chariot, sauf qu'à la place de mini-cannettes de Diet Coke et de *ginger ale,* les plateaux sont remplis de rangées de perles de la taille d'une boule de chewing-gum, et de boucles d'oreilles serties de gemmes aux tons acidulés. Je remarque aussi des foulards, mais bleu pétard, rose Barbie et orange. L'une des assistantes de Miriam apporte une brassée de sacs à main, tous de couleurs vives. Une autre tire devant nous un portant de fourrures.

– La partie amusante commence, s'égaie Theo. Lourdes raffole de ce qui est flashy.

Il s'approche de la console et promène ses doigts sur un sac en crocodile rouge camion de pompiers. Assurément flashy.

– C'est une édition limitée. Il en existe cinq au monde, l'informe Miriam.

Il me le tend et en le prenant, je manque de le faire tomber. Il est aussi lourd que s'il était vendu rempli de lingots d'or.

– Comment tu trouves ? me demande-t-il.

– Tu sais, je ne suis pas la meilleure juge.

Je possède un seul sac, un noir que je trimballe partout depuis des années.

– Assez lourd, hein ? j'ajoute sans savoir si c'est une bonne chose ou pas.

Theo sourit. Conscient que je n'y connais rien, il tient néanmoins à m'inclure au débat.

– Pourquoi pas un manteau de fourrure ? dit-il.

– Elle n'habite pas au bord de la mer ?

– Ah si.

– Aime-t-elle les foulards ? demande Miriam. Les foulards sont le meilleur ami des femmes d'un certain âge.

Elle indique son cou enveloppé d'une écharpe et je me demande ce qui se cache en dessous. Des ouïes ou un tatouage de prisonnier me paraissent tous deux improbables, mais me font autant rire intérieurement.

– Je ne me souviens pas d'avoir vu Lourdes porter un foulard.

– Et quelque chose de plus personnel ? je suggère.

– Quoi par exemple ?

– Je ne sais pas.

Je passe en revue la liste de cadeaux que Brooke et moi offrions à notre mère, quand nous étions enfants : un set de poterie à peindre, des colliers en pâte Fimo, des tableaux imprimés de nos dessins d'école qu'elle exposait fièrement dans la cuisine. Le Noël précédant sa mort, je lui ai fabriqué un album photo. J'ai choisi un luxueux album en cuir texturé et fait dupliquer à une borne du centre commercial mes photos préférées de nous deux. Un jour, je l'ai trouvée endormie dans le lit médicalisé du salon, serrant l'album contre sa poitrine comme un animal en peluche.

– Une année, j'ai fabriqué un album photo pour ma mère, ça lui a fait plaisir.

– Jay Strongwater fabrique de charmants cadres photo en cristal et émail, s'empresse d'intervenir Miriam. Et Cristofle, de magnifiques cadres en plaqué platine. Souhaitez-vous voir une sélection ?

– Merci, Miriam, répond Theo.

Je ne m'embête pas à préciser que n'est pas ce que j'avais à l'esprit. Miriam s'éloigne en chancelant sur ses talons aiguilles pour ordonner leur préparation.

– Devons-nous aussi chercher quelque chose pour ton père ? je demande à Theo, enfoncé dans le canapé.

– Inutile. Il n'attache pas d'importance aux objets, seulement aux expériences, répond Theo en dessinant des guillemets dans l'air autour du terme « expériences ».

– Je n'imagine pas le genre d'expériences qui intéresse un milliardaire. Un voyage dans l'espace ? Chasser des espèces en voie d'extinction ? Faire couler une librairie de campagne ?

Theo répond avant que je n'aie trouvé d'autres idées.

– Il sait ce qu'il veut. Que nous travaillions ensemble. Il m'a proposé un job.

– Un job ? dis-je, éberluée.

Pour ce que j'en sais, la seule activité de Theo concerne un club mondain à Londres, réservé aux membres adhérents, qu'il a essayé de monter avec des copains d'internat, une Soho House encore plus exclusive avec une clientèle rajeunie. Le projet s'est soldé par un échec spectaculaire, car peu de jeunes de vingt-quatre ans avaient les moyens de s'acquitter des frais d'adhésion exorbitants. Theo apportait les fonds, sans occuper de fonction concrète, hormis financer les caprices des cofondateurs.

Depuis que nous le connaissons, il co-préside l'Art Party du Whitney tous les ans, et participe au conseil de quelques associations caritatives donnant accès à des étudiants défavorisés aux programmes d'éducation artistique. Cela dit, je ne pense pas qu'il ait assisté à une seule réunion qui ne soit accompagnée d'un déjeuner ou d'un cocktail.

Theo passe ses mains sur son visage, horrifié à la perspective de collaborer avec son père.

– Que lui as-tu répondu ?

– Je lui ai demandé s'il avait brisé Colin, le jeune larbin qui gère ses affaires. Je sers de suppléant quand Colin tombe en dépression nerveuse. Pour autant, je ne m'attendais pas à le remplacer avant ses cinquante ans, au bas mot.

– Envisages-tu d'accepter ?

Je ne peux contrôler la pointe de panique dans ma voix. Cette fonction implique sûrement de résider à Londres et je n'ai pas la force de supporter la perte d'un second ami.

– Oh, non, dit-il en rejetant l'idée d'un geste, comme une absurdité. Ce n'est qu'une énième démonstration de pouvoir.

Il boit un peu de champagne pour purifier son palais de cette notion répugnante.

– Et toi, quoi de neuf ? demande-t-il. Ne m'en veux pas de te dire ça, mais… ça n'a pas l'air d'aller.

– Moi ?

Je suis sur le point de déballer mes problèmes avec David – notre dispute à Thanksgiving, le malaise persistant, la bague dans le tiroir à chaussettes – mais je ne peux pas m'y résoudre. Plus j'en parle, plus ça devient réel.

– Nan, ça va.

J'esquive, mais j'ai l'impression de devoir trouver une excuse.

– Juste stressée à cause du travail. Je présente régulièrement un projet de podcast sur l'histoire de la musique et je suis systématiquement recalée. Ce serait mon premier projet solo, mais je ne trouve pas les arguments pour que mon boss cerne le potentiel.

C'est en particulier frustrant que Mitch approuve toutes les variantes du talk-show en binôme depuis qu'il a pris ses fonctions il y a trois mois. Deux mecs parlant de films cultes des années quatre-vingt, deux mecs parlant de parties de golf virtuelles. La semaine dernière, il a officialisé sa menace : si je ne réussis pas à programmer un talent acceptable pour le pilote *d'Aural History*, d'ici à la fin de l'année, il tire un trait sur l'émission. Au passage, il a mentionné qu'il aurait besoin d'un producteur principal pour *Porn Stache,* sa dernière création à deux mecs, où deux comédiens visionnent et analysent des cassettes vidéo de pornos des années quatre-vingt.

– Quelle est l'approche de ton podcast ? demande-t-il.

Je lui résume mon projet, dont le titre le faire sourire.

– Très spirituel, dit-il. Ça sent le gros succès. Qu'est-ce qui coince ?

– Nous ne réussissons pas à nous accorder sur la chanson pour le pilote. Mon responsable était emballé par « Candy », de Mandy Moore, mais son équipe n'a pas donné suite. Tu ne la connais pas, à tout hasard ?

– Pas vraiment. Mais Clementine ?

– Quoi, Clementine ?

– Je suis sûr qu'elle serait ravie de t'aider !

– C'est pas gagné. Elle ne doit même pas se souvenir de moi.

– Évidemment, elle se souvient de toi. Ne l'as-tu pas vu chez Fallon le mois dernier ? Elle lui a appris le jeu du drap, la séquence est carrément devenue virale. Veux-tu que je l'appelle pour toi ?

– Êtes-vous en contact ?

Il hausse les épaules.

– Pas vraiment.

Certes, j'aimerais accepter, savoir comment est né son nouvel album rempli de mélancolie et concrétiser mon projet de podcast – Mitch jubilerait, l'album étant déjà disque de platine. Malgré tout, j'hésite. Ce serait déloyal envers Finn de réintégrer Clementine juste au moment où il se retrouve célibataire en même temps que Theo. Et si cet appel téléphonique ravivait leur ancienne flamme ? Cela va indubitablement à l'encontre du code des meilleurs amis.

– J'y réfléchirai, dis-je même si je sais d'avance que je déclinerai.

Je bois un peu de champagne. Parfaitement sec, il a le goût d'un excellent croissant. Même si je n'y connais rien en vin, je suis capable de reconnaître la qualité.

– Tu m'emmènes dans plein d'endroits chics, dis-je pensive.

– Ça me fait plaisir.

– C'est mon tour de t'emmener quelque part.

– Où comptes-tu nous emmener ? demande-t-il avec une pointe d'appréhension dans la voix.

*

Une heure plus tard, nous avons pris place dans un box marron à motifs, au Times Square Olive Garden, quand Priya se décide à nous rejoindre.

– Franchement, c'est le dernier endroit au monde où je m'attendais à vous trouver, tous les deux, commente-t-elle en se glissant sur ma banquette. Theo garde deux sacs noir mat Saks à côté de lui, l'un avec un cadre photo serti de pierres précieuses, l'autre avec un sac à main rouge bicolore en édition limitée. Incapable de décider lequel Lourdes préférerait, il a pris les deux.

– Crois-moi, je suis autant stupéfait que toi.

Theo me regarde dans les yeux avec un air grave qu'il adopte rarement.

– De tous les restaurants de Manhattan, c'est ici que tu as choisi de m'emmener ?

– Il n'y a malheureusement pas de chili dans Manhattan, sinon nous y serions allés, lui dis-je.

– Je suis plutôt Taco Bell, intervient Priya, le regard rêveur à la mention du fast-food.

– Pas essayé. J'imagine que j'ai loupé un truc, dit lentement Theo.

– Moquez-vous. Quand on était gamine, le vendredi soir, nous allions soit au Chili, soit à Olive Garden. On n'est jamais trop grand pour une soupe, une salade et des gressins. Tu m'as emmenée acheter des cadeaux censés plaire à tes parents, je t'emmène dans un endroit que les miens affectionnaient.

– Et maintenant je culpabilise de m'être moqué, dit-il avec un soupir.

Le serveur interrompt nos chamailleries bon enfant.

– Un Tour d'Italie, annonce-t-il en posant mon repas devant moi.

– Et votre Zuppa Toscana, monsieur. Faites-moi signe pour que je vous resserve. Ou pour goûter une autre sorte de soupe à votre convenance. Il faut en profiter, dit-il, sans se rendre compte du regard méprisant que Theo pose sur son bol de soupe.

– Je vous apporte la carte ? dit le serveur à Priya.

– Non merci, j'ai déjà dîné.

Priya ne livre aucun détail sur ses occupations de la journée. Néanmoins, je décide de ne pas la questionner et de profiter de sa présence.

– N'oublions surtout pas d'envoyer une photo à Finn, dit-elle. Sans preuve visuelle, il ne croira jamais que Theo a mis les pieds ici. Souris !

Ce qu'il fait de mauvais gré. Et pendant qu'elle le photographie, ça fait tilt.

– C'est super bizarre, dis-je à haute voix.

– Je sais, concède Theo. Je n'en reviens pas qu'ils servent de la laitue iceberg.

– Pas ça, espèce de snob. Ça fait tout drôle de n'être que trois. Ce sera comme ça l'année prochaine. Nous enverrons des photos à Finn qui ne sera pas là.

– Merde, tu as raison, lâche Theo.

Dans le silence qui tombe sur la table, nous digérons la reconfiguration imminente de notre groupe d'amis. Soudain tellement plus concrète.

– En parlant de Finn, on fait quoi pour Noël cette année ? demande Priya.

Theo et moi secouons la tête.

– Je n'en ai pas la moindre idée, dis-je. J'ai cogité toute la semaine, et rien ne me semble assez grandiose pour l'ultime Noël de Finn.

– Attends, dit Theo. Le Tour d'Italie. C'est bien ce que tu as commandé ?

Il indique mon assiette avec sa cuillère.

– Oui, et… ?

J'enroule ma fourchette dans la portion géante de *fettuccine Alfredo*, prête à replonger dans la saveur de mon enfance de banlieusarde.

– Pourquoi pas partir en voyage pour Noël ? En Italie ? Parce que j'ai le regret de t'informer que tu as devant toi une pâle copie de la nourriture qu'ils servent là-bas.

– Je ne sais pas…

Priya attrape un gressin dans la corbeille de Theo.

– Ça changerait, insiste Theo.

– D'après moi, quoi que nous fassions, il faut que ce soit à New York, dis-je. N'est-ce pas le propos ? Finn quitte la ville, nous lui préparons un ultime Noël new-yorkais ?

– Sûrement, admet Theo. Et Bobby Flay ? Je l'ai rencontré à un gala de charité, il y a quelques années. En faveur des enfants affamés. Il maîtrise mieux la cuisine italienne qu'ici. Et si je lui demandais de s'occuper du repas ?

– Évidemment, dit Priya. Vu que Bobby Flay rêve de passer Noël à cuisiner pour quatre pingouins au lieu de le célébrer en famille ?

– Il a divorcé, je crois. Il partage peut-être les vacances de fin d'année avec son ex et ce n'est pas son année. Ou peut-être que lui aussi est un orphelin de Noël ?

– Si je suis ton raisonnement, nous lui ferions une faveur ? je demande.

– Donc c'est non ?

– Oh non, je suis partante, dis-je. Il faudrait quand même songer à un plan B.

– As-tu une meilleure idée ? demande Theo, un peu froissé.

Je n'ai pas une seule idée. Rien ne me paraît suffisamment spécial pour surpasser nos derniers Noëls. Il nous faut une apothéose, un événement à la hauteur de la décennie de Noël que Finn m'a donnée.

Alors que je mâche du poulet au parmesan, une idée me frappe.

– Et si nous n'avions pas besoin d'une nouvelle idée ?

Theo a l'air intrigué.

– Ce serait formidable étant donné que nous n'en avons pas une de potable. En fait, elles sont de moins en moins excitantes. À quoi penses-tu ?

– Pourquoi ne pas recréer notre premier Noël ensemble ?

Ma proposition suspendue dans l'air entre nous, nous la retournons dans notre tête.

– Génialissime !

Theo frappe la table avec sa main. De la soupe se renverse sur le set en papier.

13

Hannah

Noël #9, 2016

– Merci, Finn ! dit Priya en découvrant son mug isotherme mauve pailleté.

Ravi de sa réaction, Finn sourit de toutes ses dents.

– Il maintient le thé au chaud pendant cinq heures.

C'est un clin d'œil à leur traditionnel « tea time ». Souvent, quand je rentre du travail, Priya et Finn sont lovés sur notre canapé, et s'adonnent à leur tradition sacrée de boire des tasses de vrai thé, tout en échangeant des potins sur un large éventail de célébrités de quatrième zone dont je n'ai jamais entendu parler. Cependant, ils partagent un savoir encyclopédique dans ce domaine, grâce à leur obsession mutuelle du podcast de potins de stars *Who ? Weekly*. Vient le moment où les potins dérivent vers les acteurs mineurs de leurs existences respectives : le collègue qui partage le cube de Finn, les neveux de Priya, les portiers de Theo. Je songe à suivre le podcast en vue de participer à ces débriefs.

Le sol du salon de Theo est jonché de papiers cadeaux. Des dessins de pingouins affublés d'écharpes de la part de

Priya, du papier kraft classique de la part de Theo (mais il s'est lâché sur les rubans), et de minuscules chariots rouges transportant des sapins de la part de Finn. Dans le coin, un sapin de trois mètres – argenté cette année, pour coller au thème disco – préside l'ouverture des cadeaux. Des photos encadrées de nos trois derniers Noëls sont mises à l'honneur sur les étagères par ailleurs austères de Theo.

Le genou sautillant, j'attends mon tour. Je me suis dépassée, cette année.

Pour une fois, nous avons fixé une limite de prix à cinquante dollars par cadeau, après que Theo nous a offert à tous des iPads. Non que je n'ai pas apprécié. En fait, j'adore le mien, en particulier depuis que j'ai découvert que l'appli de la bibliothèque publique de New York propose d'emprunter des e-books. Mais je me suis sentie mal quand, après avoir reçu son iPad, je lui ai offert un pantalon de survêt, pour plaisanter. Je ne l'ai jamais vu dans une tenue moins formelle qu'un jean, et j'ai pensé qu'il apprécierait de s'initier au sportswear chic. Mais depuis, ce pantalon n'a pas fait une seule apparition. Il est sûrement dans le fond d'un tiroir, avec l'étiquette.

Malgré la limite de prix, je suis certaine d'avoir assuré. Avec le cadeau, pas le papier d'emballage. Mon papier est épatant. Un motif de Père Noël ringard, c'est le dernier rouleau qui restait en stock au supermarché à onze heures, le soir du réveillon.

Priya déchire le dernier papier de la seconde partie du cadeau de Finn, et montre une boîte vert menthe de thé Fortnum & Mason.

– Oh, le mélange royal, annonce-t-elle avant de tirer sur le couvercle pour plonger son nez à l'intérieur. Elle émet ce bourdonnement satisfait semblable à celui des gens dans les pubs d'instantané, après leur première gorgée de café.

– Jeremy m'a aidé à choisir, indique Finn. Il a une préférence pour le thé aussi.

– Remercie Jeremy de ma part, dit Priya.

Finn dégaine son téléphone pour transmettre le message. Si j'ai bien suivi, c'est la troisième fois de la matinée que Finn le cite. La note la plus positive que je puisse dire sur Jeremy est qu'il existe. Il est le Flat Stanley[9] des petits copains : bien en photo, n'apporte pas grand-chose à la conversation. Pourtant Finn le met à toutes les sauces : *Jeremy préfère le thé au café. T'ai-je dit que Jeremy a étudié à Princeton ? Jeremy a un chandail bleu exactement comme celui-ci.* Même les faits qui ont trait à Jeremy sont ennuyeux. La fadeur de Jeremy mise à part, c'est mignon de voir Finn aussi épris.

En toute franchise, c'est aussi un soulagement.

Après le dernier Noël, Finn a été anéanti tous les mois de janvier et février à cause de Raj. Même après que Raj a été congédié autour de la Saint-Valentin, le moral de Finn ne s'est pas amélioré.

– Pourquoi ne lui dis-tu pas maintenant ? l'ai-je incité dès que Theo est redevenu un cœur à prendre.

– Je n'ai pas besoin de l'entendre pour savoir. J'ai eu ma dose de rejet avec Theo.

– Mais il ne t'a jamais rejeté !

– Pas clairement, mais s'il avait envie d'être avec moi, nous serions ensemble depuis un bail.

– Je trouve ta réaction idiote, ai-je rétorqué, parce qu'elle l'était.

Le printemps s'est accompagné d'une amélioration. Après une petite année à ToonIn, Finn avait suffisamment épargné pour louer un studio dans le West Village – son premier sans coloc – l'estimant parfait parce qu'à mi-chemin entre Priya et moi dans le Lower East Side, et Theo dans l'Upper West

9. Série de livres pour enfants, dont le héros tout plat imprimé grandeur nature a été détourné et intégré à des situations du quotidien.

Side. Presque tout le printemps, Theo a séjourné à Paris pour consoler sa mère de l'échec de son troisième mariage, qui a explosé au bout de dix-huit mois. En son absence, Finn a téléchargé toutes les applis de rencontre disponibles sur l'app store, et s'est investi dans les rencards comme s'il s'agissait d'un second emploi et qu'il visait une promotion. Un apéro et une douzaine d'huitres au Mermaid Oyster Bar avec un garçon, puis un dernier verre au Dante au bout de la rue avec un autre.

– Personne ne cherche de relation sérieuse, se lamentait Finn.

– Et toi, tu cherches une relation sérieuse ?

De mon point de vue, il avait besoin de se remettre en selle, éventuellement d'une phase frivole.

– Bien sûr que je veux du sérieux ! Je n'ai pas vécu d'histoire durable depuis le lycée. J'ai gâché tout ce temps accroché à Theo et maintenant me voilà sur la touche. Je suis convié à un mariage gay cet été. Il n'y a pas que les reproducteurs qui se marient, les homos s'y mettent aussi. Tu y crois, toi ?

J'y croyais sans mal. Priya et moi croulions sous les faire-part et invitations, à tel point que nous manquions de magnets pour les fixer sur notre frigo et devions les superposer en fonction des dates. Je n'étais pas consciente d'apprécier assez de personnes pour être conviée à autant d'événements majeurs. Pour être honnête, plus de la moitié provenaient de la famille de Priya. Mais j'étais heureuse de lui servir d'escorte si nécessaire. D'après mon expérience, les mariages hindous dépassent, pour ce qui est de la nourriture et du spectacle, les américains. Au mariage de sa cousine l'été dernier, le marié est arrivé à dos d'éléphant.

Après un semestre de rencards en tout genre, Finn a rencontré Jeremy. Je vois pourquoi Finn a swipé à droite. Jeremy arbore une tignasse blond roux et une allure de mannequin Abercrombie adoucie par ses épaisses lunettes noires Warby Parker et son grand sourire endormi, style *qui, moi ?* Ce mélange rend son charme approchable. La première fois que je l'ai rencontré, pendant la *happy hour* à Narragansetts dans le jardin d'un bar minable de Bowery, Jeremy a débarqué en maillot et cuissarde de cycliste en Lycra. Les cinq premières minutes, il a décrit son planning de mise en condition à ce sport, avant d'enchaîner sur un monologue de dix minutes sur les habitudes alimentaires de l'anémone de mer qu'il élève dans son laboratoire à NYU. À ma seconde bière, je me noyais dans un océan d'anecdotes oiseuses.

– Il est nerveux, a murmuré Finn quand Jeremy s'est absenté.

Après cette première rencontre, je me suis demandé si Finn se mettait en couple parce que sa frénésie de rencards l'avait laissé sans énergie et sans un rond. Jeremy n'était sûrement qu'une aire de repos sur l'autoroute du véritable amour. Le fait est que trois mois plus tard, Finn vante les goûts de Jeremy en matière de sachets de thé.

– À mon tour ! dis-je, et incapable de patienter une seconde de plus, je distribue un paquet de moyen format à chacun. Ils sont tous identiques. Vous pouvez les déballer en même temps.

Finn et Priya arrachent leur papier, pendant que Theo déplie le sien méticuleusement comme s'il avait l'intention de réutiliser l'emballage de supermarché. Finn est le premier à soulever le couvercle de la boîte. Après avoir écarté le papier de soie, il déplie une veste en jean devant lui d'un air dubitatif.

– Retourne-la !

Cela fait, son expression décontenancée demeure.

Priya a étalé sa veste sur ses genoux.

– C'est toi qui les as fabriquées ? C'est super ! dit-elle avec un enthousiasme forcé, comme on s'adresse à un enfant de quatre ans qui vous offre un portrait de vous ressemblant à un gros pâté vert.

J'ai en effet confectionné ces vestes. Pas les vestes en elles-mêmes. Pour les vestes, j'ai écumé les friperies avant de trouver des modèles à la taille de chacun, dans le même denim bleu moyen. Ensuite, j'ai commandé des lettres à fixer au fer à repasser sur Etsy. Pas des lettres génériques à coudre sur les maillots de football des gamins, mais de jolies lettres. J'ai même acheté un pistolet applicateur sur eBay pour fixer des clous et des strass dans le dos. Je ne peux pas nier le style artisanal des vestes mais elles ont un bon look.

Theo, qui a déplié la sienne entre-temps, arbore une bouche en cul-de-poule. Ses épaules vibrent comme s'il se retenait de rire.

– Soyez sympa, je me suis donné du mal ! Ce sont nos vestes de membre. Les membres du Club des Orphelins de Noël !

Club des Orphelins de Noël, ça faisait trop long. Donc, je me suis limitée aux initiales : CON.

– Lis ça à voix haute, Han, m'incite Finn.

– C.O.N, j'épelle.

Priya fait un geste horizontal pour me faire lire le son.

– C'est écrit « con » sur la veste, Hannah.

Theo éclate de rire, plié en deux sur sa veste.

– On va passer pour un gang de bikers cons et fiers de l'être, enchérit Finn.

Plié de rire, il essuie des larmes au coin de ses yeux.

– Un gang de bikers couturiers.

Priya effleure les strass qui bordent le col de sa veste.

Même si je boude, un sourire narquois flotte sur mes lèvres. Pour des cadeaux parfaits, on repassera.

Finn aventure un regard dans ma direction.

– Aujourd'hui, sortons avec les vestes sur le dos ! déclare-t-il. Il n'y a littéralement personne avec qui je préférerais être dans un gang de bikers écervelés.

Il étale la veste sur ses épaules sans enfiler les manches, et lance un regard noir à Theo.

Theo enfile sa veste, et virevolte pour l'exhiber. Comme elle est trop courte de plusieurs centimètres, il a l'air grotesque. À présent, je ris de bon cœur.

– Je porterai la mienne partout. Pas seulement aujourd'hui ! dit-il.

– J'ai rédigé un article sur les vestes en cuir de meilleurs amis l'an dernier. Celles-ci sont beaucoup plus sympas, approuve Priya en mettant la sienne.

Tous les quatre, nous frôlons l'hystérie.

Je revêts aussi la mienne. Certes, le double sens du sigle m'avait échappé, mais j'aime ce qu'elles représentent. Nous ne ressemblons pas à une fratrie, mais nous disposons à présent d'un signifiant qui montre l'importance que nous nous accordons réciproquement. Je veux qu'en nous voyant dans une salle bondée, les gens sachent qu'*eux* sont mes proches. Quand je les regarde, je me sens chanceuse. Je n'imagine pas avoir besoin de plus que mon cercle.

– Maintenant que nous sommes équipés pour la journée, je déclare ouvert le combat de grille-pain, déclare Theo.

Je n'ai pas le temps de l'interroger sur ces deux mots à priori disparates que Priya décline.

– Sans moi. Je suis invitée chez les parents de Ben.

– Comment ?

Première nouvelle.

– Je vous rejoins dans la soirée. Je déjeune juste avec eux.

– Mais nous passons toujours Noël ensemble, lui dis-je.

– Et nous passons quand même Noël ensemble. Je suis là maintenant, et je vous retrouve plus tard, dit-elle, et voyant mon air blessé, elle ajoute. Je t'assure que ce n'est pas grand-chose. D'après ce que je sais des fêtes de fin d'année, le déjeuner est le repas le moins important. Je serai revenue bien plus vite que tu ne le penses.

Les yeux de Finn et Theo vont et viennent entre nous, suivant la négociation des termes du départ de Priya.

Je me mords la langue pour m'empêcher de souligner qu'elle n'est même pas en couple avec Ben. Ils l'ont peut-être été au lycée mais à présent, Ben est en troisième année de médecine à l'université du Wisconsin. Il la sonne quand il est de passage.

– Comme tu voudras, dis-je.

Si elle ne comprend pas pourquoi c'est important, je ne peux pas la forcer à comprendre. Finn pose la main dans le milieu de mon dos, ce que j'interprète comme un geste de solidarité. Notre Noël n'est pas une escale, c'est l'événement majeur.

Priya s'éclipse, sa veste sur le dos, et Theo nous emmène dans la salle à manger.

À chaque place, il a disposé une assiette, une tasse, une flûte à champagne et un grille-pain. Au centre de la table, sur des assiettes sont empilées une dizaine de variétés de gaufres, des biscuits fourrés Pop Tarts, et des pâtisseries à toaster. Je souris en imaginant Theo au rayon surgelés d'un supermarché Gristedes, remplissant son chariot d'innombrables boîtes.

– Je n'ai jamais goûté un Pop Tart, dit Theo. Dans toutes les sitcoms américains que je regardais enfant, ça donnait tellement envie que j'aimerais satisfaire ma curiosité avec vous.

Il prend un Pop Tart surgelé rose, et l'introduit dans son grille-pain.

– Attaquez ! nous encourage-t-il.

C'est pourtant mon rêve de gamine de dix ans qui se réalise, mais je n'atteins pas le niveau d'enthousiasme approprié. L'absence de Priya sape la magie.

*

Après un après-midi paresseux, à base de mimosas et de Monopoly (une chose de plus qui a manqué à Theo américain – non pas parce qu'ils n'y jouent pas au Royaume-Uni mais à cause de sa différence d'âge avec son frère, il n'avait personne pour jouer avec lui), nous partons en vadrouille dans West Village. Finn nous oblige à porter notre veste, sachant que personne ne battra des faux cils en voyant débarquer un gang de « cons », fiers de l'être et assoiffés, dans un drag show ayant pour titre *Les Dames du Pôle Nord.*

En arrivant, nous nous séparons. Chacun connaît son rôle. Theo va échanger au bar des billets de vingt contre des pièces pour les pourboires, et Priya, qui nous a retrouvés après son déjeuner chez les parents de Ben, le suit pour commander une tournée de vodka surpuissante servie dans des gobelets. Finn et moi nous approprions une table basse collante devant la scène. Dans ce cabaret, on se croirait plus à Halloween qu'à Noël. Une équipe de garçons torse nu pourvus d'ailes de papillon et de paillettes occupe la table voisine, et au bout de la salle, un homo poilu grisonnant en costume de chat en latex rouge semble sorti du clip de « Oops, I Did It Again ». Un bourdonnement de bavardages alcoolisés complète la bande-son des divas de la pop.

En face de moi, Finn est absorbé par son téléphone. Je presse sa cuisse pour le ramener dans l'instant, agacée qu'il se désintéresse de nos festivités. Il me regarde d'un air coupable et quand, son téléphone s'incline par inadvertance vers moi, j'entrevois un selfie de Jeremy torse nu. Ses heures de vélo donnent des résultats.

Le spectacle est fabuleux. À la moitié, Theo est à court de billets d'un dollar et, en guise de pourboire, commence à distribuer des billets de cinq, puis de dix et de vingt, faisant de notre table le centre de l'attention. Après coup, deux videurs baraqués repoussent les tables sur les côtés pour dégager une piste de danse. Priya et moi sommes essoufflées et en sueur après une heure à danser sur des remix des premiers tubes de Madonna et des derniers de Cher. En outre, je suis plus qu'un peu ivre après les shots de tequila partagés avec les garçons papillons, plus une taffe et un Jack Daniels Coca, dans l'impasse à l'arrière avec le présentateur de la soirée, une *drag-queen* accoutrée en sexy Grinch. Cela s'ajoute au flot régulier de mini-tasses de vodkas sodas que Theo me sert fréquemment. J'ai perdu le compte des verres que j'ai bus, ce qui est sûrement préférable vu que le chiffre grimpe de manière inquiétante.

Finn et Theo s'occupent chacun de leur côté depuis que le spectacle est terminé. Finn avec son téléphone au comptoir, échangeant probablement des SMS avec Jeremy. De son côté, Theo a bien accroché avec une *drag-queen* habillée en Mariah Carey version « All I Want for Christmas Is You ». Fauxriah Carey se frotte contre Theo, dont les quatre premiers boutons de la chemise sont ouverts. Elle baille comme celle d'un Leonardo DiCaprio, époque *Romeo + Juliet.*

Theo vient vers nous en dansant.

– Hello ! crie-t-il pour se faire entendre malgré Donna Summer.

Il se passe la main dans ses boucles humides de sueur et se penche comme pour nous confier un secret.

– Une ecstasy, ça vous tente ? J'en ai acheté à Mariah Scary.

Il sort de la poche avant de son jean quatre cachets dans un minuscule sachet en plastique.

– Je ne sais pas trop, dis-je. Je n'ai jamais…

– Plutôt deux fois qu'une ! se réjouit Priya en s'emparant du sachet.

Son excitation chassant mon incertitude, je me surprends à tendre la main pour recevoir un cachet. S'il y avait un moment pour goûter l'ecstasy, ce serait la soirée idéale.

Je suis avec mes amis, je dispose d'une semaine de congé pour me remettre de ce qui s'annonce comme une gueule de bois épique, et je m'amuse dans un bar gay rempli de guirlandes et de joyeux fêtards. D'ailleurs, la plupart sont probablement perchés. J'avale avec une rasade de vodka soda la pilule jaune frappée d'un smiley.

– N'aie pas d'inquiétude, je veille sur toi, m'assure Theo. Je serai ton chaperon de trip. Tu es entre de bonnes mains.

Fidèle à sa promesse, Theo reste scotché à moi, s'assurant fréquemment que je me sens bien. L'effet de la drogue se fait sentir au bout d'une demi-heure, sans que ce soit effrayant. Je me sens comme une glace à l'eau à la fraise, fondante, chaude et bienheureuse. Tout semble un peu plus joli, comme si la réalité m'apparaissait à travers un filtre Instagram. Je sais que je suis perchée quand l'un des garçons papillon danse dans ma vision périphérique et que je touche les paillettes sur son torse imberbe. Riant, il tournoie avant de s'éloigner en dansant.

Theo se révèle être un formidable danseur. Comment est-ce possible que je ne l'aie jamais vu danser, toutes ces années d'amitié ? Nous sommes allés au China Chalet notre premier Noël avec lui, mais je me rappelle surtout de lui discutant avec Finn près du comptoir. Sa façon de danser est étonnamment sexuelle. Ses hanches ondoient beaucoup, et j'essaie de reproduire leur mouvement.

Quand nos regards se connectent, nous partons d'un fou rire.

C'est la meilleure soirée de ma vie !

Theo m'attrape par la main, me fait virevolter loin de lui puis revenir. Alors que je retombe lourdement contre son torse, il pose son autre main sur mon épaule pour me stabiliser. Puis ses mains s'aventurent dans mes cheveux. Dégueu, mes cheveux sont trempés de sueur. Histoire de vérifier si les siens le sont aussi, je plonge mes doigts dans ses mèches.

Mais il écarte ma main et pose la paume sur ma joue. Son autre main, celle sur mon épaule, sillonne le long de mon bras avant de saisir ma hanche. Je le regarde et souris. Je m'éclate tellement. Ce que j'ai envie de lui dire. Sinon que nous nous embrassons.

C'est hilarant. Theo et moi nous embrassons !

Je le sens sourire contre mes lèvres comme si nous étions au cœur d'un canular. Avec ma main restée dans ses cheveux, je le rapproche de moi comme pour fusionner en une seule personne. Un instant, je me perds dans l'idée divine que Finn, Theo, Priya et moi puissions fondre en un être unique. Ainsi, je pourrais les garder au plus près de mon cœur, puisque leur cœur serait aussi le mien.

À présent, la langue de Theo pénètre ma bouche. Ses doigts pressent mes hanches. Je n'ai embrassé personne depuis un bon moment. J'avais oublié à quel point c'est amusant. Theo embrasse bien.

Nous nous séparons, essoufflés. Je pense qu'il ne s'écoule que quelques secondes, sans pouvoir le certifier. Le temps semble distordu.

Ouah, j'ai embrassé Theo. Trop marrant ! Je recommence à rire, sans pouvoir m'arrêter. Je suis hilare. C'est tellement tordant.

– Tu te sens bien ?

Priya surgit en touchant mon dos.

– Merveilleusement. Je suis…

Je ris si fort que je ne réussis pas à m'exprimer.

– Ah, j'ai cru que tu pleurais.

– Pleurer ? Non ? Pourquoi pleurerais-je ? Je m'éclate.

Je me redresse et la regarde dans les yeux. Elle est d'une beauté incroyable. Je cherche Finn du regard. Il se tenait au comptoir mais il s'est volatilisé. Pourquoi ne danse-t-il pas avec nous ?

– Où est Finn ?

– Il n'a pas lâché son téléphone de la soirée, se plaint Theo. Quel ennui !

– Je pense qu'il est parti.

La réponse de Priya sonne comme une question.

– Parti ? je répète, confuse. Pourquoi serait-il parti ? On s'éclate comme des fous.

Priya ferme un œil comme si creuser sa mémoire lui causait une douleur physique.

– Il avait l'air fâché en partant.

– Quand est-il parti ?

La nouvelle me dégrise aussi rapidement que si j'avais reçu un seau de glace sur la tête. Finn n'a pas de problème, j'espère ?

– Il y a quelques minutes. Quand vous vous pelotiez, répond Priya.

– Nous ne sommes pas pelotés, dis-je.

– Erreur. Je suis certain que nous nous sommes pelotés, proteste Theo.

Merde. Finn l'a vu ? Est-ce à cause de cela qu'il a disparu ? Je dois le retrouver pour m'expliquer. Je me retourne en pleine conversation, et file vers la sortie.

– Hé, attends ! crie Theo derrière moi. Attends-nous.

Je l'ignore.

Je trébuche dans l'escalier en bois, me tenant au mur pour garder l'équilibre, et pousse la porte. À peine dehors, je frissonne. J'avais un pull-over en début de soirée, en plus de ma veste en jean et d'une doudoune. Où sont mes affaires ? Dans l'immédiat, ça n'a pas d'importance.

Je scrute les deux des côtés de la rue, espérant détecter un signe de Finn, en vain. Il habite à quelques rues du cabaret. Il est trois heures du matin. Où serait-il allé si ce n'est pas chez lui ? Je dois le retrouver, m'assurer qu'il va bien. Si ça se trouve, il n'est même pas contrarié. S'il est aussi déchiré que nous autres, il est peut-être discrètement rentré se coucher.

Tout va bien. Il le faut.
Oh ! non, qu'ai-je fait ?

14

Finn

Noël #9, 2016

« Peux-tu parler ? »
Au SMS de Jeremy, je réponds :
« Suis encore dans la boîte. Tout va bien ? »
Après quoi il demande :
« Tu t'amuses bien ? »

Bonne question. Contre toute attente, je ne m'amuse pas. Je n'ai pas le moral. Quelque chose dans le fait d'être dans ce cabaret trans m'attriste. Le club est noir de monde, à croire que c'est un samedi soir comme un autre, et pas Noël. Une part de moi se demande pourquoi ces gens ne le célèbrent pas en famille. Combien sont comme moi, bannis par leurs parents pour les fêtes ? Je me sens comme un cliché gay, du fait de me trouver dans ce club ce soir.

Malgré tout, considérant que je suis le seul à m'en soucier, je bois une gorgée pour diluer mon trouble. J'envisage de sortir téléphoner à Jeremy. En fait, ses SMS deviennent trop fréquents et désespérés au fur et à mesure de la soirée et je ne suis pas d'humeur à l'écouter me raconter son Noël idyllique avec sa famille nucléaire. Une part de moi avait vaguement espéré qu'il m'inviterait, même si nous ne sortons ensemble que depuis trois mois. Encore que ce soit prématuré, une exception particulière aurait pu s'appliquer pour le sans-famille que je suis. Mais en dépit de mes allusions répétées, je n'ai pas été convié.

Le barman me sert une vodka soda que je n'ai pas commandée. Il m'a pris en affection depuis que je l'ai complimenté sur son pull-over, et ça porte ses fruits. Sur son pull rouge s'étale un méli-mélo criard de nœuds, de guirlandes et de décorations. Certainement fait maison. Il ferait un carton au festival du pull moche, quoique je ne pense pas qu'il le porte pour plaisanter.

Sur la piste de danse, mes amis sont perchés. Theo et Hannah dansent ensemble sous l'éclat d'une minable boule disco, prête à se détacher du plafond d'un instant à l'autre. C'est mignon que Theo danse aussi mal alors que d'ordinaire, il est à tout point de vue guindé. On jurerait qu'il copie tous ses mouvements sur les strip-teaseurs du film *Magic Mike*. Trop de roulements de hanches superflus, de mains dans les cheveux et sur le torse. Inexplicablement, il montre beaucoup du doigt aussi. Sa chemise déboutonnée aussi bas accentue l'ambiance striptease de pacotille.

Hannah danse à moitié avec lui, si ce n'est que toutes les trente secondes, elle se laisse distraire par un laser rose, et s'arrête pour suivre le faisceau avec son doigt. Ceux deux-là vont souffrir d'une méchante gueule de bois demain. Quant à Priya, je l'ai perdue de vue. J'espère qu'elle n'est pas en train de gerber aux toilettes. Ce serait chouette si nous créchions tous chez Theo cette nuit, je préparerais des pancakes au petit déjeuner.

J'écris à Jeremy :

« Je m'amuserais mieux si tu étais là »

Ce n'est pas sa faute si je suis démoralisé, ou s'il a une famille qui l'aime et le soutient.

Il répond sans délai. À plus de deux heures, il est sûrement couché. À mon avis, il n'y a pas grand-chose à faire à Scranton, Pennsylvanie, la nuit.

« Pareil. J'ai envie de te décrire ce que je te ferais si tu étais là mais tu ne peux pas discuter ☹ ☹ ☹ »

Oh ! Adorable, même s'il est ivre. Je me sens durcir en me remémorant la fois où on a fait l'amour au téléphone. J'envisage de lui téléphoner aux toilettes jusqu'à ce que je me joue le scénario dans la tête et réalise que cela ferait de moi le détraqué qui se branle dans l'unique cabine des hommes. À la place, je demande :

« Seras-tu encore joignable dans une heure ?

Personne ici ne restera éveillé aussi tard. »

Trois points apparaissent puis disparaissent.

Je me retourne vers Hannah et Theo sur la piste. Et…

C'EST QUOI CE BORDEL ?

Non !

Ils s'embrassent ou je rêve ?

Pas de doute là-dessus. Ils s'embrassent. Et de bon cœur.

Même si je les distingue difficilement de mon tabouret haut, je suis certain qu'ils y mettent la langue. Je compte dans ma tête en les regardant.

Treize… quatorze… quinze.

Ça, ce n'est pas un bisou entre amis. Ils s'embrassent plutôt comme s'ils avaient envie de s'arracher leurs fringues.

Ou alors je suis plus éméché que je ne le pensais. C'est peut-être une hallu. Ça ne peut pas être la réalité.

– S'il vous plaît !

J'appelle le barman, occupé à essuyer une bouteille de vodka au bout du comptoir, et demande l'addition. Quand il revient avec ma carte et mon reçu, j'ajoute un joli pourboire et griffonne une signature illisible.

Je lance un dernier coup d'œil par-dessus mon épaule en montant l'escalier vers la sortie. Ils continuent de se rouler des pelles. Les mains de Hannah se perdent dans les cheveux de Theo, celles de Theo sur les fesses d'Hannah.

En haut, je pousse la porte avec une telle violence qu'elle rebondit contre le mur en brique du bâtiment et revient me taper dans le nez. Évidemment.

Après avoir fait le tour du quartier trois fois, je me rappelle que j'ai laissé mon blouson à l'intérieur. Ce n'est pas grave, ma rage me tient chaud. Je suis trop exaspéré pour rentrer chez moi. J'ai envie de hurler ou de cogner dans un mur ou d'étriper Hannah et Theo par SMS, pour qu'ils sachent à quel point ce sont d'ignobles individus. Tout en remaniant mes formulations dans ma tête, je remonte la Septième Avenue au pas de charge et bifurque à droite au croisement de Leroy.

Le temps de tourner sur Bleecker St à droite, je songe de nouveau à beugler dans l'espoir que cela m'apaise un tant soit peu. Ma rage est comme une bouilloire à plein régime. J'ai vu des choses bien plus étranges qu'un homme hurlant à la lune, dans les rues de New York à deux heures du matin. Devant moi, un homme d'âge mûr vêtu d'une parka encourage son chiot corgi à uriner, et je décide de me retenir de crier pour éviter qu'il me prenne pour un détraqué. Ou pire, qu'il me demande si je vais bien. Car alors, je devrais expliquer que ma meilleure amie a embrassé mon meilleur ami dont je suis amoureux bien que j'aie un petit copain, et je ne pense pas réussir à faire comprendre cela à qui que ce soit.

Ça sonne comme un minable bobard, sauf que ce n'en est pas un. C'est de la trahison, nom d'un chien.

À mon quatrième tour du pâté de maisons, de loin, j'aperçois Hannah assise dans l'entrée de mon immeuble. Elle est en débardeur, ses bras serrés autour de son buste. Ma première pensée est : *elle doit être frigorifiée*. Mais ensuite je me rappelle qu'elle a un cœur de glace, et dans le froid, elle est certainement comme un poisson dans l'eau.

Je songe à partir dans l'autre sens, comme si je ne l'avais pas vue, mais je commence à me refroidir et j'ai envie de rentrer. Peut-être que j'essaierai de cogner un mur de mon appartement pour voir si ça marche – les mecs hétéros adorent se défouler de cette façon. Peut-être que je quitterai la ville et retournerai à Boston, et le trou laissé par mon poing dans le mur deviendra le problème de quelqu'un d'autre. Mes amis sont tout ce qui me retenait ici et manifestement, ils se contrefichent de moi.

– Je n'ai pas envie de te parler, j'annonce à quelques mètres d'elle.

Qu'elle reste assise là toute la nuit et finisse congelée, ça m'est égal. Je remarque que Theo ne s'est même pas pointé.

– Dommage, je ne bougerai pas de là, hurle-t-elle.

Le volume excessif de sa voix trahit son niveau d'ébriété.

– Comme tu veux. Je m'en fous que tu restes là toute la nuit. Je rentre.

Se levant, elle s'interpose entre moi et la porte.

Vous savez quoi ? Si elle souhaite faire une scène dans la rue, ça me va aussi. Autant déballer tout ce que nous avons sur le cœur et nous dire adieu. Ici, maintenant. Il n'y aura pas de retour en arrière après ça. Pas d'explication susceptible de rendre la situation acceptable.

– Je suis désolée.

Le fait qu'elle pense pouvoir tout arranger d'une simple excuse fait bourdonner mon sang dans mes oreilles.

– Je m'en fiche.

– De toute évidence, ça te touche.

Pfft. Rien de pire que se quereller avec quelqu'un qui n'a pas les idées claires.

– Je m'en moque que tu sois désolée. Ne perds pas ton temps, rien n'arrangera ça.

Elle tente une autre approche.

– Je n'aurais pas dû. Nous étions ivres, sous ecsta, et malgré tout, nous n'aurions pas dû.

Elle marque une pause, attendant sûrement mon pardon.

– Exact. Vous n'auriez pas dû, dis-je. C'est bon ? On a fait le tour ? Je peux monter ?

– Non, Finn, nous n'avons pas fini. J'essaie de m'excuser, ce qui, permets-moi de le dire, est ridicule. Tu as un copain. Et toute la journée, tu n'as pas arrêté de parler de lui. *Jeremy adoooore le thé. Savais-tu que les parents de Jeremy ont un berger allemand ? As-tu vu la selle ronde débile sur son vélo débile avec lequel il nous casse les oreilles ?*

Sa voix geignarde est supposée être une imitation de moi. La pire excuse du monde.

– Alors, ouais, qui Theo embrasse ne devrait pas te concerner. Tu n'as aucun droit sur lui, et tu sais que ça ne signifie rien. C'était un stupide baiser entre deux personnes alcoolisées.

Mentalement je hurle à plein volume à flanc de falaise. Physiquement je me tiens sur mon perron, me retenant de gifler mon ex-meilleure amie qui le mérite sans aucun doute.

– Tu aurais dû avoir la présence d'esprit de ne pas l'embrasser ! Il ne s'agit pas de n'importe qui, c'est Theo. C'est… je…

– Oh, tu l'aimes ? Essaie de lui dire au lieu de me le répéter sans arrêt. Comme ça, tu aurais une chance d'être avec lui plutôt qu'avec ce mec que tu n'apprécies même pas, et que tu fréquentes uniquement pour te prouver un truc à toi-même. Ou à Theo ? Va savoir ! Difficile de dire lequel est le plus pathétique.

– Pathétique, ça te connaît. Tu es obsédée par Noël. Tu t'es lamentée toute l'après-midi parce que Priya s'est absentée deux heures. Tu ne supportes pas que l'un de nous ait une vie en dehors du groupe qui ne t'implique pas. Et tu as toujours été jalouse de Theo.

– Oh, *je suis jalouse* ? Vas-y, explique.

Bras croisés, elle se déhanche.

– Tu es jalouse de Theo depuis le premier jour où je l'ai intégré au groupe. Tu te sens menacée par lui, terrifiée que je devienne plus proche de lui que de toi. Et maintenant tu l'as embrassé. Pour quoi faire ? Me le voler ? Me rendre jaloux ? Ce n'est pas parce que tu te complais dans ton existence d'ermite sans vie sexuelle que tout le monde est comme toi. Rassure-moi, tu sais que je ne suis pas ton mec ? Tu veux que je te dise, Hannah ? Tu as franchi la limite. Tu aurais dû t'en douter.

– Ah oui ? Comme Theo devrait savoir que tu es amoureux de lui, même si tu ne lui as jamais avoué ? Et que tu n'oseras probablement jamais lui dire ? Non, Finn, ça ne marche pas comme ça. Nous ne sommes pas devins. Tu ne seras jamais avec Theo parce que tu as trop la frousse. Et je suis désolée que tu ne sois pas amoureux de ton nouveau copain, mais toi seul peux régler ce problème.

Un long moment, nous nous fixons du regard, tous deux essoufflés par nos hurlements, attendant que l'autre craque. Je suis préparé à patienter toute la nuit, mais Hannah cède en premier. Son ton se radoucit.

– Nous devrions en discuter demain, quand nous aurons dessaoulé et repris nos esprits.

– J'ai dit tout ce que j'avais à dire.

– Pas moi, dit-elle en tapant du pied comme une gamine capricieuse.

– Je peux rentrer, maintenant ?

– Si tu veux, dit-elle en s'écartant du passage. Je t'envoie un SMS dans la matinée. Un petit dej tardif au Waverly Diner ? Il n'y a rien que des galettes de pommes de terre ne sauraient résoudre. Je vais, euh, retourner chercher ma doudoune et ma veste au cabaret. Je récupère aussi la tienne. Je te la rapporterai demain matin.

Je souffle. Comme si je me souciais de ces vestes hideuses qu'elle nous a faites.

– Franchement, Hannah, je n'ai pas envie de faire partie d'un club, quel qu'il soit, dont tu serais membre.

J'ouvre la porte et la referme derrière moi pour l'empêcher de me suivre.

Après cela, nous sommes restés un an sans nous reparler.

15

Finn

Cette année, 14 décembre

Mon taxi freine devant l'immeuble de Theo. Je règle la course en carte Bleue pendant que le chauffeur sort mes bagages du coffre. Deux valises rigides, un sac de cadeaux ainsi qu'un vieux sac à dos usé. C'est tout ce qui reste de ma vie new-yorkaise. Mes autres possessions sont en chemin pour L.A. à bord d'un camion de déménagement.

Avant que le volet roulant du camion se referme, mon déménagement paraissait irréel.

Il ne semblait pas plus réel quand j'ai signé mon contrat de travail ou l'ai annoncé à mes amis. Il ne semblait certainement pas réel quand j'ai visité des appartements sur la côte ouest, il y a deux semaines. J'avais l'impression de jouer au jeu de la Vie, et de choisir un lieu de vie pour une version fictive de moi-même. Mon petit pion bleu se déplace dans le monde !

Le fait est que c'est la réalité. Il y a une heure, j'ai fermé la porte de mon studio fraîchement vidé et laissé les clés sous le paillasson. Ça me fait tout drôle de penser que je ne reverrai plus jamais l'intérieur de l'endroit que je considérais comme mon chez-moi, ces trois dernières années. J'ai pris quelques photos en partant, en souvenir, mais elles sont déjà insignifiantes. Le genre de photo prise quand l'appli caméra s'active par accident.

– Es-tu impatient ? a demandé ma sœur au téléphone hier.

À cela, je n'ai pas su quoi répondre.

D'un côté, mon nouvel appartement – un trois-pièces dans un building de West Hollywood – est beaucoup plus agréable que mon ancien studio. L'agent immobilier m'a régalé de listes d'équipements : appareils chromés neufs, climatisation centralisée et dressing, mais ce qui m'a le plus impressionné, ce sont les murs propres, récemment repeints, dépourvus de ces nuées de minuscules trous rebouchés à la hâte par une flopée de précédents locataires. Cet appartement est flambant neuf. Il embaume le nouveau départ, encore que cela provenait sûrement de la bougie parfumée que l'agent immobilier avait allumé sur l'îlot de la cuisine.

Seul hic, je ne réussis pas à visualiser ma vie à L.A. Je ne m'imagine pas aller bosser en voiture, coincé dans les embouteillages, en écoutant un podcast de Hannah. Je me projette dans mon bureau, principalement parce qu'on me l'a montré quand j'ai visité les locaux. Mais je n'arrive pas imaginer ma vie en dehors du travail.

Dès que j'essaie, je n'imagine que des scènes extraites de séries télé, et je suis certain que ma vie ne ressemblera pas à *New Girl* – hélas, je ne m'installe pas dans un loft avec trois meilleures amies livrées clé en main – ni à *The Hills*, avec leurs tumultueuses mises en jambes. Les boîtes qu'elles fréquentaient n'existent plus, et de toute façon, je ne pense pas qu'on me laisserait entrer.

Le plus gros blanc concerne les personnes avec qui je passerai du temps. Sean Grady, mon pote de fac, vit à L.A., mais d'après une rapide enquête sur Instagram, il est marié avec deux carlins sur lesquels il s'épanche dans de longues publications mensuelles, détaillant leurs préférences comme s'ils étaient ses enfants humains. Une fille que j'ai connue au lycée essaie de percer à L.A. en tant qu'actrice. Je le sais parce qu'elle se vante sur Facebook d'avoir une chance inouïe dès qu'elle est choisie pour une publicité pour un traitement contre le syndrome du côlon irritable ou une assurance auto.

C'est la partie du déménagement qui me fait flipper : je dois me faire de nouveaux amis. Et si j'étais trop vieux pour ça ? Aurai-je le temps, de toute façon ? Je sais déjà que si je réussis à me lier d'amitié, ces amis ne seront jamais aussi proches de moi que mon groupe.

Un membre du régiment de portiers de l'immeuble accourt pour m'aider à porter mes bagages, me détournant de l'attaque de panique qui menace de me paralyser sur le trottoir.

– Mon pote.

Il me tend le poing pour checker.

Je suis fier d'avoir apprivoisé les portiers de Theo. J'ai même fait d'énormes progrès avec Dwayne, le responsable de l'équipe. Quand je passe devant son bureau, il me fait le salut du scout. Je n'ai plus besoin de signer le registre car depuis un an, je suis sur la liste de Theo – la liste d'invités approuvés, autorisés à monter sans être contrôlés. Malgré tout, je suis tenté de m'arrêter pour m'expliquer. Pour m'assurer qu'il sache que je n'utilise pas Theo pour son argent ou son appartement. Que je ne suis pas comme Elliot et les autres. Je tiens sincèrement à Theo. Mais ce serait étrange de me justifier auprès du portier qui, dans le meilleur des cas, tolère ma présence en échange d'un salaire.

L'excitation suscitée par le standing de l'appartement de Theo s'est émoussée au fil du temps. À présent, alors que l'ascenseur s'ouvre, le seul mot qui me vienne est : *Maison.* Pour les deux semaines à venir, tout du moins.

Le pas nonchalant, Theo vient à ma rencontre dans le vestibule, attiré par le tintement de l'ascenseur.

– Salut, coloc !

Je ne cache pas le sourire intimidé qui s'épanouit du fait de son accueil.

– Je t'ai fait préparer la chambre d'amis bleue.

Il pivote sur ses talons et je traverse le salon derrière lui, jusqu'à la chambre face à son bureau. Celle avec la plus belle vue. Pour illogique que ce soit, je ressens une petite déception. Dans le taxi, je me suis laissé aller à fantasmer que je partagerais sa chambre.

*

Mercredi, je remonte dans l'appartement que nous partageons depuis peu, après avoir utilisé la salle de sport de l'immeuble. Theo préfère s'entraîner à Equinox plutôt qu'à la salle du second étage. Il prétend que c'est pour utiliser le sauna après la musculation, mais je le soupçonne d'apprécier encore plus les options de drague.

Je dépose une traînée de gouttelettes de sueur entre l'ascenseur et la cuisine. Ma petite course de cinq kilomètres sur le tapis s'est transformée en marathon d'une heure. En poussant les portes battantes de la cuisine, je suis surpris de trouver Theo, déballant des courses de sacs en tissu. J'avais présumé que son personnel s'en chargeait pour lui.

Theo marque une pause, et son regard survole mon corps trempé de sueur. Mon débardeur de sport me colle comme une seconde peau.

– Tu as bien couru ? demande-t-il.

Son regard recouvre mes bras de chair de poule.

– Euh, ouais. J'ai poussé à onze kilomètres. Je pense que le chômage me tape sur le système. L'oisiveté me fait culpabiliser.

C'est un mensonge. Je suis sans emploi depuis quatre jours. Ce qui me rend électrique, c'est de vivre avec Theo. Après une nuit d'insomnie, en sortant de ma chambre ce matin, je l'ai trouvé affalé sur le canapé devant le talk-show *Live with Kelly and Ryan*, quasi nu à l'exception d'un boxer à motif écossais de Noël, et d'une paire de lunettes en écaille qui lui vont tellement bien que je me suis demandé pourquoi il mettait des lentilles de contact. Pas encore coiffés, ses cheveux bouclés partaient dans tous les sens.

J'ai alors réalisé que la cohabitation implique une intimité surprenante, qui nous place en témoin de moments intermédiaires avant que ledit colocataire se soit préparé à la vie sociale. Je n'ai jamais réfléchi à ce que Theo faisait quand il était seul chez lui, mais si j'avais dû émettre des hypothèses, regarder des talk-shows la journée en sous-vêtement serait arrivé en bas de ma liste. J'aurais eu moins de mal à croire qu'il accueillait des tournois de cartes Magic avec les résidents scolarisés ou s'exerçait à l'aérobic sur de vieilles cassettes de Jane Fonda.

Chacun à un bout du canapé, nous avons passé trois heures à regarder *Live !*, puis une quatrième heure devant l'émission matinale *Today*, puis le talk-show *The View*, jusqu'à ce que je déclare que je sortais courir. En vérité, rester à côté de Theo si peu vêtu me met mal à l'aise. Ou m'excite. Ou m'excite à un point gênant. J'avais du mal à décider car j'étais trop distrait par le sillon de poils qui relie son torse et son ventre, et disparaît sous l'élastique de son boxer.

C'était trop dur à endurer après une courte nuit de quatre heures. La nuit dernière, en me retournant dans le lit d'un confort absurde, dans la chambre d'amis de Theo, je me rejouais la diatribe de Hannah au pied de mon immeuble. *Tu ne seras jamais avec Theo parce que tu as la frousse.* Seuls les gens qu'on aime peuvent nous blesser parce qu'ils connaissent nos points faibles. Pire que tout, je reconnais le fond de vérité dans son accusation. C'est ainsi que j'ai décidé d'évacuer mes émotions sur le tapis de course de la salle de sport.

À présent, en jean noir délavé et chandail à col rond bleu ciel, ses cheveux soumis à un ordre momentané, Theo transverse des paquets de sucre et de farine dans des bocaux en verre munis d'étiquettes ardoise. La scène est étrangement domestique. Soudain, j'aimerais partager d'autres facettes ennuyeuses de Theo. Les moments sans intérêt qui constituent une vie. Je traverse la longue cuisine, aisément la pièce la moins impressionnante de l'appartement, pour prendre une bouteille d'eau dans le réfrigérateur vitré. Au passage, ma hanche effleure par inadvertance ses fesses, un accident inévitable dans une cuisine aussi étroite. Elle a été conçue en partant du principe que quelqu'un d'autre que le propriétaire serait aux fourneaux. La porte ouverte, je laisse l'air réfrigéré me rafraîchir, en partie à cause du sport et en partie à cause du regard de Theo.

Avant que j'aie pu bouger, Theo se retourne et avance la tête au-dessus de mon épaule droite pour jeter un œil dans le frigo.

– Il reste du beurre ? demande-t-il.

– Euh oui, un paquet entier.

– Salé ou doux ?

Theo se tient si près que je sens son haleine dans mon cou quand il parle. Comment une question aussi peu sexy peut-elle m'exciter autant ?

Je me penche, sans réfléchir, pour lire l'emballage. Ce faisant, mes fesses touchent l'entrejambe de Theo, et j'entends sa respiration se bloquer dans sa gorge.

Je crois ? Non, impossible.

C'est un accident embarrassant dû à l'étroitesse de sa cuisine et à mon imagination hyperactive. Je fantasme sur ce moment depuis des années. Un sacré paquet d'années.

Dans nombre de mes fantasmes, ça commence avec moi en nage après avoir couru. Imaginer un tel scénario est ce qui m'a retenu sur le tapis de course de la salle de sport, enchaînant les kilomètres au-delà de mon objectif initial de cinq kilomètres.

Pour autant, je n'aurai jamais imaginé que cela débuterait avec du beurre.

– Beurre doux, je croasse.

Je me redresse sans trop savoir quoi faire ensuite. M'adosser contre Theo ? Me retourner ? Si je me retourne, m'embrassera-t-il ? Ai-je mal interprété ce qui se joue ? Si Theo me fait des avances, pourquoi lui a-t-il fallu autant de temps pour se décider ? Pourquoi attendre que je sois à deux semaines de déménager ? Ces deux dernières questions m'enragent.

Je pivote face à lui, sans avoir décidé si je veux l'embrasser ou hurler. J'attends qu'il s'écarte, rétablissant la bulle de mon espace personnel. Au lieu de quoi il avance, me coinçant dos à une étagère du frigo resté ouvert. Il se penche au-dessus de moi, appuie son torse habillé de cachemire caramel contre mon torse en sueur.

– Pardon, dit-il. J'essaie de lire la marque du beurre.

Comment est-il possible que nous parlions encore de beurre ?

Attend-il que je l'embrasse ? Je l'envisage une brève seconde, avant que la phrase trop familière bourdonne dans mon esprit. *Tu ne seras jamais avec Theo parce que tu as la frousse.*

Au lieu de me donner le courage de prouver le contraire, les paroles de Hannah me forcent à voir la réalité.

Qu'ai-je à perdre ? Tout d'abord, un hébergement. Je pourrais probablement loger chez Hannah et David deux semaines, avant de partir mais d'après ce que je sais de leur bras de fer au sujet de Noël, ce n'est pas particulièrement attrayant. Et, encore plus grave, je pourrais perdre l'un de mes meilleurs amis. Je ne suis pas disposé à courir ce risque pour un baiser. Pas sans avoir la certitude.

Et d'un seul coup, le moment s'évapore. Theo fait un pas en arrière et, adossé au plan de travail, m'observe avec ses yeux vert forêt, attend de voir ce que je vais faire ensuite.

– Je vais me doucher, je bredouille.

Apparemment, ce que je fais ensuite, c'est me dégonfler. Je détale, les épaules voûtées par la défaite.

– Attends ! m'arrête Theo.

Je sens mon cœur sauter dans ma gorge quand je me retourne. Il hésite, un doigt en l'air.

– Veux-tu regarder Ellen avec moi, après ta douche ? Elle a invité Clementine.

– Euh, OK.

J'ai besoin d'une douche très longue et très froide.

16

Hannah

Noël #10, 2017

– Oh non, je suis super à la bourre.

Les cheveux mouillés après sa douche, David passe de la salle de bains au dressing. Sur la table de chevet, un torrent de SMS allume l'écran de son téléphone.

– Quelqu'un t'inonde de messages, dis-je au son des notifications.

– Adam enrage. Les gamins piquent une crise parce que ma mère refuse qu'ils ouvrent leurs cadeaux sans moi.

Il réapparaît à la porte du dressing en chemise blanche, impeccablement glissée dans son jean, dans ce style de président d'honneur du club des modèles de vertu, confirmé par ses photos d'école. Il a été élu « Le plus enclin à réussir », et moi, « La plus encline à tomber dans l'oubli », un superlatif approprié selon mes camarades de lycée. Fréquenter David m'a presque donné envie d'assister à une réunion des anciens élèves de mon école, ne serait-ce que pour l'exhiber et me vanter par des moyens détournés de ma carrière dans le podcast. Leur montrer que la fille bizarroïde dont tout le monde avait pitié s'en est plutôt bien sortie.

Il décoche un sourire satisfait. La raison de son retard est encore vive dans notre esprit.

– Tu es certaine de ne pas vouloir venir ?

– Venir… ? Je suis déjà venue. Deux fois, dis-je, nue et assouvie sous les draps.

Après le café et les cadeaux – je lui ai offert un album vinyle de John Mayer, un clin d'œil à la bio de son profil sur l'appli de rencontres ; lui, des places pour le National au Forest Hills Stadium – il m'a ramenée au lit pour m'offrir la seconde partie de mon cadeau de Noël, me donnant du plaisir avec sa bouche pendant une demi-heure. Non que j'aie été dure à convaincre.

– Sérieusement. Viens dans le Connecticut. C'est notre premier Noël. Ce serait normal de le passer ensemble, tu ne crois pas ?

– Je n'ai pas envie d'être l'étrangère qui s'incruste pour Noël. Je n'ai vu tes parents qu'une seule fois.

– Et ils t'adorent !

– L'année prochaine.

– L'année prochaine, reprend-il avec un sourire timide.

Après un dernier baiser, il sort de la chambre.

– Appelle-moi si tu changes d'avis ou si l'ambiance est tendue avec Finn. Je signale juste qu'un train part de Grand Central à midi quarante-cinq. Je pourrais venir te chercher à la gare de Fairfield.

– Il n'y aura pas de tension. Nous sommes tous adultes, dis-je avec une conviction que je n'éprouve pas. Une minute plus tard, la porte se referme derrière lui.

Finn est devenu le fantôme qui hante le groupe. Celui dont on entend parler mais qu'on ne voit jamais.

Un jour, au début de notre relation, j'ai emmené David au Lucky pour la première fois. Les *Friends* avaient Central

Perk, les potes de *How I Met Your Mother* avaient le McLaren et nous avions le Lucky. Il y a quelques années, nous avons essayé de changer pour le Bar Belly, au bout de la rue, apprécié pour ses huîtres à un dollar et ses cocktails créatifs à la *happy hour*, mais ce n'est pas chez nous. Le Lucky est certes un tripot, mais c'est notre tripot.

Dès l'entrée, nous avons été assaillis par une bourrasque d'air conditionné sentant la bière éventée. Michelle, notre barmaid préférée, a levé le nez de la vodka-orange qu'elle mélangeait pour l'unique client au bout du comptoir.

– Tiens, salut, meuf ! Ça fait un bail. Où est ta moitié ?

Elle parle de Finn. Je n'étais pas retournée dans ce bar depuis notre dispute. J'ai haussé les épaules, en espérant que David l'interprète comme une allusion à un ex petit ami inexistant, pas à un ex meilleur ami très réel.

C'était inévitable que David entende mentionner Finn, si omniprésent dans mes souvenirs, mais je n'avais pas été tout à fait honnête à propos de notre querelle. Je n'avais commencé à faire la grosse commission chez David que la semaine précédente ; ça me semblait prématuré de lui confier que j'étais en froid avec mon meilleur ami. Je craignais de renvoyer une image de monstre sans cœur.

J'ai guidé David vers l'un des hauts box en bois, où je me suis faufilée sur une banquette. Installé de son côté, il m'a considérée d'un air circonspect.

– Tu ne veux pas aller ailleurs ? Il y a le Schiller dans le coin, je pense ?

– Non !

J'étais dépitée qu'il condamne mon repaire. Cependant, je comprenais : le Lucky ne payait pas de mine. Les murs étaient bardés de portraits dédicacés par des clients célèbres – nous n'en reconnaissions pas un seul ; Finn était persuadé que c'était une farce et que des amis du patron avaient signé les autographes. Les tables étaient recouvertes d'une patine poisseuse devenue permanente. Depuis quatre mois que nous sortions ensemble, David m'avait fait découvrir tous ses lieux marquants dans la ville. Une tournée de ses spots, effectuée en grignotant et en buvant. C'était l'unique endroit de la ville que j'avais eu l'audace de présenter comme le mien.

– C'est *notre spot*. Prenons au moins un verre.

– Notre spot ? avait-il demandé, confus, pensant que je parlais de nous deux.

– À Finn et moi. Nous avons commencé à fréquenter ce troquet peu après avoir débarqué à New York.

– Ah, le tristement célèbre Finn. J'ai l'impression qu'il désigne ton ami imaginaire. Quand vais-je enfin le rencontrer ?

– Eh bien…

Je me suis demandé si ce serait éthique de lui inventer une carrière idyllique à l'étranger. Peut-être à Barcelone, ou encore mieux, à Shangaï, où le décalage horaire rendait les FaceTime compliqués. Mais j'ai fini par opter pour la vérité. Je ne voulais pas mentir à David.

– Nous ne nous parlons pas trop en ce moment.

Choqué, il a reculé la tête, les yeux écarquillés, avant de se composer une expression de curiosité modérée.

– Pourquoi ça ?

– Que prendra ma petite biche aujourd'hui ? a interrompu Michelle.

– Quelles bières sont disponibles à la pression ? ai-je demandé, reconnaissante de la distraction, même si je savais que je commanderais une margarita givrée. Le seul bon côté dans l'absence de Finn était qu'il ne pouvait pas se moquer de mon choix, et s'interroger sur la dernière fois qu'ils avaient nettoyé la machine à margarita.

Pendant que Michelle énumérait les bières, mes épaules se sont détachées de mes oreilles et détendues. Quand elle est repartie préparer la commande, j'ai orienté la conversation vers la ligue de softball de David, lui laissant débiter ses statistiques sur les moyennes de frappe de ses coéquipiers.

Ça me semblait inconcevable que Finn, la personne la plus importante de ma vie, n'ait jamais rencontré David. Par la suite, les informations sur Finn ont été délivrées à petites doses. Un dimanche de septembre, en mangeant des bagels chez David, une définition dans ses mots croisés a fendillé mon armure.

– Un mot de neuf lettres pour « Objet de l'affection du Fantôme » ?

– Christine, ai-je répondu sans détacher mon regard de mon iPad, sur lequel je lisais *Eleanor Oliphant va très bien.*

– Comment le sais-tu ?

– Finn a joué Raoul dans une production du Fantôme de l'Opéra, en deuxième année de licence. Il voulait jouer le fantôme mais il n'a pas eu le rôle.

J'ai ensuite décrit les costumes que nous portions notre premier Noël, et les vacances remplies d'aventures qui ont suivi.

– Je sais que Finn te manque mais toi et moi, nous pouvons aussi vivre des aventures, tu sais ? a-t-il avancé timidement.

C'était tellement adorable que je me suis abstenue de dire que le trou dans mon cœur de la taille de Finn n'était pas à combler. Mon amour pour David occupait un compartiment séparé mais tout aussi crucial. Néanmoins, ils n'étaient pas interchangeables, même si certains jours, j'aurais préféré qu'ils le soient.

– Ça me plairait beaucoup, ai-je répondu à David, sa proposition n'en étant pas moins adorable.

Et David a excellé, pour ce qui était de planifier des aventures. Il m'a envoyé des listes d'événements annoncés dans Time Out, et des critiques de petits vendeurs de raviolis chinois cachés dans des centres commerciaux du Queens, assortis d'un petit : ce week-end ? C'est ainsi que nous avons testé le Storm King et le Met Cloisters, et un bar planqué derrière une cabine téléphonique dans un restaurant de hot-dogs. Ces découvertes me détournaient efficacement du manque de Finn. Comme nos débuts, à la période où je suis tombée amoureuse.

*

Une fois David parti passer Noël chez ses parents, je traîne dans son lit toute la matinée, scrollant sur Instagram pour tromper l'anxiété qui m'assaille à l'idée de revoir Finn après un an de silence. Je me pointe à 14 h 05, avec un retard aussi désinvolte que cela m'est tolérable, à l'adresse de Canal Street communiquée par Priya. Déjà sur place, elle porte un manteau prune qui contraste avec le bâtiment en stuc gris derrière elle. L'immeuble quelconque ne révèle aucun indice sur ce qu'elle a organisé pour la journée.

Dès que je me rapproche suffisamment pour qu'elle m'attrape, elle m'écrase entre ses bras une bonne demi-minute, alors que nous nous sommes vues hier matin, avant que je parte retrouver David, et elle, Ben.

– Joyeux Noël ! s'écrie-t-elle pile dans mon oreille.

Son excitation frôle le délire, comme si son planning de Noël était si parfait qu'elle comblerait le fossé au sein du groupe, ce que j'espère plus que tout.

– Où sont les autres ? je demande.

Priya hausse les épaules.

– En retard, je pense.

L'année écoulée, pendant que Theo faisait le fantôme, Priya devenait notre ciment, redoublant d'efforts pour accorder du temps à chacun de nous. Pour s'assurer qu'il resterait un groupe d'amis vers lequel retourner si Finn et moi recollions les morceaux. C'est elle qui a examiné et validé David. Qui déjeunait sur le pouce le vendredi avec

Theo dès qu'il revenait à New York, ce qui devenait rare, son planning de déplacements s'intensifiant à mesure que l'année – et ma fâcherie avec Finn – se poursuivait.

Theo et moi n'avons jamais évoqué la controverse ; nous n'avions pas échangé du tout, hormis quelques SMS courtois pour nos anniversaires respectifs. Comme s'il pensait qu'en se retirant de l'équation – ou du moins de mon côté de celle-ci – entre Finn et moi et par extension au sein de notre groupe, tout redeviendrait comme avant.

Et je savais que Priya voyait Finn aussi, même si elle refusait de me raconter.

– Si tu veux de ses nouvelles, demande-lui toi-même, répondait-elle quand elle se lassait de mes questions sans subtilité. À la seule exception notoire qu'elle a laissé entendre que Finn avait mitonné, en racontant à Theo que notre bagarre concernait Jeremy. À la décharge de Finn, c'était en partie vrai. Rétablir la vérité l'emportait apparemment sur son refus d'agir en intermédiaire.

– Tu me diras au moins si Finn vient ? ai-je demandé la semaine dernière.

– Il vient, mais ça n'a pas été facile de le convaincre.

Pendant que nous attendions les garçons, je babillais nerveusement sur mon échange de cadeaux avec David. Revoir Finn était un tel événement que je stressais. En avril, je lui ai envoyé une sorte de SMS pour prendre le pouls. Un lien vers un article sur la démolition du gymnase de Boston College, affectueusement surnommé le Plex, avec son étrange toit en chapiteau, pour faire de la place à un nouveau gymnase ultramoderne. Rien de personnel, afin de pouvoir nier que le SMS lui était destiné au cas où il ne répondrait pas ; il n'a pas répondu. Deux heures plus tard, ne supportant pas l'idée d'un SMS resté sans suite, j'ai envoyé une excuse peu crédible : « désolée, erreur de destinataire. »

Je sais que notre dispute est stupide. À ce stade, je suis surtout en colère contre lui parce qu'il est encore en colère contre moi. C'est le genre de différend que j'avais avec Brooke quand j'épiais ses appels ou empruntais son bustier acheté par correspondance sur le catalogue dELia*s sans lui demander. Au bout d'un moment, notre mère finissait par dire « cette maison est trop petite pour que la moitié des résidents soient en froid » et nous obligeait à énoncer une gentillesse sur l'autre, à nous faire un câlin et à nous rabibocher. Mais Finn et moi n'avons pas de parents pour intervenir. Quant à nos témoins, Priya est beaucoup trop douce pour nous sermonner et Theo trop distant.

Si j'espère qu'à la fin de cette journée, nous enterrerons la hache de guerre, je suis terrifiée par la possibilité que nos relations s'enveniment et que nous coupions définitivement les ponts.

Dix minutes plus tard, Finn tourne à l'angle de Bowery en tirant une valise à roulettes d'une main, et Jeremy de l'autre. Je n'avais pas réalisé qu'ils continuaient de sortir ensemble. J'ai un bref accès de colère envers Priya qui a omis de me prévenir que Jeremy serait des nôtres, et intégré quelqu'un d'extérieur à notre tradition sans me consulter. J'apaise mon irritation parce que je nourris déjà suffisamment de rancune envers le groupe, même si je ne peux me défaire de l'impression que ce Noël m'échappe déjà.

– Jeré, s'exclame Priya, tu es venu !

Une autre petite montée d'agacement, celle-ci mélangée à de la jalousie, sachant que Priya a passé assez de temps avec Finn et Jeremy pour utiliser un diminutif.

– Pardon pour le retard, dit Finn. Nous sommes rentrés en bus de Scranton après le petit déj et les cadeaux avec la famille de Jeremy, il y avait des embouteillages.

– J'ai triché, je t'ai donné rendez-vous une heure en avance.

Priya lève les yeux au ciel. Secoué par un rire nerveux, Jeremy hoquette. Toujours aussi gauche, à ce que je vois.

– Hannah, tu te rappelles Jeremy ? demande Priya pour rompre la glace.

Jeremy écarte sa tignasse blonde de son front, et sourit au trottoir plutôt qu'à moi. Quand Finn me fixe, j'ai envie de déverser un million d'excuses, d'implorer son pardon, mais ça ne me paraît être ni le moment ni l'endroit. Pas devant Jeremy. Je me demande quel motif Finn lui a fourni pour expliquer notre querelle. Pas la vérité. Je ne peux pas imaginer qu'ils seraient restés ensemble si Finn lui avait dit qu'il avait pété une durite parce que j'avais embrassé l'homme dont il est épris.

Je suis sauvée de la nécessité de trouver les mots appropriés par une Escalade noire qui dépose Theo devant nous, sur le trottoir.

– J'espérais au moins arriver avant Finn !

Theo enroule son bras autour de l'épaule de Finn.

Le nœud dans mon estomac se resserre. À ce que je vois, la débâcle de Noël n'a pas eu de répercussions sur Theo ; ils ont l'air aussi complices qu'autrefois.

– Alors, vas-tu lever le voile sur le programme de la journée ? dis-je maintenant que le groupe est complet.

Priya sautille sur ses orteils en nous regardant, histoire de nous laisser mariner.

– Un *escape game* sur le thème de Noël, révèle-t-elle enfin.

Un chorus de grognements s'élève du cercle.

– Quoi ? fait-elle comme si elle ne comprenait pourquoi enfermer ce groupe dans une salle pendant quatre-vingt-dix minutes était une mauvaise idée.

Elle est soit nulle soit génialement diabolique. À son regard provocateur, je penche pour le génie diabolique.

– Cette salle a eu un article dans le magazine *New York* d'octobre, explique-t-elle. C'est complet depuis des mois.

Savez-vous quelles ficelles j'ai dû tirer pour obtenir ces billets ? Donc nous y allons.

Son ton ne laisse pas de place à la discussion.

– Ça se joue en équipes ? demande Finn en dérivant contre Jeremy.

– Non, pourquoi constituer des équipes ? Le but est de passer Noël ensemble.

Assurément un génie diabolique. Au moins, nous aurons une activité sur laquelle nous concentrer.

Un quart d'heure plus tard, Brian, un employé avec un bouc clairsemé et un tee-shirt Zelda, qui se présente comme notre « maître des énigmes » sans une once d'ironie, nous conduit dans notre prison rouge et verte.

Notre salle, l'une des trois de l'établissement d'après la pancarte en plastique à l'accueil, a pour thème « Grand-mère Noël des Seventies ». La salle est de la taille de l'appartement que je partage avec Priya, c'est-à-dire étroite. On dirait que Brian a raflé dans une vente aux enchères les biens d'une grand-mère kitsch de Long Island, et déchargé son butin ici même, dans les anciens bureaux d'une startup défunte. Dans un coin, un canapé à motifs floraux avec un jeté vert et rouge fait au crochet étalé sur le dossier, et dans un autre, un sapin de Noël argenté artificiel, décoré avec excès de guirlandes clignotantes. Je sens déjà la migraine pulser derrière mes yeux.

Ça empeste même la vieille dame là-dedans, une senteur écœurante et florale avec une note de moisissure, comme si le parfum des précédents occupants avait imbibé le canapé au fil des années et que ces odeurs fusionnaient, ou pire, qu'ils étaient morts sur ce canapé.

– Vous disposez de quatre-vingt-dix minutes, explique Brian. Mais si pour une quelconque raison, vous avez besoin de sortir, une caméra de surveillance est reliée à l'accueil. Faites-moi signe. Je dois préciser cela pour des questions d'assurance mais je vous garantis que vous n'aurez pas envie de sortir. Cette salle est démente ! C'est la plus complexe des trois. L'ai conçue moi-même.

Je tousse pour camoufler mon rire, embarrassée par son authentique exaltation pour cette monstrueuse salle. Dans le fond, j'aperçois le sourire en coin de Finn.

On pourrait croire qu'être enfermé dans une pièce avec quelqu'un avec qui on est en froid incite à se dépêcher de trouver des indices pour sortir. Pourtant, dès que Brian nous laisse, Finn se lance dans un monologue adressé à la pièce en général, autour du réveillon de Noël avec la famille de Jeremy en Pennsylvanie, alors que personne n'a rien demandé. Il pérore cinq bonnes minutes exclusivement sur le lait de poule. Pendant son soliloque, une éruption cutanée marbrée se répand dans le cou de Jeremy, remontant un peu plus à chaque minute qui passe. Je pense que je ne suis pas la seule sensible à la tension ambiante.

Je parcours la pièce en tâtant les murs, chacun couvert d'un papier d'emballage au motif différent, avec le faible espoir de débusquer un loquet escamoté qui ouvrirait la porte et mettrait un terme à notre détresse.

La seule personne qui montre un tant soit peu d'enthousiasme ou d'aptitude pour l'*escape room* est Theo, qui prend ce jeu bien trop au sérieux.

– J'ai trouvé une carte du pôle Nord mais elle est déchirée.

Il lève une page qui semble arrachée d'un livre de coloriage pour enfants.

– Je pense que j'ai besoin d'un décodeur ? Ou alors, d'autres morceaux sont cachés quelque part dans la salle. Cherchez des cartes papier ! nous encourage-t-il avec la gravité d'un homme guidant sa femme pendant l'accouchement.

– J'ai trouvé une clé ! s'exclame Priya. Elle était dans le sapin de Noël, suspendue parmi les décorations.

Elle brandit une imposante clé à l'ancienne, du genre à déverrouiller la porte d'une demeure en pierre qui s'éboule, dans les Highlands écossais.

– Ouvre-t-elle la porte ? chuchote Finn. Nous pouvons sortir ?

Un gloussement narquois m'échappe avant que je me ressaisisse. J'aimerais tant que ce soit aussi simple.

Puis mes doigts effleurent un bouton dans le mur, invisible à l'œil nu car recouvert de papier d'emballage. Quand j'appuie dessus, un Père Noël flippant jaillit d'une imposante horloge comtoise en braillant « Ho ! Ho ! Ho ! ».

– Oh putain, ce truc m'a fichu une sacrée frousse, dis-je le cœur battant, même si c'est moi qui l'ai actionné. Faut-il l'interpréter comme un indice ? Comment s'éteint-il ?

La réponse est… il ne s'éteint pas. L'horloge de Noël à coucou détraqué ajoute une couche supplémentaire à l'enfer qu'est la salle de torture de Brian. Trois minutes plus tard, le Père Noël surgit en mugissant « Ho ! Ho ! Ho ! » et une fois de plus, je saute au plafond.

– Merde, il m'a encore eue. Va-t-il continuer longtemps ? Quelqu'un sait l'arrêter ? Ou pourrait le pulvériser ?

– Priya, donne-moi la clé que tu as trouvée. S'insère-t-elle dans l'horloge ? demande Finn.

C'est ce qui se rapproche le plus d'un échange depuis que nous sommes réunis. Finn essaie la clé dans le ventre de l'horloge, tellement plus large que le trou que c'en est comique. « Ho ! Ho ! Ho ! » crie le Père Noël en bondissant devant le nez de Finn comme s'il profitait d'avoir l'avantage.

– Il faut faire taire ce machin. Je ne le supporterai pas… (il vérifie le compte à rebours au-dessus de la porte) une heure et vingt minutes de plus !

Nous ne sommes enfermés que depuis dix minutes ! Comment est-ce possible ?

– Theo, cette feuille correspond à ta carte ? s'écrie Jeremy en tenant du bout des doigts une autre page extraite du livre de coloriage pour enfants, comme s'il s'agissait d'un artefact à manipuler avec soin, et pas la probable réalité, à savoir un achat en lots de dix effectué sur Amazon.

– Bien joué ! l'acclame Theo, un poing victorieux dressé au-dessus de sa tête.

Penchés au-dessus du bureau, ils essaient de faire coïncider les deux pages, ou de décoder l'une à l'aide de l'autre.

– Jeremy est super doué pour les énigmes, déclare Finn à l'assemblée. Il complète les mots croisés du *Times* tous les matins.

Reste à savoir si Finn chante les louanges de Jeremy à mon intention ou à celle de Theo. Si nous étions en meilleurs termes, je lui répondrais que David les remplit aussi tous les matins.

Un téléphone se met à sonner.

– Pas de téléphone ! gronde Theo. Et pas de triche non plus !

– T'énerve pas, je n'avais pas l'intention de décrocher, se défend Finn. De toute façon, comment veux-tu que je triche ? Je ne pense pas trouver des codes magiques sur Reddit.

– Qui c'était ? demande Jeremy par-dessus son épaule.

– Personne, juste ma sœur, répond Finn.

– C'est vrai que tu n'as pas eu le temps de parler à Amanda ce matin. Il faudrait la rappeler en sortant, dit Jeremy.

L'emploi du « nous » ne m'échappe pas. Jeremy a dû rencontrer Amanda durant son voyage annuel au printemps. Je ressens une autre pointe de jalousie en songeant que Jeremy l'a vue et pas moi. Je me demande ce que j'ai loupé d'autre dans la vie de Finn au cours de l'année.

– Je pense qu'il manque deux morceaux de cartes, en dessous de celles-ci, se marmonne Theo à lui-même.

Le téléphone de Finn recommence à sonner.

– Ho ! Ho ! Ho ! rugit le Père Noël diabolique à ressort. Il est incontestablement possédé – voilà, je l'ai dit.

Priya montre la clé une nouvelle fois.

– Quelqu'un a repéré une serrure qui correspondrait ?

– J'ai trouvé une torche lumière noire ! annonce Jeremy.

– Elle révélera peut-être quelque chose sur la carte !

Theo est obnubilé par cette maudite carte. Jeremy louvoie entre Priya et moi au centre de la pièce encombrée, et examine la carte à la lumière noire.

– Je n'ai pas l'impression que ça marche sur la carte, dit-il à Theo après quelques secondes.

– Je suis sûre que tu peux t'en servir sur le mur.

Le doigt sur l'interrupteur, Priya plonge la salle dans l'obscurité.

– Hé, rallume ! J'étais en train d'examiner la carte ! se plaint Theo.

– Ho ! Ho ! Ho ! intervient le Père Noël.

Le téléphone de Finn sonne de nouveau.

– Tu peux répondre ? Ou mettre sur silencieux ? Fais quelque chose, je lui lance, oubliant un instant que nous sommes fâchés. Je vais faire une crise de panique si je reste coincée dans cette salle une seconde de plus.

Il lève les yeux au ciel et décroche.

– Salut ! Je peux te rappeler dans…

Il s'arrête net, se tourne vers le coin, se bouchant l'oreille avec son doigt pour mieux entendre.

– Doucement, je ne comprends pas ce que tu dis.

Un instant passe.

– Répète ?

Puis il tape à la porte.

– Laissez-moi sortir de cette salle immédiatement ! braille Finn.

– Ho ! Ho ! Ho ! répond le Père Noël.

– Calme-toi, Finn. Il faut qu'on élucide l'énigme, dit Theo, courbé au-dessus de sa précieuse carte.

– Brian, ne le laisse pas sortir, avertit Priya à la caméra dans l'angle.

– Je ne plaisante pas, Brian ! Ouvrez-moi ! mugit Finn en martelant la porte de son poing.

Finn recule d'un pas pour fixer la caméra. Des larmes inondent ses joues. Le problème n'est pas l'abominable *escape room.* C'est plus grave que ça.

Jeremy se précipite à ses côtés et pose un bras sur ses épaules.

– Qu'est-ce qui t'arrive ?

Finn ouvre et referme la bouche comme un poisson, les larmes baignant sur ses joues, mais aucun son ne sort. Pour la première fois depuis le début de la partie, le silence règne sur la salle.

Quand il réussit à parler, il chuchote des mots à peine audibles.

– Mon père est mort.

17

Hannah

Cette année, 25 décembre

Ce matin, le ciel de plomb laisse espérer qu'il neigera. Peut-être aurons-nous un Noël blanc. En dépit de mes efforts pour faire la grasse matinée, je renonce peu après sept heures et m'installe au salon pour bouquiner à la lueur des guirlandes du sapin.

Le sapin, auparavant spartiate, est devenu extravagant au cours de ce mois, où David et moi avons joué à celui qui rapporterait la décoration la plus insolite. Au palmarès, il a dégoté un ornement David Bowie et moi, un Père Noël à dos de licorne. J'ai aussi apporté un buste de la Juge Ruth Bader Ginsburg (ce que j'ai trouvé de plus approprié pour un juriste) et lui, un cornichon brillant.

Par une matinée banale, je vérifierais mes e-mails mais mon laptop est rangé dans mon cabas de travail jusqu'à l'année prochaine. Cette pause dans ma vie professionnelle est un soulagement, un répit d'une semaine dans mon combat perdu d'avance pour vendre mon podcast. La semaine dernière, j'ai craqué et écouté un épisode de *Porn Stache*, et c'était d'une certaine façon encore plus répugnant que je ne l'avais imaginé. Pas parce que je suis réfractaire au porno, mais parce que ce programme est une ode à la misogynie. Soixante minutes à traiter le corps des femmes comme un objet, entrecoupées de pages de publicité vendant des compléments alimentaires et des services de livraison de kits à cuisiner. S'il le faut, je chercherai un emploi en janvier. Pour le moment, je repousse le travail de mon esprit.

Mon corps frémit d'exaltation. J'ai hâte de savoir comment Finn réagira à la journée que nous lui avons organisée. J'aimerais que la vie dispose d'un bouton pour ralentir la lecture à 0,5, comme les applis de podcast, afin de savourer cette journée le plus longtemps possible, d'autant plus qu'elle marque peut-être la fin de notre tradition de Noël.

Je suis également impatiente d'offrir son cadeau à David. J'ai fait une folie, en choisissant un chèque-cadeau pour un dîner au Blue Hill à Stone Barns, en proche banlieue, après avoir vu l'épisode de *Chef's Table,* sa série Netflix préférée. Je n'en reviens toujours pas d'avoir déboursé une telle somme pour un seul repas. Pour les 350 $ dollars par personne qu'il m'a coûté (hors pourboires), nous aurions pu avoir chacun soixante-six Shack Burgers ou quatre-vingt-huit parts grasses et carrées à la perfection au Prince Street Pizza, mais je sais que l'expérience fera le bonheur de David. Il est vrai que j'ai mis le paquet dans l'espoir qu'il digère mon absence au repas de Noël avec sa famille. J'ai même fait un saut à sa boulangerie préférée hier après-midi, pour lui prendre des croissants, en prétextant un appel urgent à Finn. Rien ne nous empêche de profiter d'une parfaite matinée de Noël.

Je n'en suis qu'à la page cinq quand David se lève, étirant les bras au-dessus de sa tête, et se dirige en pilotage automatique vers la cafetière.

– Joyeux Noël ! dis-je sans me lever du canapé.

– B'jour, il marmonne.

Il est mignon, encore ensommeillé, avec sa bouille de gamin ronchon. David ne devient pleinement humain qu'après sa première tasse de café.

Je lis deux pages pendant qu'il prépare son café. Cela fait, il emporte sa tasse dans la chambre. D'un coup d'œil, je remarque qu'il n'a préparé que son café.

Zut. Il est vraiment furax. Hier soir, nous avons eu une autre quasi-dispute. Du genre qui tend à devenir trop régulier.

– Donc tu es sûre de ne pas venir demain ? a-t-il demandé pendant que je m'habillais pour aller chez Theo.

– Je ne sais pas ce que tu veux que je te dise de plus.

Cette conversation revient une fois par semaine depuis un mois, et j'ai été on ne peut plus claire : je ne suis pas disponible à Noël. Pas cette année, pas pour le dernier Noël de Finn. Mais il s'obstine à me redemander sans cesse comme si la réponse risquait soudain de changer.

– S'il te plaît, viens chez Theo ce soir, tout le monde serait content de te voir. Si tu préfères, je peux rester à la maison. Nous nous ferons livrer un dîner, et regarderons des films de Noël.

Ne se rendait-il pas compte que je faisais de gros efforts ?

– Je serais de trop, répond-il.

Il n'avait pas l'air fâché, pas tout à fait. Juste résigné.

Bien que je sois surexcitée à la perspective de cette journée, une petite part de moi a également hâte d'être à demain, pour que David et moi puissions tourner la page sur ce désaccord, et reprendre le cours normal de notre vie.

À présent, je suis David dans la chambre. Dans la salle de bain attenante, il s'étale de la crème à raser sur le visage.

– Tu es en forme ?

– Tout à fait.

Il répond sans me regarder. Concentré sur sa tâche, il prend le rasoir et le promène sur sa joue.

– J'espérais ouvrir les cadeaux et prendre un petit déjeuner avec toi avant que tu partes.

– Je suis déjà en retard.

– Le bébé est de moi ? dis-je, pour le dérider.

Il ne se fend même pas d'un sourire. Je jette un œil au réveil numérique sur la table de nuit, à côté du lit défait.

– Il n'est que sept heures quarante-cinq.

– Ma mère prépare un brunch. Ils ont prévu de commencer à dix heures.

– Je vois, dis-je en masquant prudemment ma déception. Attendons ce soir pour les cadeaux, si tu veux ? Nous allons déjeuner, je ne devrais pas rentrer tard. À quelle heure penses-tu revenir ?

– Aucune idée. Je dormirai peut-être chez mes parents.

Première nouvelle.

– Je l'ignorais.

– J'ai besoin de faire le tri dans mes pensées, dit-il en se rasant le menton avec rudesse, des points de sang éclosant sur les entailles. Merde !

– Qu'est-ce qui t'embrouille autant l'esprit ?

– Nous.

– Nous ? fais-je, l'estomac noué. Quel est le problème ?

– Il vaut mieux reprendre cette conversation à un moment où je ne serai pas pressé.

Cela réveille mes craintes. Rien de bon ne suit jamais un « il faut qu'on parle ». Avoir une conversation signifie se séparer. Mais nous ne pouvons pas rompre. Nous partageons un bail de location, des billets de concert pour Maggie Rogers en mars et un voyage à Charleston prévu en mai. Mais par-dessus tout, je l'aime. J'ai confiance en lui. Il me fait me sentir en sécurité. Je songe aux confidences dans le noir, enveloppée dans ses bras dans notre lit. Moi lui disant que j'ai peur de ne pas être une bonne mère, après avoir été privée de mes parents si jeune. Lui me disant qu'il redoute de gâcher sa vie, à tout sacrifier pour un métier qu'il n'apprécie même pas, juste pour un bon salaire. Je ne supporterais pas de le perdre. Je lui ai parlé de mes parents et même si ces souvenirs étaient anecdotiques, ils sont énormes à mes yeux. Je ne parle de mes parents à personne, même pas à Finn.

Je sens mon cœur s'emballer. Je sais qu'il est contrarié que je lui fasse faux bond à Noël, mais je ne pensais pas que nous étions au bord de la rupture.

– Discutons maintenant, dis-je.

– Je n'ai pas le temps.

– Tu ne peux pas m'annoncer un truc comme ça et t'en aller.

Il réalise sûrement que cela va ruiner ma journée, voire plusieurs jours, s'il n'a pas l'intention de rentrer dormir à la maison.

– As-tu envie de me quitter ?

– Je ne sais pas, Hannah. C'est juste que je ne sais pas quel genre de futur est possible si tu ne t'engages pas dans notre relation. Notre couple.

– Je m'engage dans notre couple. Nous avons un compte joint pour les dépenses du foyer, nous sommes copropriétaires d'un service de table, j'ai partagé avec toi des souvenirs de mes parents, mon passé. Tu es tout pour moi. Où estimes-tu que je ne m'engage pas ?

Il pose son rasoir. Ses mains tenant le contour du lavabo, il fixe mon reflet dans le miroir, les yeux remplis de tristesse.

– Alors pourquoi passons-nous Noël séparément ? Tu ne te rends pas compte que tu as refusé de venir au mien, mais que tu ne m'as pas une fois invité au tien ? N'aurait-ce pas été le compromis évident ?

Sa remarque me prend de court. J'étais tellement absorbée par l'organisation, et mes inquiétudes à propos de la dispute à Thanksgiving, que je n'avais pas réalisé que, tout ce mois, il attendait une invitation.

– En temps normal, c'est certain. Mais c'est la dernière année de notre tradition…

– Je vois. Je serai autorisé à le passer avec toi quand tu n'auras rien de mieux à faire ?

Il souffle avec exaspération.

– Honnêtement, je ne sais pas si tu as besoin de moi, ou même si tu veux de moi maintenant que tu t'es rapproché de Finn.

– Ce n'est pas vrai ! dis-je en criant presque.

Comment peut-il penser cela ?

– Bref, je pense que cette discussion mérite qu'on prenne le temps, dit-il en tournant le robinet de la douche. Peux-tu refermer la porte ? Je me douche, dit-il comme si j'étais une étrangère, pas censée le voir nu.

Après avoir refermé la porte derrière moi, le souffle court, je me précipite vers son tiroir à chaussettes. Quand je l'ouvre, il ne contient que des chaussettes. Les mains tremblantes, je fouille entre les paires de chaussettes, au cas où l'écrin de la bague soit caché en dessous, ou repoussé dans le fond du tiroir, mais elle a disparu.

Je retourne au salon, m'empare de l'enveloppe grège contenant le chèque-cadeau du Blue Hill, sur le coussin du canapé et la planque dans mon cabas de boulot. Je savais que tout n'était pas rose entre nous, mais je n'avais pas conscience que nous étions au bord du gouffre. J'ai l'impression que tous ceux que j'aime s'éloignent de moi.

18

Finn

Cette année, 25 décembre

Il tapote à la porte.

– Finn ? m'appelle Theo dans le couloir. Tu dors ? C'est Noël.

– Je suis réveillé, dis-je d'une voix rauque.

J'ai les yeux ouverts depuis des heures, trop fébrile pour dormir. J'aimerais connaître des formules d'encouragement qui garantissent que la journée se déroule sans anicroche, à la façon d'un mantra qui attire la chance. Après deux Noëls loupés consécutifs, j'ai l'impression d'avoir attendu trois fois plus longtemps que ce jour revienne sur le calendrier.

– Un café ? propose Theo.

– Volontiers.

La poignée de la porte bascule, avant que Theo avance la tête dans la chambre, un mug dans la main. Je ne pensais pas qu'il le servirait immédiatement. Je tâtonne le lit à la recherche du tee-shirt que j'ai retiré quand j'ai eu trop chaud en pleine nuit et l'enfile, sous le regard de Theo, resté dans l'embrasure de la porte.

Quand je suis rhabillé, il me tend un mug Spode, orné d'un sapin de Noël sur le côté. Je reconnais les motifs de la vaisselle de Grandma Everett, mais je n'avais jamais vu ces mugs chez lui. Il a dû les acheter spécialement pour aujourd'hui.

– Sommes-nous en retard ? je demande.

– La feuille de service indique dix heures.

– La feuille de service ? je répète, interpellé par ce terme qui donne l'impression que nous sommes des acteurs attendus sur un tournage. Tournons-nous un film de Noël ? Auquel cas, j'espère que le scénario prévoit de me faire rencontrer un ouvrier bestial mais au cœur d'or, qui m'inculquera la vraie signification de Noël. Dans l'idéal, un ébéniste. Toutefois je me contenterai d'un gardien de phare, si c'est tout ce qui est disponible au dernier moment.

– Envisages-tu de te marier et de t'installer dans une bourgade paumée ? demande Theo. Parce que j'ai une mauvaise nouvelle pour toi : toutes tes affaires sont en route pour L.A.

– Peut-être que l'ébéniste de mes rêves aura besoin de partir vivre dans l'Ouest. Aiden Shaw s'est bien débrouillé, en fabriquant des sièges dans la grosse Pomme, dis-je en rabattant le duvet.

Je jure que je surprends son regard survoler mon corps.

– Bon, je file me doucher. Autant avoir bonne allure au cas où je rencontrerais un veuf grincheux qui aurait besoin de renouer avec l'esprit de Noël d'un coup de kekette magique, dis-je sur le ton de la plaisanterie, l'effleurant au passage, en sortant de la chambre.

*

Nous sommes coincés dans la circulation engorgée de Times Square, le périmètre de cinq rues le plus cataclysmique de Manhattan. Sous les néons aveuglants des panneaux publicitaires d'*Aquaman* et des montres Swatch, je regrette de ne pas porter de lunettes de soleil, même si la matinée est par ailleurs nuageuse.

Theo garde notre destination secrète, allant jusqu'à incliner son téléphone pour cacher l'indicateur sur la carte quand il a réservé une voiture. Tout est fermé, que ce soit le magasin M&M's, l'Olive Garden de trois étages ou le guichet de vente de places de spectacle.

Quinze minutes et cinq pâtés de maisons plus tard, nous arrivons devant un bâtiment en brique brune de la Quarante-Quatrième rue. Ça aurait été plus rapide de faire le trajet à pied.

– Suis-moi, dit Theo en approchant d'une banale porte métallique. Je le suis dans un dédale de couloirs en parpaing, jusqu'à une seconde porte en métal, celle-ci décorée d'une étoile dorée et pailletée, mon nom inscrit au centre, avec l'écriture penchée de Hannah.

– Ta-da ! annonce Theo avec un grand geste.

Il ouvre la porte sur Hannah et Priya, assises sur des chaises metteur en scène devant des coiffeuses surmontées de miroirs. Une femme à la chevelure grisonnante, retenue en arrière par des baguettes chinoises, s'affaire devant Hannah avec une palette de strass colorés qu'elle applique sur ses yeux au maquillage déjà chargé.

– Est-ce Finn ? demande Hannah, paupières baissées, tendant une main pour saisir l'air.

– Ne pensez même pas à ouvrir les yeux, l'avertit la maquilleuse en approchant de son visage un strass tenu par une pince à épiler.

– Alors joyeux Noël, qui que vous soyez ! dit Hannah, ce qui lui vaut le regard réprobateur de la maquilleuse.

– Finn, Paula, nous présente Theo. Si un Tony récompensait le meilleur maquillage de théâtre, elle l'aurait remporté l'an dernier pour *Hello, Dolly.*

Je tends la main, stupéfait de m'apprêter à serrer celle de quelqu'un qui a touché Bette Midler. Paula considère ma main avec aversion, préférant agiter sa pince à épiler. En fait, je ne la toucherai pas.

– Et Anton, continue Theo en désignant un homme fluet en kimono à imprimés léopard, qui repasse l'ourlet d'une robe du soir en soie rouge, accroupi dans un coin.

– Il a assisté le créateur de costumes de *Hamilton.*

– Enchanté, dit Anton avec un accent saccadé d'Europe de l'Est.

– Et que faisons-nous ici ? je demande, en essayant de comprendre ce qui se passe et comment et pourquoi Theo a embrigadé ces gens talentueux le matin de Noël.

– Nous reconstituons notre premier Noël ! annonce Hannah.

Elle étire un bras sur le côté, manquant d'envoyer valser la palette de Paula.

– Mais en mieux, évidemment ! renchérit Theo. Nous étions en panne d'inspiration jusqu'à ce que nous nous disions qu'il n'y a pas de meilleure manière de passer notre dernier Noël ensemble qu'en rendant hommage au premier.

– Ça fait très « fondation Fais un dernier vœu ». Vous savez que je ne suis pas mourant, dites-moi ?

C'est dur qu'ils partent du principe qu'il s'agit de mon dernier Noël avec eux, même si l'idée m'a effleuré l'esprit ce matin. Je préfère me projeter en invité vedette, revenant tous les Noël pour l'immense plaisir du public, ou en étudiant faisant un break dans son agenda surchargé et palpitant, pour rentrer en famille à l'occasion des fêtes.

Avec un mouchoir, Paula tamponne les lèvres rouge vif de Hannah et s'écarte pour examiner son œuvre.

– Un vrai chef-d'œuvre, déclare la maquilleuse. Interdiction de manger. Ou de pleurer. Et ce serait préférable d'éviter de parler.

Paula énumère les règles sur ses doigts. Hannah lève un pouce en signe d'assentiment, et se rapproche du miroir pour s'inspecter. Je ne l'avais jamais vue autant maquillée.

– Qui est le suivant ? demande Paula.

– Finn, à ton tour ! m'encourage Priya.

Sur un siège en toile, devant la coiffeuse voisine de Hannah, elle se prélasse en survêtement de velours rose, les jambes sur l'accoudoir.

*

Cela fait des années que je n'ai pas porté un maquillage de scène. J'avais oublié que c'était à ce point inconfortable. J'ai l'impression qu'on m'a vaporisé le visage avec une bombe de laque extraforte. Ma peau est à la fois tendue et collante, et à la lumière de cette expérience, j'éprouve un respect renouvelé à l'égard de la drag-queen Trixie Mattel.

– Arrête. Ne ruine pas mon chef-d'œuvre, me gronde Paula quand j'ouvre et referme la bouche, essayant d'atténuer les tiraillements pendant qu'elle attaque mes yeux avec de nouvelles couches de grimage. Paula me transforme depuis quarante-cinq minutes. L'unique indice sur mon visage fardé est venu sous la forme d'un curieux « Oooh ! » de Priya, il y a un quart d'heure.

Son ouvrage achevé, une demi-éternité plus tard, j'ouvre les yeux pour découvrir le résultat. Elle m'a fait un œil smokey arc-en-ciel. Un seul, qui se déploie en éventail sur mon front et ma joue, comme un clin d'œil coloré au demi-masque du Fantôme. Je n'ai jamais rien vu d'aussi artistique et sophistiqué.

– Ça te plaît ? demande-t-elle avec une timidité qui change radicalement de ses ordres militaires. Tes amis m'ont dit que tu étais l'invité d'honneur. J'ai conçu pour toi un maquillage spécial.

– Je l'adore, dis-je, soudain surpris par mes faux cils qui battent comme des ailes de chauve-souris dans ma vision périphérique.

Après le maquillage, Anton m'habille d'un élégant pantalon slim et d'une chemise blanche immaculée. La cape qu'il ajoute s'inspire plus du manteau multicolore de la comédie musicale *Joseph's Technicolor Dream Coat* que de la veste guindée du Fantôme, et est plus lourde que celle en synthétique que j'avais empruntée à la section arts dramatiques, pour notre premier Noël.

Pendant que Priya et Theo se font maquiller à tour de rôle, je flâne vers la scène. Sans doute qu'une généreuse donation de Theo nous permet de disposer de la salle pour la journée.

À la sortie des coulisses, j'ai la surprise de trouver Hannah assise au bord de la scène, jambes dans le vide. Elle picore un bagel à la crème. Mon pouls décolle quand je songe que c'est strictement interdit, même s'il n'y a personne pour nous réprimander.

– Paula va te tuer, lui dis-je.

Sursautant, elle me regarde.

– Je te laisse croquer si tu ne caftes pas, dit-elle en découpant pour moi la moitié de son bagel. J'ai couru chez le traiteur de la Septième, pendant que tu étais au maquillage. Les gens m'ont regardé très bizarrement dans la rue. D'ailleurs, qui suis-je censée incarner ?

Elle porte une robe rouge qui touche le sol, celle qu'Anton défroissait avec soin, ainsi qu'un chapeau à plumes rouges.

– Tu es Dolly Levi de *Hello, Dolly,* lui dis-je.

– Jamais vu, dit-elle avec un haussement d'épaules. Pour les robes rouges, c'était ça ou l'orpheline Annie. Ce dernier correspondait trop à la réalité.

– Penses-tu que cela fasse de David Daddy Warbucks ? dis-je en m'asseyant à côté d'elle.

– Sans être experte, je suis certaine qu'il n'y a rien de sexuel entre Annie et Daddy Warbucks.

– Tu n'as pas vu Annie II. C'était glauque.

Elle m'examine, les yeux plissés, essayant d'évaluer si je plaisante.

– J'aurais auditionné pour le rôle s'il avait existé. Non que j'aurais obtenu le rôle.

Comme toujours, me dis-je. À l'époque où j'enchaînais les auditions, j'emportais partout un petit carnet en Moleskine. À l'intérieur, je listais mes castings, les metteurs en scène, et les résultats – j'ai quelquefois été rappelé pour une seconde audition, mais dans l'ensemble, silence radio. Je m'étais dit qu'à la centième audition, si je n'avais pas été choisi pour un rôle, je trouverais un emploi. *Un vrai métier*, entendais-je la voix critique de mon père dans ma tête.

Suite à ma quatre-vingt-dix-neuvième audition, j'ai été invité à revenir. C'était la bonne ! Dans mon lit, la nuit précédant la seconde audition, je me suis entraîné à vanter ma persévérance au moment de recevoir le prix Tony, que je remporterais sans aucun doute, même si le rôle était celui d'un membre anonyme d'une troupe.

Je n'ai pas obtenu le quatre-vingt-dix-neuvième rôle, et lors de ma centième audition, ma voix s'est fêlée durant la chanson requise pour le casting. J'ai tout de suite su que ce rôle ne me serait pas attribué. J'ai jeté mon carnet dans une poubelle devant le théâtre, et je ne suis plus jamais remonté sur une scène. J'ai même très peu mis les pieds dans un théâtre. Quand Theo m'a invité à voir *Hamilton* pour mon anniversaire, l'année dernière, je me suis senti barbouillé dès la première chanson. À l'entracte, j'ai prétexté une migraine pour m'en aller.

– De mon point de vue, tu l'as échappé belle, dit Hannah pendant que nous sommes face aux rangées de sièges en velours grenat. Je serais pétrifiée de faire quoi que ce soit devant autant de monde.

Je scrute la mezzanine puis le balcon. Me produire devant autant de spectateurs aurait été le paradis.

Je m'essuie les yeux, embarrassé par mes larmes naissantes. Je pensais que ce serait ma vie de jouer devant un public conquis. Je me demande quand était mon moment à pile ou face, à quel moment j'ai tourné à gauche au lieu de prendre à droite, et que tout a déraillé.

Hannah me tend un paquet de serviettes en papier.

– Paula va commettre un double homicide à mains nues si tu ne te calmes pas, dit-elle en mâchonnant son bagel.

– Je me suis vraiment battu pour percer.

– Tu dis ça comme si ta vie à New York avait été cauchemardesque. Ce n'était pas si terrible que ça, quand même ?

– Ma vie n'a pas tourné comme je l'avais imaginé.

Je me tamponne les yeux, la serviette se maculant de taches orange et violettes.

– Je ne pense pas que ce soit aussi simple. Si tout s'était déroulé comme je l'avais imaginé, je serais devenue enseignante – danseuse étoile – astronaute, et tu sais que j'aurais été nulle dans ces trois domaines.

Je ris à l'image mentale d'elle en tutu et casque de cosmonaute, s'évertuant à contrôler une classe d'écoliers chahuteurs.

– Ce n'est pas comparable. Ce sont des projections nées de journées de l'orientation. La scène, je m'y voyais déjà. Je n'ai pas changé d'avis… personne ne m'a laissé ma chance.

– Te souviens-tu du soir de notre rencontre ? Tu m'as dit qu'un jour, tu deviendrais célèbre.

– Oh ! quelle prétention !

Je laisse retomber ma tête, et grimace en repensant à celui que j'étais à dix-neuf ans, si sûr qu'un brillant avenir l'attendait. Que penserait-il de moi aujourd'hui ?

– J'ai l'impression d'avoir gâché tout mon temps à New York, à courir après des rêves qui ne se sont pas réalisés.

– Et alors ? Tu n'as jamais décroché de rôle, et alors ? De toute façon, ça m'a tout l'air d'être une vie merdique. Huit représentations par semaine ? Aucun week-end libre ? Pas de vie sociale ? Bosser comme serveur entre deux rôles pour arrondir les fins de mois ? Tout ça pour… quoi ? Pour *percer,* et arpenter le pays en car pour se produire dans des coins paumés, ou à Des Moines et Phoenix ? Cette vie t'aurait déplu.

– Comment sais-tu tout ça ?

– J'ai fait mes petites recherches quand tu as jeté l'éponge. Pour me préparer à débiner la voie que tu n'as pas suivie.

Je la pousse avec mon épaule, touchée par sa velléité à détester mes ennemis, réels ou fictifs.

– Mais ce n'est pas aussi simple.

Je me lève et fais les cent pas sur la scène, pour évacuer un peu de l'anxiété causée par cette conversation.

– Explique.

– C'est le théâtre, c'est Jeremy… (elle souffle à la mention de son nom). Mince, c'est Theo aussi. J'ai gaspillé tellement de temps ici.

– Tu te concentres uniquement sur les points négatifs, dit-elle, un peu sur la défensive. Nous nous sommes bien amusés, non ? Pour moi, New York, ça m'évoque le soir où nous avons assisté à un match des Yankees avant de nous rappeler que nous n'en avions rien à secouer du baseball, puis d'acheter des casquettes et des hot-dogs avant de partir. Ce sont des parts de pizza à l'artichaut dans le Village à quatre heures du matin, et l'été, traverser le pont à vélo pour aller à Dumbo le week-end, et admirer New York de l'autre rive. Ce sont huit millions de dîners, de brunchs, de sorties, même les soirées ratées parce que ce sont celles qui nous faisaient le plus marrer le lendemain matin, en partageant des bagels. Sans compter les Noëls. Enfin, juste les réussis. Pour moi, New York, c'est *nous,* et ce n'était pas du temps perdu. Pas de mon point de vue en tout cas.

– Excusez-moi, auriez-vous vu ma meilleure amie ? Les extraterrestres ont dû l'enlever, vu son discours à l'eau de rose.

Mais alors je pose ma tête sur son épaule, parce qu'elle a raison – il y a aussi une multitude de bons moments. Sa tête contre la mienne, nous laissons notre regard errer dans la salle.

– Je suis fière de toi, tu sais, dit-elle après une minute et je hoche la tête. Et triste pour moi, quand même. J'ai l'impression que je viens à peine de te retrouver. Mais je sais que tu dois partir.

Je comprends parce que je ressens exactement la même chose.

– Je pense qu'un nouveau départ me sera bénéfique. Mais nous ferons des visios. Pourquoi pas une soirée cinéma mensuelle à distance, tous les quatre ? Et tu as David maintenant. Ça va aller.

Elle relève la tête et fixe les restes de bagel dans son emballage en aluminium, sur ses cuisses.

– Je ne sais pas. Il est très fâché contre moi en ce moment.

Malgré son ton désinvolte, quand je tourne la tête, elle serre les dents comme pour retenir ses larmes.

Je presse son bras, et m'efforce de parler avec légèreté, sans l'émotion suscitée par cet échange.

– Allons retrouver les autres avant que Paula nous étrangle parce que nous avons mangé et pleuré.

Nous nous levons, et j'ajoute :

– Tu sais que je suis toujours là pour toi si tu as besoin de parler, n'est-ce pas ? Même quand je ne suis pas là physiquement, je suis là.

*

Après le théâtre et un court trajet, le taxi s'arrête devant les boutiques de luxe de la Cinquante-cinquième rue, toutes fermées pour les fêtes. Notre sortie sur le trottoir évoque sûrement un wagon de clowns : Hannah dans sa longue robe rouge ; moi en cape Technicolor ; Theo en costume rouge et or du roi George, complété par une perruque poudrée, une couronne et un chaperon à larges pois ; et Priya dans une robe Charleston noire à perles, digne de Velma Kelly dans *Chicago*. Sur le trottoir d'en face, une famille de touristes en doudounes bleus assorties s'immobilise, bouche bée. Le père s'empare de son téléphone, et photographie le spectacle.

Theo nous guide vers une porte dorée, derrière une haie en pots, pendant que Priya ferme la marche, trottinant derrière nous sur ses talons aiguilles d'une finesse étourdissante. L'amplitude de ses mouvements est limitée par la robe, étroite autour des genoux avant de se diviser en rideau de franges perlées.

Dès que nous entrons, un maître d'hôtel en blazer à carreaux lève les yeux de son iPad.

– Ah, monsieur Benson ! Parfait ! Bienvenue au Polo Bar.

Il échange une poignée de mains avec Theo, puis lui tape sur l'épaule comme deux vieux potes.

– Prendrez-vous un cocktail avant de descendre ?

Après une tournée de dry martinis accompagnés de bols en argent remplis de chips salées à la perfection, d'un mélange de noix, et de petites boules frites qui se révèlent être des olives fourrées de morceaux de saucisses, le chef de rang nous emmène au sous-sol. La salle de restauration sans fenêtres ressemble à un bunker bâti pour échapper à la fin du monde par un propriétaire terrien mordu d'équitation. Il nous installe dans un box en cuir cognac le long d'un mur. Chaque siège dispose d'un coussin à carreaux, pour la déco ou pour le soutien lombaire, je ne sais pas trop. Pendant que j'examine la salle lambrissée, je ne peux m'empêcher de sourire à la montée en gamme que cela représente, comparé aux pancakes de la cantine de notre premier Noël.

À peine sommes-nous assis qu'un autre serveur en nœud papillon et gilet de costume à carreaux surgit à notre table avec une bouteille de champagne. Le bruit du bouchon qui saute résonne dans la salle désertée.

– J'aimerais trinquer, déclare Theo en tapotant son couteau contre la flûte. Finn, sais-tu que je considère la nuit où je t'ai rencontré comme l'une des meilleures de ma vie ?

Bien que mes souvenirs de cette soirée soient pour le moins flous, mes joues s'empourprent. La seule nuit où nous avons été plus que des amis.

– Parce que cette nuit vous a tous amenés à moi, et que vous êtes devenus ma famille plus que ma famille de naissance.

Évidemment, nous chérissons cette nuit pour des raisons diamétralement opposées. Je me sens me dégonfler comme un ballon qui grince en lâchant son ultime flatulence dans un crissement suraigu.

– Je sais qu'aujourd'hui, une tradition s'achève mais ce n'est pas la fin de mon amour pour chacun de vous. Nos liens fraternels sont tatoués sur mon cœur. Pas au sens propre, bien sûr, mais après quelques bouteilles de ceci, dit-il en montrant la bouteille de Perrier-Jouet dans le seau de glace, près de notre table, je risque de me laisser convaincre.

Nous pouffons de rire.

– Je suis nul pour exprimer mes sentiments, mais je tiens à ce que vous sachiez à quel point faire partie de ce groupe a été important pour moi. Alors levons notre verre à Finn, et possiblement à notre dernier Noël ensemble, mais, je l'espère, le meilleur de tous.

Priya lève son verre.

– Bien dit !

– Santé !

Hannah ajoute son verre à la mêlée. Sans un mot, je trinque avec eux. En face de moi, Theo m'adresse un clin d'œil. Nous buvons tous une gorgée pour sceller son toast.

Il n'y a pas de carte. Notre serveur à nœud papillon revient avec un plateau à deux niveaux, le bas rempli de blinis, et le haut, d'un pot de caviar et d'un ramequin de crème fraîche. Le caviar est suivi par des roulés à la saucisse, à la fois au bœuf et à la viande végétale pour Priya, les deux variantes enveloppées dans un cocon de pâte. À côté, des petits hamburgers miniatures – œuf mollet, galette de saucisse, et tranche de fromage fondu entre deux pancakes moelleux. Après cela, quatre serveurs tombent en piqué sur notre table, chacun apportant un plateau à cloche argentée. Ils soulèvent le couvercle avec une précision chorégraphique, révélant trois piles de pancakes soufflés façon japonaise, tellement moelleux que c'en est indécent. La première pile avec un filet de gelée de baies rouges, la seconde parsemée de pépites de chocolat et nappée d'un nuage de crème fouettée, et la troisième garnie de chutney aux pommes.

Un rire me vient aux lèvres en découvrant l'assiette.

– En fait, tu nous as réservé un restaurant pour nous nourrir de pancakes ?

Le personnel, deux fois plus nombreux que notre tablée, est sûrement déconcerté par notre repas de fêtes insolite.

– L'exactitude historique est essentielle, répond Theo, avec un élégant mouvement de tête qui fait glisser sa couronne sur le côté de sa tête.

– Crois-moi, j'étais présent, et il n'y a pas eu de caviar pour notre premier Noël, lui dis-je.

– Pas de champagne non plus, précise Hannah. Pourtant tu ne t'en plains pas !

– D'accord, nous l'avons un peu amélioré, admet Theo en haussant les épaules d'un air taquin.

Repus, nous touchons à peine aux desserts – des pancakes au chocolat qui ont un goût de moelleux au chocolat aplati. Le cinquième et dernier plat débarrassé, nous prenons notre café servi dans des tasses de porcelaine, et terminons les dernières gouttes de champagne.

– Et maintenant, que faisons-nous ? je demande.

– En fait… hésite Hannah. Nous n'avons rien prévu d'autre.

– En toute franchise, je pensais que ça durerait plus longtemps.

Theo consulte sa montre.

– Et si on allait prendre un verre au King Cole Bar, juste en face ? suggère Priya.

– Une goutte de plus dans mon estomac et j'explose, commence Hannah, ponctuant sa déclaration d'une gorgée de champagne, après qu'une seconde bouteille a été débouchée. Et si nous continuons à picoler, nous serons beurrés et dégoulinants de bons sentiments avant le coucher du soleil. Ce soir, nous échangeons nos cadeaux avec David.

Au nom de David, Priya fait un sourire approbateur à Hannah.

– J'ai une idée, dis-je. Nous sommes juste à côté du Rockefeller Center et je n'ai jamais patiné sur la place. C'est pourtant une sorte de rite de passage du Noël new-yorkais. Ça vous dit ? Apporter une nouveauté aux traditions ?

– Vos désirs sont des ordres, approuve Theo alors que Priya et Hannah acquiescent de la tête. Les dames d'abord.

*

Il n'est pas exclu que j'aie commis une erreur de calcul en suggérant la patinoire. La file d'attente d'enfants dopés au sucre et sautillants à côté de parents exténués part du trottoir de la Cinquième Avenue et serpente en zigzags aussi loin que porte mon regard. Probablement tous des touristes.

– Ce n'est peut-être pas la bonne queue ? hasarde Hannah. C'est peut-être celle pour le Père Noël ? Ou bien, Al Roker annonce la météo en avant-première sur la place ?

– Excusez-moi, dit Priya en tapotant l'épaule de l'homme devant nous. Vous faites la queue pour patiner ?

– Attendez votre tour comme tout le monde, les bizarroïdes, rétorque-t-il avec sarcasme.

– Oh ! ça va, je me renseigne, c'est tout.

Il nous faut une heure pour atteindre l'accès, louer des patins, et les enfiler, ce qui nécessite d'improbables manœuvres, mes doigts s'étant transformés en stalactites durant l'attente.

– Je ne sais pas si c'est une bonne idée, dit Priya en se levant, chancelant sur ses patins orange fluo. Déjà que j'arrive à peine à marcher avec cette robe. Patiner, n'en parlons pas.

– Essaie de la remonter au-dessus du genou pour bouger plus facilement ? je suggère.

– Ou accroche-toi à la rambarde, dit Theo.

Hannah coupe court à nos lamentations.

– Nous avons supporté cette interminable file d'attente. Nous allons patiner. Tous les quatre.

Notre groupe s'aventure sur la piste. Le célèbre sapin du Rockfeller se dresse au-dessus de la glace, et la pop music pulse dans les enceintes. Aux premières notes de « Merry Christmas, Happy Holidays » de*NYSYNC, je me retourne face au groupe pour articuler les paroles tout en patinant à reculons.

– J'adorais cette chanson quand j'étais petit.

– Tu penses que tu es le seul à maîtriser l'art du patinage, me taquine Hannah. J'ai pris des cours de patinage, plus jeune. Admire !

Elle soulève un patin, et replie sa jambe en arrière en arabesque basse. Elle titube un peu sur sa jambe d'appui avant de reposer son pied. Sa figure dure moins de trois secondes.

– Avant, j'étais plus souple, c'était plus impressionnant, admet-elle.

En patinant à reculons face à eux, je vois Priya cramponner la rambarde quelques mètres en arrière. Je me sens en partie responsable de l'avoir forcée à nous suivre sur la glace et manifestement, elle n'est pas à l'aise. Je rebrousse chemin et lui tends mon bras.

– Tiens-toi plutôt à moi, lui dis-je. Avec moi, tu ne tomberas pas.

– Je pense sortir après ce tour de la piste.

– N'essaye même pas ! Sérieusement, je veille sur toi. Je suis un excellent patineur.

Je m'élance à toute vitesse et exécute une rapide rotation, assortie du croisement que je me suis entraîné seul à effectuer sur la piste de rollers quand j'étais enfant.

– Tu vois !

Je la rejoins en marche arrière et, lui tenant le bras, je l'emmène vers les autres. La voix de Justin Bieber se mettant à chanter *Mistletoe*, je nous fais dériver pour éviter un groupe de gamins qui poussent des cônes orange autour de la piste pour garder l'équilibre, fauchant presque Priya sur leur chemin.

– Tu vas trop vite, se plaint Priya.

– Contente-toi de t'accrocher à moi. Aie confiance !

– Finn, je vais…

Avant qu'elle n'ait terminé sa phrase, son patin s'accroche à un creux dans la glace, et dans une succession de petits pas, elle tente de retrouver l'équilibre. J'entends le tissu se déchirer, avant que les perles argentées se déversent sur la piste.

– Enfoiré, jure Priya dans un murmure, mais au moins, elle a rétabli son équilibre.

– Faut pas dire de gros mots, gronde une fillette avec des nattes vêtue d'un manteau rose en s'arrêtant devant Priya.

Le temps ralentit à l'instant où Priya percute la petite moucharde. Je sens son bras se détacher du mien, et horrifié, je la regarde s'affaler. Une méchante gamelle.

19

Hannah

Noël #10, 2017

Mon père est mort.

Finn a à peine prononcé ces quelques mots que notre dispute est oubliée. Je me précipite vers lui et noue mes bras autour de sa taille. Son visage se chiffonne sur le sommet de ma tête, ses larmes trempent mes cheveux, pendant que Theo hurle à la caméra de surveillance dans l'angle.

– Brian, nous avons une vraie urgence !

Il agite les bras au-dessus de sa tête comme s'il adressait des signaux à un avion sur une île déserte.

– Brian, sois pas con, reprend-il en frappant la porte avec la paume de sa main.

Je n'ai jamais vu Theo perdre son calme, mais tous les signes indiquent que ça ne saurait tarder.

Après les deux minutes les plus longues de ma vie, Brian débloque la porte.

– Pardon ! J'étais aux toilettes, dit-il, essoufflé et le visage rouge. Je ne vous avais pas vus. Je pensais avoir le temps.

Personne ne termine en moins d'une heure. C'est notre salle la plus difficile !

Tous les cinq, nous le bousculons en sortant dans le vestibule étriqué sans réagir à son excuse.

– Soyez sympa, ne publiez pas de commentaire négatif, dit-il en lambinant près du cercle que nous formons autour de Finn, qui s'est effondré sur un hideux canapé vert olive, la tête entre ses mains.

Jeremy s'accroupit devant lui, les mains sur ses genoux.

– De quoi as-tu besoin ? demande-t-il, désarmé.

Nous autres attendons les ordres pour passer à l'action. Je veux à tout prix me rendre utile, pourvu que cela allège son chagrin, mais je ne sais pas comment. Je décide de lui apporter un verre d'eau, et Priya déniche une boîte de mouchoirs derrière l'accueil.

– Tu as un vol qui part de JFK à cinq heures, l'informe Theo qui se renseigne sur les vols sur son téléphone. Et un de La Guardia à six heures.

– Une minute, je l'interromps, quatre paires d'yeux basculant vers moi, y compris ceux de Finn. Veux-tu y aller ? dis-je à Finn, les premiers mots que je lui adresse depuis un an. Tu n'es pas obligé, tu sais.

– Je sais pas, répond-il, lançant des regards autour du cercle comme si l'un de nous détenait la réponse. Je devrais, je crois, non ?

– Ce que tu devrais, on s'en fiche, dis-je en m'asseyant à côté de lui sur le canapé, mon épaule contre la sienne. Je t'ai demandé si tu voulais y aller ? Il n'y a pas d'obligation.

Finn prend le temps de réfléchir. Mon cœur se brise pour lui. Face à quelle décision impossible son père ne l'a-t-il pas mis ! S'il n'était pas décédé, je laisserais un message cinglant sur son répondeur. Comment ose-t-il laisser son fils – son fils formidable, chaleureux et attentionné – être le plus mature des deux ? Comment ose-t-il quitter ce monde sans se réconcilier avec lui ?

– Ce n'est pas tant que je veux y aller mais je crains de le regretter si je n'y vais pas.

– Donc, tu y vas ? vérifie Theo.

Il a déjà préparé sa carte Gold, pour régler son billet dans son appli de voyage. Il me consulte du regard, attendant mon approbation.

Finn hoche la tête à mon intention.

– Il y va, je confirme avec la gravité d'un général cinq-étoiles orchestrant une opération militaire.

– Quatre ou cinq billets ? demande Theo. Jeremy, tu viens ?

Accroupi devant Finn, Jeremy lève les yeux. Il a l'air d'une biche prise dans les phares d'une voiture.

– Moi ? Je ne peux pas…, dit-il à Theo au lieu de Finn, comme s'il savait que la moindre des choses était d'avoir honte de ne pas l'épauler.

– Tu te fous de moi, Jeremy ? dis-je, agressive.

– Je travaille demain. Je dois nourrir mes anémones de mer, sinon je devrais recommencer mon expérience depuis le début.

C'est sans conteste l'excuse la plus foireuse de tous les temps.

*

Theo, Priya et moi occupons les sièges centraux du vol de six heures, en partance de LaGuardia. Quand la compagnie a surclassé Theo en première, en raison de ses miles de grand voyageur, il a insisté pour céder sa place à Finn.

Avant d'attraper l'avion, Theo et Priya ont fait un saut à la maison pour préparer un bagage, pendant que j'aidais

Finn à faire sa valise. Je n'avais pas remarqué que Jeremy s'était éclipsé, avant que le taxi ne démarre devant la salle de jeu et que nous ne soyons que deux sur la banquette, Finn agrippant ma main de toutes ses forces sur le siège en simili craquelé. J'ai envisagé de demander au chauffeur de s'arrêter, pour retourner insulter Jeremy pour sa lâcheté, mais c'est probablement mieux ainsi. Juste nous quatre.

À l'appartement, Finn est resté assis, catatonique, pendant que j'ouvrais tous les tiroirs et placards, tâchant de réunir tout le nécessaire pour les prochains jours. Sous-vêtements, rasoir, brosse à dents, pyjama. Plus un exemplaire écorné de *The Magicians,* au cas où il ne réussirait pas à somnoler dans l'avion. Je sais que c'est son livre préféré et un moment de réconfort lui sera bénéfique.

– As-tu une housse pour ton costume ? ai-je demandé.

Il a secoué la tête. De nouveau, les larmes ont bordé ses yeux.

– T'inquiète, je vais trouver une solution.

Une heure plus tard, je faisais la queue dans la salle d'embarquement, avec le costume de Finn enveloppé dans un sac-poubelle retourné, en guise de bagage cabine. Quand le voyageur devant moi a jeté un regard désapprobateur sur mon bagage à main, je l'ai fixé avec un mépris flagrant jusqu'à ce qu'il baisse les yeux. Ce n'était pas le bon jour pour me contrarier.

Le signal de la ceinture éteint, Finn remonte l'allée et tapote l'épaule du voisin de siège de Theo. De la dernière rangée, je n'entends pas ce qu'il dit mais Finn indique son siège à l'avant de l'avion. Le vieux monsieur s'empresse de rassembler ses affaires avant que Finn ne revienne sur son offre.

Quand je me rends aux toilettes, préférant marcher jusqu'à la cabine centrale au lieu de celle derrière mon siège, je suis soulagée de voir Finn endormi, la tête sur l'épaule de Theo.

Theo me fait un sourire attristé quand je passe devant eux. Je suis contente que Finn ne soit pas seul.

*

À Atlanta, une pancarte manuscrite sur le comptoir Alamo alerte, en lettres capitales tracées au marqueur : *TOUTES NOS VOITURES SONT LOUÉES. JOYEUX NOËL.* Nous longeons la rangée de guichets de location fermés, jusqu'au seul qui soit ouvert.

– C'est votre jour de chance, dit la femme au comptoir avec un fort accent du Sud. Il nous reste une voiture à louer.

Je crains qu'elle n'ait survendu notre chance, la dernière voiture étant un Hummer jaune citron. Sur le parking, nous restons à bonne distance comme si elle était douée de sensibilité et que nos critiques risquaient de la froisser.

– Qui conduit ? demande Theo.

– Tu sais conduire ? dis-je à Theo, qui s'est acquitté des frais de locations et a mis l'assurance à son nom.

– Je n'ai pas l'habitude de rouler à droite. Même des, euh, véhicules de dimensions plus modestes. J'ai peur de nous envoyer dans le décor, dit-il en reluquant la monstruosité sur roues.

– Je n'ai plus le permis, dis-je.

J'ai laissé passer la date de validité, après quatre années dans la métropole. Les démarches de renouvellement me semblaient trop compliquées pour un permis qui ne m'aurait servi qu'à attester de mon âge dans les bars, où mon passeport suffit. Avant ce soir, cela ne m'avait jamais posé de problème.

Personne ne regarde Finn.

– Bon, je prends le volant, se dévoue Priya.

Theo lui lance les clés. Comme elle échoue à les rattraper, elles disparaissent sous la voiture, tant et si bien qu'elle doit se mettre à quatre pattes sur le bitume pour les récupérer. Pas un bon présage pour le trajet à venir.

Dans la voiture, Priya ressemble à une enfant, minuscule sur le large siège conducteur en cuir rouge. Elle le rapproche au maximum du volant avant de mettre le contact. Aussitôt « I Did It All for the Nookie » explose à plein volume dans les haut-parleurs. J'enfonce tous les boutons du tableau de bord jusqu'à réussir à couper le son. Pas le moment de chanter, Fred Durst.

*

Le Hummer rugit en longeant le trottoir devant la maison d'enfance de Finn, peu après onze heures.

– Vous êtes arrivés à destination, annonce la voix féminine du GPS.

Priya pile, nous projetant vers l'avant avant que le moteur s'éteigne dans l'impasse silencieuse. Une fois à l'arrêt, Priya soupire de soulagement. Ses épaules étaient remontées vers ses oreilles durant les quarante-cinq minutes de la traversée de l'autoroute à cinq voies menant à Peachtree City, une banlieue arborée au sud d'Atlanta.

J'examine la maison par la vitre du côté passager. Je ne m'étais jamais interrogée sur le genre de foyer dans lequel Finn avait grandi. Je nous ai toujours considérés comme identiques, c'est-à-dire sans parents, ni foyer ni racines. Mais cette majestueuse maison coloniale à étages est la preuve que Finn a bel et bien une famille. Qui l'a rejeté. Les poings serrés sur mes cuisses, j'examine la maison. Une lumière éclaire le salon.

– Je ne sais pas si j'ai la force d'entrer, dit Finn sur la banquette arrière, sa voix tremblante. C'était peut-être une erreur.

– Veux-tu que je fasse le tour du quartier, le temps que tu décides ? suggère Priya.

Ses épaules se tendent à la perspective de redémarrer.

– On peut juste rester là un petit moment ? demande Finn.

– Même toute la nuit si tu veux, répond Theo. Ne te sens pas obligé de faire quoi que ce soit.

20

Finn

Noël #10, 2017

Je me réveille la tête sur l'épaule de Theo. Un filet de salive séchée sur le menton, ma nuque raidie me rappelle que j'ai dormi dans une position inconfortable.

Mon téléphone indique 6 h 04. Je n'avais pas l'intention de rester devant la maison toute la nuit. Je voulais juste quelques minutes pour me calmer, parce qu'une fois entré, la réalité me tombera dessus. Mon père sera mort, et je me retrouverai face à ma mère pour la première fois en neuf ans.

J'ouvre et referme la portière aussi doucement que possible, pour ne réveiller personne. À l'avant, Priya a incliné le siège, son manteau violet froissé étalé sur elle comme une couverture, tandis que le visage de Hannah est écrasé contre la vitre de sa portière. La reconnaissance me submerge. Qu'importe ce qui m'attend à l'intérieur, ces personnes, celles qui dorment dans l'inconfort de cette monstrueuse voiture, sont ma véritable famille.

Un instant, je fixe la maison. Sur la droite de l'allée se dresse le saule joyeux. Car les saules ne pleurent qu'au bord de l'eau. Le nôtre s'élève, haut et large, déployant devant la maison une ombre accueillante dans la chaleur accablante de la Géorgie. L'arbre représentait la base quand je jouais à chat avec les copains du quartier. Il a poussé depuis que je suis parti.

Je me fige devant la porte. Je n'ai pas la clé – la mienne a été oubliée dans un tiroir à fouillis, deux appartements plus tôt. Je n'ai pas songé à la garder parce que je ne m'attendais pas à revenir un jour. Aussi irrationnel que ce soit, je n'ai pas un instant envisagé que mon père puisse mourir. Je suis parti du principe qu'il était éternel ; comme tous les méchants. Quand j'habitais là, il courait sept kilomètres tous les matins de la semaine, même au pic de la canicule, et n'a pas mangé une bouchée de pain depuis l'engouement pour les régimes Atkins dans les années quatre-vingt-dix.

Pour ne réveiller personne en sonnant, je tente d'ouvrir la porte. Étonnamment, elle n'est pas fermée à clé. Dans l'entrée, j'inhale l'odeur de détergent au pin et les bougies au gardénia blanc que ma mère affectionne. Ça sent bon la maison.

– Finn, c'est toi ? dit ma mère, tout près, et pas dans sa chambre à l'étage comme je m'y attendais.

Je la trouve dans le salon, celui qui ne sert qu'aux réceptions, étendue sur un canapé blanc, sous une couverture tricotée au crochet par sa propre mère, décédée quand j'avais onze ans. L'enterrement de ma grand-mère était le premier et unique auquel j'aie assisté. Jusqu'à maintenant, disons.

– Salut, c'est moi.

Je m'avance dans l'embrasure de la porte et examine ma mère. Ses cheveux grisonnent. Je suis surpris qu'elle ne les teinte pas. Elle soignait pourtant son apparence. Je me demande si ce serait convenable de l'enlacer. Je me rends compte, trop tard, que lorsqu'Amanda m'a annoncé la nouvelle au téléphone, je n'ai pas été invité à venir. Je me suis juste pointé. Peut-être que ma mère ne veut pas de moi ici.

Dès qu'elle me voit, les larmes coulent sur ses joues. Je ne connais pas le protocole dans ce genre de situation.

– Je suis désolé pour papa, dis-je.

Sa perte lui appartient plus qu'à moi.

– Je ne pleure pas à cause de ton père. Je n'ai pas encore réalisé. Je pleure parce que te voilà enfin à la maison, chez toi. Approche. J'ai besoin d'enlacer mon petit garçon.

Je m'assois à côté d'elle, et quand ses bras m'entourent, ma tête se blottit automatiquement dans le creux de son épaule. Je sens son parfum Jo Malone, le seul que je lui connaisse.

– Que fais-tu là ? dis-je.

– Je pourrais te retourner la question. Je t'ai entendu garer ce mastodonte tard, hier soir. Depuis j'attends que tu entres.

– J'avais besoin d'un petit moment. Et je me suis endormi.

– Moi aussi, dit-elle, sans que je sache si elle avait besoin d'un moment, ou si elle s'est endormie. Je nous sers du café ?

*

Je suis assis sur un tabouret haut, devant l'îlot de la cuisine, avec ma seconde tasse de café. Ma mère dicte une liste de personnes à contacter. Quant à savoir quand il est convenable de leur téléphoner, cela lui pose un dilemme insoluble. Après dix heures, se décide-t-elle enfin. Les gens dorment tard, le lendemain de Noël, et elle ne veut déranger personne avec l'inopportun décès de son mari.

La liste se poursuit sur trois pages : collègues, partenaires de golf, famille éloignée, colocs de fac, banques et assureur. Je n'avais pas songé que la mort nécessitait autant de démarches administratives. Je m'étais naïvement imaginé qu'il suffisait de publier un avis de décès, et que les pompes funèbres se chargeaient du reste. Mon cœur se brise pour Hannah qui a dû gérer tout cela à l'adolescence, pas une fois mais deux.

– Je réponds quoi, si on me demande comment il est mort ?

Amanda n'a pas fourni de détails entre ses hoquets larmoyants quand elle m'a annoncé sa mort.

– Syndrome des fêtes, dit-elle, comme si je connaissais ce terme.

Cela sonne comme un film de Noël à son goût.

– C'est quoi ?

– D'après le médecin, c'est courant, répond ma mère. C'était le cinquième de la journée.

– Plutôt brutal, comme façon d'annoncer la nouvelle.

– D'après lui, les gens mangent et boivent plus que d'ordinaire pendant les fêtes. Leur cœur ne le supporte pas, ce qui provoque un arrêt. Amanda s'est documentée sur Google dans la voiture. Noël et le jour de l'an affichent le plus fort taux d'infarctus de toute l'année.

Elle s'exprime sans émotion, comme si elle présentait l'intrigue d'un épisode de *Grey's Anatomy* plutôt que la perte de celui qui était son mari depuis trente-cinq ans. Devant son insensibilité, je me demande comment était son mariage, la décennie de mon exil. Je me demande s'il lui manquera, ou si, comme moi, elle ne serait pas un tant soit peu soulagée d'être délivrée de lui.

– Mais papa était en parfaite santé, dis-je.

– Il vieillissait.

Sur son téléphone, elle affiche une photo de papa avec Amanda.

– Elle date de Thanksgiving.

Je rapproche l'écran pour inspecter la photo. Son ventre rebondi étirant son polo Georgia Tech, ses cheveux sont clairsemés. Il avait adopté la mèche rabattue sur le crâne dégarni. Cet homme, manifestement mon père, est aux antipodes de l'image que je conservais de lui dans ma tête. Elle est différente de celle de Facebook, et personne ne m'a envoyé de photo de famille pour rafraîchir mon image mentale. Il a l'air vieux, exactement le genre de personne susceptible de succomber à un infarctus.

Des petits coups à la porte interrompent notre conversation.

– Je pense que c'est l'un de mes amis.

Depuis une heure que je suis entré, j'ai omis de mentionner que je n'étais pas venu seul.

– Je ne suis pas présentable.

Elle tapote ses cheveux, essayant de les discipliner, et resserre son peignoir autour de sa chemise de nuit pourtant pudique.

– Ne te tracasse pas, ils logent à l'hôtel. Ils veulent sûrement s'assurer que ça va avant de partir. Ils ne resteront pas.

Quand j'ouvre, Hannah se tient sur le seuil, des traînées de mascara sous les yeux, dans ses vêtements de la veille.

– Salut, dit-elle d'une voix cassée. J'ai trop besoin de faire pipi.

Je lui montre les toilettes du rez-de-chaussée, et patiente devant la porte. Même si ça se passe bien avec ma mère, ma boule au ventre se dénoue à la seule pensée d'avoir Hannah en renfort.

– Theo et Priya veulent aussi entrer ? je propose quand elle revient en s'essuyant les mains sur son jean.

– Nous allons à l'hôtel. Nous doucher et nous changer dans nos chambres.

Bien sûr, ils ont déjà perdu une nuit de réservation parce que je les ai contraints à dormir dans la voiture.

Je passe outre la volonté de ma mère.

– Vous pourriez peut-être… rester ?

J'ignore quand se termineront les obligations administratives mais après cela, de quoi parlerons-nous ?

– Pourquoi pas, consent Hannah. Je vais chercher Theo et Priya.

Amanda fait une apparition à dix heures trente en traînant les pieds. Dans la cuisine, elle se plaint qu'il ne reste plus de café. À défaut de réponse, elle se dirige vers la salle à manger.

– Maman, t'es sourde ? Il n'y a plus de café.

Sitôt qu'elle avise Theo, sur le canapé rembourré en cuir marron, elle redresse le dos, et arrache le bonnet en soie de sa tête, destiné à dompter ses frisottis.

– J'ignorais que tu étais là, me dit-elle sur le ton du reproche.

– Chaleureux, l'accueil, je rétorque.

Je me lève pour préparer une cafetière, et épargner du travail à ma mère. Quand je traverse la pièce, Amanda se jette dans mes bras, m'étreignant si fort qu'elle m'étouffe.

– Je suis contente que tu sois là, murmure-t-elle à mon oreille d'une voix affaiblie par l'émotion. Je n'étais pas sûre que tu viendrais. Mais je l'espérais.

*

Dès que nous nous attelons à la liste des personnes à contacter, la nouvelle se répand comme une traînée de poudre. À quatorze heures, les visiteurs affluent. Une armada de femmes en pantalon pastel et blouse à fleurs nous envahit, les bras chargés de ragoûts et de pâtisseries. Je me demande si leurs congélateurs sont remplis, de plats prêts à être livrés en cas de décès, ou si elles ont mis leur matinée sur pause pour improviser un gâteau de consolation. Ou, en ce qui concerne la dame qui porte un moule de gelée vert fluo, avec des framboises et des cubes de guimauve en suspension à l'intérieur, si nous héritons de leurs restes de Noël les plus improbables.

Quand je propose de faire couler ce qui doit être la dixième cafetière de la journée, ma mère me chasse.

– Tu vas me faire des saletés, proteste-t-elle, et je me rends compte qu'elle continue de me voir tel que j'étais à dix-neuf ans, juste avant de quitter la maison.

– Maman, je me prépare mon café depuis une décennie. Crois-moi, je sais me débrouiller.

L'agacement se sent dans ma voix. M'emparant du filtre à café dans ses mains, sans la laisser argumenter, je m'en veux aussitôt d'être cassant avec elle.

– Et si tu t'asseyais un peu ?

En fin d'après-midi, le flot de visiteurs s'amenuise, et avant le dîner, nous raccompagnons mes tantes Carolyn et Ruthie à leurs voitures. Ma mère s'écroule sur un tabouret de bar comme un jouet animé aux piles usées, pendant que nous grignotons des tranches de pizza commandées par Theo.

– Je suis à bout de forces. Mais je doute de réussir à fermer l'œil, dit-elle.

Essuyant un morceau de pepperoni avec une serviette en papier, elle le pose à l'écart sans y avoir goûté.

– Je te prépare une tisane du soir ? propose Amanda.

– Ça ne m'aidera pas, rétorque ma mère.

Theo disparaît dans le couloir et revient avec une bouteille de cachets orange.

– Un petit coup de pouce.

– Quel genre de médoc donnes-tu à ma mère ? je demande.

La dernière fois que Theo a offert un comprimé à quelqu'un, Hannah et moi sommes restés fâchés toute une année. À ce jour, nous n'avons pas démêlé notre différend, juste repris nos anciennes habitudes.

– Du Xanax. Commencez par la moitié d'un.

Alors que je m'attends à ce qu'elle décline, elle glisse le flacon dans la poche de son pantalon de lin noir.

– Ça ne peut pas faire de mal, concède-t-elle.

Après que ma mère est montée se coucher, nous entreprenons de ranger la cuisine.

– As-tu besoin de quelque chose avant que nous partions à l'hôtel ? demande Priya en terminant de frotter les surfaces.

Elle porte encore le pull argenté tressé de guirlandes qu'elle avait dans l'escape room. Ce n'était qu'hier, mais j'ai l'impression qu'une vie entière s'est écoulée entre-temps. Ses cheveux gras sont attachés en queue-de-cheval sans vitalité.

– À moins que tu ne préfères qu'on reste ? hasarde Theo.

Je devrais les laisser partir. Ils ont déjà tellement fait pour moi. À commencer par les billets d'avion, ce qui me rappelle que je dois rembourser le mien à Theo, ensuite la voiture et la journée à mener des conversations courtoises dans une maison pleine d'inconnus. Ce serait injuste de leur demander de rester.

– Tu sais, ça nous fait plaisir de rester, intervient Hannah.

– Vraiment ? dis-je pour leur laisser une porte de sortie.

– Bien sûr, confirme Hannah.

Je libère un souffle que je retenais sans m'en rendre compte.

*

– Ce n'est pas le grand confort, dis-je pour m'excuser en tirant le drap sur le canapé convertible. Celui qui se retrouve obligé de dormir là-dessus se réveillera avec un mal de dos. Le matelas gonflable est probablement plus confortable, mais il se dégonfle la nuit.

Je débite sans souffler les points les moins idéaux de leurs couchages respectifs, tout en les installant au sous-sol. La dernière fois que des amis ont dormi ici, c'était l'équipe de relais du lycée en première. J'aurais mieux fait de les laisser dormir à l'hôtel.

– Ça nous est égal, dit Theo en me touchant le dos. Nous sommes là pour toi, pas pour le luxe. Nous ne laisserons pas d'avis sur Tripadvisor.

Trente minutes plus tard, je me retourne en tous sens dans mon lit. Ces dernières vingt-quatre heures auraient dû m'épuiser, mais le sommeil ne vient pas. C'est étrange de revenir dans ma chambre d'enfant, après tout ce temps.

Pile au moment où je trouve une position confortable et commence à m'assoupir, des pas dans l'escalier me font rouvrir les yeux. C'est probablement ma mère. J'ai entendu des anecdotes sur des insomniaques commettant toutes sortes de choses regrettables après avoir consommé du Xanax. Il serait bon que je m'assure qu'elle ne descend pas déambuler au sous-sol en chemise de nuit, ou ne commande pas sur l'ordinateur du salon l'intégralité du site Neiman Marcus.

Avant que je n'aie pu m'extirper du lit, une main tapote à ma porte. Puis la poignée s'abaisse.

– Maman ? dis-je en m'asseyant, prêt à vérifier de quoi elle a besoin.

– Désolée, c'est moi.

Moi se rélève être Hannah. Elle a revêtu un pyjama de Priya, composé d'un shorty et d'une veste à boutons à imprimés licorne. Je suis tenté de la charrier tellement ce n'est pas son style, mais je me rappelle qu'elle n'a pas pu emporter de bagage, parce qu'elle a préparé le mien, après un an de brouille.

– As-tu besoin de quelque chose ?

Je leur ai montré le thermostat, au cas où ils étoufferaient, et j'ai apporté suffisamment de serviettes de toilette pour que tous se douchent. Mes neurones moulinent à la recherche de ce que j'ai pu oublier.

– Rien, je viens voir comment tu vas, dit-elle, incertaine sur le pas de la porte. Alors… hmm, comment te sens-tu ?

– Je pense que je n'ai pas encore réalisé.

Je rabats les couvertures sur le lit. À cette invitation, elle traverse la chambre sans hésiter et s'allonge contre moi. Ses cheveux humides chatouillant mon bras, elle se met à son aise. Nous nous arrangeons automatiquement face à face, comme tant de fois par le passé, dans son lit d'Orchard Street.

– Ça t'a fait quoi de revoir ta mère ?

– Bizarre. Genre, ne l'ai-je pas vu depuis une décennie ou un week-end ? Nos échanges se sont limités à la logistique. Honnêtement, je suis plus soulagé de reparler avec toi qu'avec elle.

Hannah touche timidement mon bras.

– Je suis désolée, tu sais. Je ne pensais pas un mot de ce que j'ai dit. C'est sorti sous le coup de la colère.

– Je sais. Je suis désolé aussi. Nous n'avons pas su nous arrêter.

Non sans ironie, quand j'ai appris que mon père était décédé, je n'ai pas été attristé pour les non-dits qui resteraient entre nous. Tant pis pour lui. Je suis venu pour ma mère et Amanda. Évidemment, la nouvelle m'a fait un choc, mais j'avais le cœur lourd en songeant à Hannah. Et s'il lui arrivait malheur sans que nous ne soyons réconciliés ? Au moins, elle a tenté de reprendre contact ; je me rappelle son SMS au printemps que je n'ai pas lu. Comment ai-je pu être aussi cavalier, gâcher une année sans lui parler, présumant que nous disposions d'un nombre infini d'années pour nous rabibocher ? Comment ai-je pu tenir pour acquise la relation la plus spéciale de ma vie ? C'est elle qui a endossé la responsabilité de m'aimer quand mes parents ont failli à leur devoir.

– Nous ne sommes pas obligés de parler de notre dispute maintenant, si tu n'en as pas envie. Tu as d'autres soucis, dit-elle.

Nous restons une minute dans un silence plus confortable que malaisant

– Je peux t'avouer quelque chose de gênant ? demande-t-elle tout à coup.

– Bien sûr.

– Chaque fois que j'avais un truc à te dire, que j'avais le réflexe de te téléphoner mais que je me rappelais que je ne pouvais pas, à la place, j'enregistrais un mémo vocal sur mon téléphone pour toi.

– C'est très drôle.

Un rire monte dans ma gorge.

– Je sais, c'est nase.

– Ce n'est pas pour ça que je ris. Je ris parce que j'ai commencé un journal, dans lequel je consigne tout ce que j'ai envie de te dire. J'ai même acheté un carnet chez McNally Jackson spécifiquement pour ça.

À présent, nous rions tous les deux.

– Super, nous sommes officiellement les deux plus gros blaireaux de la planète, déclare-t-elle.

– J'aimerais écouter tes mémos, tu sais ? lui dis-je. Pour rattraper tout ce que j'ai manqué.

– Tant mieux, vu que je veux lire ton journal.

– Ça promet de gros moments embarrassants.

– T'inquiète, je ne pourrai probablement pas en déchiffrer la moitié à cause de ton écriture en pattes de mouche.

Je tapote son épaule.

– Sais-tu que David te surnomme mon « ami imaginaire » parce que je parle souvent de toi mais qu'il ne t'a jamais rencontré ?

– Le fameux David…

– Fameux ?

– À mes yeux. Ou énigmatique, disons. Priya a interdit les questions à son sujet. Dès que j'essayais de lui soutirer des infos, elle me disait de te les demander directement.

– Idem à ton sujet. Elle se plaignait que je l'embêtais avec mes questions.

Nos gloussements font trembler le lit. Savoir qu'elle ressentait aussi intensément que moi la distance me remplit de bonheur. Je commençais à me demander si elle m'avait rejeté de son esprit et tourné la page. Ou si, étant en couple, elle n'avait plus besoin de moi.

– C'est fou que tu te sois trouvé un mec pendant que nous étions en froid.

Je lui ai connu une poignée de coups d'un soir à l'université, et les occasionnels premiers et seconds rencards, mais pas de relation durable.

– J'avais trop de temps libre.

– Donc tu vas le plaquer maintenant que nous sommes rabibochés ?

– Non ! se défend-elle, avant de murmurer. Il aimerait qu'on vive ensemble. C'est assez sérieux entre nous.

Elle fronce le nez.

– Quoi ? C'est énorme.

– C'est terrifiant.

– Vais-je l'apprécier, à ton avis ?

– Ouais, je pense. C'est un type bien. Un avocat. Il déteste ma musique en général…

– Moi aussi, je l'interromps.

Elle repousse ma main que j'avance pour toper.

– Il cuisine bien, ça c'est cool. (Elle marque une pause.) Et je ne sais pas. Je… l'aime, quoi.

Elle se cache le visage comme si cela l'embarrassait.

Elle l'aime, ouah ! Je n'avais jamais vu Hannah amoureuse jusqu'à présent. D'avoir raté un tel changement dans sa vie, je ressens une pointe de regret. Elle l'évoque avec certitude. Et si je suis honnête, elle est plus sûre d'elle que je ne le suis de Jeremy après un an et demi de relation. C'est un coup dur que Hannah, à qui je ne parlais pas hier, soit présente et Jeremy, au côté duquel je me suis réveillé hier matin, soit absent.

Après tout, ce n'est pas si surprenant que ça. Ma relation avec Jeremy s'est construite sur le socle du soulagement. Soulagement de trouver quelqu'un qui m'apprécie en retour. Soulagement de sortir de la phase des rencards. Soulagement de ne pas être à la traîne sur la check-list des étapes majeures de l'existence. Et la compatibilité sexuelle était là, voire la passion, mais celle-ci n'a jamais évolué vers le besoin. Ou pas comme j'ai besoin de Hannah ou de Theo. Je ne peux pas imaginer acheter un carnet pour noter tout ce que j'ai envie de confier à Jeremy, s'il partait pour un long voyage dans un lieu sans réseau. Ce n'est probablement pas bon signe.

– Organisons une sortie à quatre avant que je largue Jeremy, dis-je.

– Ah oui, nous n'avons même pas parlé de lui. Il m'a déçue hier.

Je grimace, honteux que mon ami préfère ses animaux marins à moi.

– Quelle manière de se défiler ! continue Hannah. Tu mérites mieux, tu sais. Tu mérites tout ce qu'il y a de mieux.

Sa main trouve la mienne entre nous.

– Ouais…

Je laisse ma phrase en suspens, ce qui suggère que je le quitte à cause d'hier, et pas parce que les critiques de Hannah étaient fondées, l'année dernière : je ne l'aime pas, et je ne suis pas sûr de l'avoir aimé un jour.

Dans le silence qui suit, Hannah ne manifeste pas d'intention de partir et je ne l'encourage pas à me laisser. Quelques minutes plus tard, sa respiration ralentit. Au-delà du fait que j'apprécie d'être accueilli à bras ouverts dans ma maison familiale et le confort nostalgique que me procure ma chambre d'enfant, ma véritable source de réconfort est Hannah. La personne qui m'a soutenu, le témoin de ma vie quand ma famille officielle me tournait le dos. Et même si je ne me pensais pas capable de m'endormir, avec elle près de moi, mes paupières se ferment à leur tour.

21

Hannah

Cette année, 25 décembre

– Vous êtes sûre de vouloir aller à l'hôpital, madame ? C'est le souk, aux urgences aujourd'hui, plaisante le secouriste à peine majeur, au fort accent de Long Island, comme si, réflexion faite, Priya décidait de soigner elle-même sa jambe tordue à un angle inquiétant, avec des huiles essentielles et une prière.

– Certaine, riposte-t-elle d'une voix débordante de sarcasme.

Au moins, la foule de curieux s'est dissipée. Pendant un moment, une horde de touristes a regardé les deux secouristes l'attacher sur un brancard, comme s'il s'agissait d'une étape incontournable de l'expérience touristique new-yorkaise.

– Tout ce que j'en dis, c'est qu'il faut vous préparer à poireauter.

Après un mot d'au revoir, il claque la double porte de l'ambulance et tape deux coups à pleine main sur la carrosserie pour signifier le départ au conducteur.

Finn a proposé de monter avec Priya mais elle l'a rembarré. Donc je me retrouve avec elle à l'arrière.

– Sans rejeter la faute sur toi, Finn, si tu m'avais écouté, il n'y aurait pas eu d'accident, lâche Priya vers le ciel, sa nuque maintenue par un immobilisateur de tête pour prévenir tout traumatisme de la moelle épinière.

*

La salle des urgences à NYU Langone est plus saturée qu'un spectacle qui affiche complet à l'Irving Plaza, et les contrôles à l'entrée deux fois plus stricts. Après ses radiographies, une infirmière nous emmène dans un box délimité par un rideau, où nous attendons qu'un médecin annonce le diagnostic que nous connaissons déjà : fracture de la jambe.

– Quelqu'un veut du café ? dis-je, assise au pied de son lit.

Un cimetière de gobelets en papier jonche la table roulante. Un de plus, et il me faudra moi aussi un lit d'hôpital. Néanmoins, les allers-retours au distributeur dans le hall m'aident à tuer le temps.

– Seulement si tu as une flasque pour l'agrémenter, répond Theo. Le Finn de 2014 aurait eu une flasque.

– Le Finn de 2014 aurait aussi eu la gueule de bois, dis-je.

Theo a un rire entendu.

Finn nous ignore, rejouant à la place ce qui est devenu le dialogue récurrent ces dernières heures.

– Tu as mal ? demande-t-il à Priya.

– Oui, répond-elle en serrant les dents, même si je pense que sa sévérité reflète plus l'agacement que la douleur.

– Je peux faire quelque chose ?

Les quelques premières fois qu'il lui a posé la question, elle a simplement répondu « non, il n'y a rien à faire ». Mais cette fois, elle s'énerve.

– À moins que tu ne possèdes une machine à remonter le temps, que tu l'utilises et suives des études de médecine.

Ça commence à devenir dérangeant. Je me raccroche à la première idée venue pour alléger l'ambiance.

– Finn a raté deux fois son examen de biologie. Il a dû remplacer l'option par géologie pour éviter de perdre des points. Ils nivellent tellement par le bas qu'on l'appelle la Spé des Teubés. Genre, tous les footballeurs la choisissent pour s'assurer la moyenne générale. Crois-moi, tu ne veux pas que Finn te soigne.

Priya hoche la tête d'un air sombre.

– Sans façon.

– C'est la journée « tous ligués contre Finn ». Il me semblait que c'était en avril, d'habitude.

Finn n'a pas du tout l'air amusé. Il se passe la main dans les cheveux.

– Sans vouloir être pénible, c'était censé être un Noël spécial, le dernier avant mon départ pour L.A.

– Ne ramène pas tout à toi, l'avertit Priya.

Juste avant que ça dégénère, un médecin au charme renversant, mal rasé et les cheveux châtains en pétard, tire le rideau de notre cube. Il semble sorti d'une série médicale où il tiendrait l'un des rôles principaux.

– Priya Patel ? lit-il sur son dossier.

Priya se lisse les cheveux. Paula a appliqué tellement de gel pour modeler ses boucles que pas un cheveu ne dépasse, malgré la chute, le trajet en ambulance et deux heures alitée. Cela dit, je ne peux pas lui reprocher cet acte de vanité. Le docteur dépasse le mètre quatre-vingt, et promène dans la pièce un regard bleu acier.

– Ben ? fait Priya, ses yeux cernés de kohl écarquillés par le choc.

Ben ? Genre, Ben, Ben ?

Le Ben de Priya ? Son ex-je ne sais quoi ?

L'adage se vérifie ; à certains égards, New York est un petit village. Mais il y a un moment pour croiser un ex, et on ne peut rêver mieux qu'après être passée entre les mains d'une coiffeuse et d'une maquilleuse professionnelle.

– Priya ?

Il consulte le dossier médical, tout autant éberlué, comme s'il émergeait d'un mode automatique et n'avait pas assimilé son nom en le lisant.

– Euh…

Il bredouille, puis cale. Tous les trois, nous pivotons incessamment la tête vers l'un puis l'autre.

– Je peux appeler un autre médecin si tu préfères, finit-il par dire, mais tu devras patienter.

– Non, ça va, répond-elle. Ce n'est rien que tu n'aies déjà vu.

– Tes amis peuvent nous laisser le temps que je t'examine ?

Par-dessus l'épaule de Ben, j'interroge Priya du regard, à quoi elle répond d'un subtil hochement de tête.

– Nous patienterons dans la salle d'attente, dis-je.

*

Par chance, nous trouvons trois sièges accolés, probablement parce que tous les gens aux urgences évitent l'homme assis à côté de moi, au doigt enveloppé dans un torchon ensanglanté. Celui-ci surprend mon regard.

– Accident de mandoline. La recette avait pourtant l'air simple à la télé.

Vingt minutes plus tard, une infirmière se dirige vers nous. Mon corps se contracte quand j'avise son air paniqué. Les blessures de Priya sont-elles plus graves que nous le pensions ? Le secouriste a pourtant affirmé qu'il immobilisait sa tête par pure précaution, et ne suspectait pas de lésion de la moelle épinière.

– Que faites-vous dans cette salle d'attente ? demande l'infirmière.

Bras croisés, elle attend notre réponse. Je lance des regards latéraux pour voir à qui d'autre elle pourrait s'adresser. Comme elle ne bouge pas, je me montre du doigt.

– Moi ? Nous ?

– Oui, vous. À qui je parle ? gronde-t-elle, la main sur les hanches comme une institutrice austère. Je vous attendais à six heures. Vous êtes en retard.

– Comment ?

À moins qu'elle ne soit médium, en aucun cas elle n'a pu nous attendre.

– Vous êtes bien la troupe de comédiens, non ? demanda-t-elle avec irritation. Vous êtes censés intervenir dans le pavillon des enfants, pas ici. Il était prévu que votre spectacle commence après le repas. Les enfants suivent un planning strict, ils doivent bientôt se préparer pour le coucher.

– Pardon ? dis-je, confuse.

À côté de moi, Theo et Finn penchent la tête l'un vers l'autre, secoués par des rires étouffés. D'un coup, ça fait tilt. J'ai complètement oublié nos accoutrements. Finn avec son maquillage arc-en-ciel et sa cape assortie, Theo avec sa perruque poudrée et sa couronne sur ses genoux, et moi en robe de bal. Avec un rire nasal, j'imagine le tableau que nous formons aux yeux de tous, dans la salle d'attente. Pas étonnant que tout le monde nous évite.

– Ne vous fiez pas à nos tenues, nous ne sommes pas les comédiens. Juste des citoyens stylés.

Theo se lève d'un bond, et alors qu'il s'amuse à faire la révérence, sa perruque glisse sur le côté de sa tête.

– Le fait est que nous pourrions être des comédiens…, nuance Finn.

Je le pousse du coude.

– Nous attendons Priya.

– Bon d'accord, nous ne sommes pas la troupe de comédiens, admet-il.

Les yeux plissés, l'infirmière se demande s'il s'agit d'une interprétation du sketch *Qui est le premier*[10] *?* Avant qu'elle n'ait pu décider, Dr Ben surgit et propose de nous reconduire au chevet de Priya. Theo fait un coucou d'au revoir à l'infirmière déconcertée, avant que nous suivions Ben hors de la salle d'attente.

– Elle est fracturée, annonce Priya quand nous revenons dans son cube. Je dois attendre que l'ortho me plâtre. Ensuite je serai libre de partir. Je resterai plâtrée au moins huit semaines.

– Ça craint, dis-je.

– Le Dr Ben te prodiguera peut-être des soins privés pour stimuler la cicatrisation, plaisante Theo en remuant les sourcils.

– Tiens, c'est quoi l'histoire avec le Dr Ben ? J'ignorais qu'il était revenu à New York.

Finn s'assoit au pied du lit, prêt à une séance de potins.

– C'est simple, il a rompu il y a deux semaines. Encore. Voilà son histoire.

– Attends, quoi ? Pourquoi n'en avons-nous pas été informés ? dis-je. Je ne savais même pas que vous aviez renoué, et encore moins que vous aviez rompu.

Si nous l'ignorons, cela signifie que ce n'était pas sérieux. Que ce soit embarrassant de tomber sur lui dans ces circonstances, d'accord. Mais sérieux, non.

– Je n'ai rien dit parce qu'aucun de vous ne s'intéresse à ma vie ! explose-t-elle, le visage rouge.

En levant les bras pour accentuer sa détresse, elle fait dégringoler de la table une cascade de gobelets vides.

– Ce n'est pas vrai, dis-je.

---

10. Popularisé par Abbott et Costello, *Who's on First*, élu meilleur sketch du XXe siècle, est basé sur le quiproquo.

Malgré tout ce qui est en jeu dans ma vie en ce moment – ma relation avec David, mon métier, voire mon appartement – une chose est sûre, je suis une amie formidable. Ils sont ma *famille,* et je mets un point d'honneur à être là pour eux. D'après David, aux détriments de notre couple. Comment Priya peut-elle ne serait-ce que *penser* à m'accuser d'être une mauvaise amie ?

– Tu ne t'intéresses pas à moi ! Tout le mois, je n'ai entendu que Noël *ceci,* Noël *cela.* Comment rendre ce jour débile parfait pour Finn ? (L'attention de Priya bascule vers Finn, au bout du lit.) Et toi !

– Moi ? fait-il d'une petite voix.

Il n'en mène pas large, et il a raison. C'est comme si un barrage cédait en elle, et que l'équivalent d'une amitié entière de colère filtrait par la fissure.

– Tu ne vaux pas mieux qu'elle. « Est-ce que Hannah m'en veut de déménager ? » « Je ne veux pas laisser Hannah seule pour Noël. » Vous êtes tous tellement obsédés par ces stupides fêtes de fin d'année.

– Elles n'ont rien de stupide !

Cette embuscade me désarçonne tant que mon cerveau ne parvient pas à réfuter autre chose que la dernière accusation, la moins sérieuse.

Un silence tombe dans le cube.

– Que faisons-nous là, en fait ? demande Priya au bout d'une minute.

Theo accourt à son chevet.

– Tu as fait une chute, tu ne te souviens pas ? (Il me regarde d'un air paniqué.) Je vais chercher le Dr Ben ? Sur Google dans le taxi, j'ai lu qu'une perte de mémoire pouvait être le signe d'une commotion cérébrale. T'es-tu cogné la tête en tombant ?

– Oh ! mon Dieu, du calme ! s'écrie Priya, en repoussant les mains de Theo de son épaule. Je n'ai pas perdu la mémoire.

Tout ce que je dis, c'est que nous n'aurions pas dû fêter Noël cette année.

Je me demande si elle n'a pas raison. C'est la troisième année d'affilée que Noël s'achève sur une catastrophe. Mais mes pensées ne cessent de retourner à ce qu'elle a dit tout à l'heure.

– Nous ne nous intéressons pas à ta vie ?

– Absolument jamais.

– Si c'est vrai, ce que je ne crois pas, c'est seulement parce que tu as l'air tellement normale et… heureuse ?

Finn ajoute le dernier qualificatif comme s'il avait un goût bizarre dans sa bouche.

– Cela ne signifie pas que je n'ai pas de problème ! Je suis désolée de ne pas pouvoir rivaliser avec vous sur le podium des traumatismes, mais parfois, ma vie craint aussi. Ben m'a larguée pour la millième fois, et ah oui, la semaine dernière, j'ai été virée.

– Tu as été virée ?

Je suis sidérée. Priya parle non-stop de son poste à Glossier depuis qu'elle a été embauchée en avril. Qui ne voudrait pas de quelqu'un d'aussi passionné et expérimenté que Priya dans son équipe ? J'éprouve un accès de rage pour elle.

– Eh ouais. Un mois carrément merdique sur tous les fronts.

Elle laisse retomber sa tête sur l'oreiller et fixe le plafond. Sa tirade l'a vidée de toute énergie. Exténuée et résignée, elle est aussi en décalage absolu avec le décor, dans sa robe de délurée, avec ses franges à perles.

– Pourquoi n'as-tu rien dit ? je demande.

– Parce que tu n'as pas demandé. Et c'est embarrassant. Comment amener le sujet ? « Eh, les potes, vous savez le boulot dont je me vante tout le temps ? Celui que j'adore ? En fin de compte, ce n'était pas réciproque. »

Theo s'assoit sur le lit à côté d'elle et entrelace leurs mains.

– Je suis désolé, lui dis-je, pétrifiée à côté d'elle. Ce n'est pas faux ce qu'a dit Finn, tu as toujours l'air heureuse. Nous n'avons pas été suffisamment attentifs à toi.

– Ne dis pas de sottises, rétorque-t-elle dans un second accès de fureur. Je suis « heureuse ». Tu dis ça comme s'il s'agissait d'une île mythique qui t'était interdite. Toi, tu n'as pas envie d'être heureuse. À croire que tu es allergique au bonheur. Pourquoi n'es-tu pas avec David aujourd'hui ? Ou pourquoi n'est-il pas avec nous ? C'est fou, tout de même ! Comment ose-t-il avoir une famille qui l'aime ! Qui t'aime aussi !

Accusée de la sorte, je me hérisse.

– Je ne suis pas avec David au nom de notre tradition, importante pour moi. Vous êtes ma famille de cœur. Cela signifie quelque chose pour moi. Mais pas pour toi, à ce que je vois.

– Hannah, nous sommes ensemble toute l'année. Ce n'est pas cette tradition, qui repose sur un seul jour par an, qui fait de nous une famille. C'est juste une façon de s'occuper un jour qui, sans cela, serait déprimant pour vous trois. (Elle se tait un instant.) Pardon, c'était vache mais…

– Elle n'a pas tout à fait tort, objecte Finn.

Je le foudroie du regard. Ils ne comprennent pas. Aucun d'eux.

– Je vais prendre l'air. J'ai besoin d'une minute.

J'écarte le rideau et sors en trombe.

22

Hannah

Noël #3, 2010

– Frites ? propose Finn, en passant devant une enseigne lumineuse orange qui égaie la vitrine mouchetée de graisse d'un snack.

– Frites, je confirme.

Tous les commerces ferment de bonne heure à Boston. Ça paraît miraculeux de trouver un snack ouvert à 23 heures, le jour de Noël, d'autant plus qu'il nous reste une heure à tuer avant le bus de minuit pour Chinatown. Brooke nous a offert de dormir chez elle, mais partager un clic-clac dans son salon qui embaume le jambon roussi ne me tentait pas. En outre, rester pour la nuit implique un déprimant repas de plus avec Brooke et Spencer demain matin, même si au moins sa famille ne se joindrait pas à nous pour le petit déjeuner.

Quand elle a mentionné son canapé, j'ai envoyé à Finn le signal dont nous avons convenu quand l'un de nous souhaite fuir un événement, à savoir rapprocher mon épaule de mon oreille droite comme si je m'étirais la nuque.

– Au fait, je dois rentrer ce soir. J'ai oublié de nourrir ma tortue avant de partir, elle doit mourir de faim, a-t-il improvisé.

– Tu as une tortue domestique ? a demandé Brooke.

– Une belle grosse tortue mâle, a affirmé Finn sur un ton pince-sans-rire.

Après coup, je l'ai taquiné à propos de la tortue.

– La première règle en impro, c'est de recourir au *oui et,* a-t-il réfuté. Et si tu avais embrayé avec *oui et,* tu aurais pu t'inventer ton propre animal exotique.

– Les tortues sont exotiques ? Je ne pense pas que ça compte.

– Tu sais, en somme, tu as perdu une opportunité de faire exister un perroquet domestique par la technique du *oui, et.*

Dans le snack, je cale mon sac à dos dans le box en simili rouge avant de m'asseoir sur la banquette et de me délester de mes couches de vêtements d'hiver. Une serveuse sexagénaire en chemise rose, son nom brodé sur la poitrine, prend notre commande. La choucroute blond platine de Martha dégage une odeur de laque.

– C'était dégueu, hein ? dis-je à Finn dès que Martha repart transmettre notre commande en cuisine, tentant le destin en approchant ses cheveux d'une quelconque flamme.

– J'espère que Brooke ne vise pas une étoile au Michelin.

Ce n'est pas tant que Brooke a carbonisé le jambon, ce qu'elle a fait, que sa propension à éradiquer tout l'attrait de nos traditions familiales de Noël. Distribuant des sourires maniaques à la pelle, elle s'évertue à cirer les pompes de la famille de Spencer, venue du Maine pour la journée.

Tout d'abord, jambon braisé ? Dans notre famille, nous avions tous les ans des lasagnes à Noël. Ensuite, à son insistance, l'échange de cadeaux rigolos, où trois membres de la famille de Spencer ont apporté des bonbons au caramel, une blague entre eux totalement idiote. Grandma Betty n'était pas ravie de tomber sur mon cadeau, une housse de coussin avec pour motif Nicolas Cage torse nu, le bas de son corps recouverte pudiquement d'une peau de banane. Je l'ai achetée dans une boutique de gadgets farfelus de Newbury Street en espérant que Finn pioche mon cadeau.

Le coup de grâce de Noël est survenu quand Spencer a suggéré d'éteindre *Le Grinch*, pour mettre *La Vie est belle*, et que Brooke a approuvé.

Martha lâche sur la table une assiette remplie de frites, arrosées de fromage fondu, et deux milkshakes au chocolat.

– Nous aurions dû rester sur le campus.

Je bois une rasade pour noyer ma tristesse.

– Reginald Tiddlywinks aurait pu se joindre à nous, se lamente Finn.

Reginald Tiddlywinks III – héritier de l'inventeur du jeu pour enfants mieux connu sous le nom de jeu de puces – est l'alter ego rupin que Finn s'est créé au Noël dernier. Nous nous sommes serré la ceinture tout le semestre d'automne pour pouvoir louer une chambre à l'hôtel Copley Hotel pour le week-end. À Noël, nous sommes descendus dans le bar lambrissé ultra-chic et avons éclusé des martinis agrémentés de bâtons de sucre d'orge dans des tenues empruntées à la section d'art dramatique de la fac, prétendant être Reginald Tiddlywinks et sa maîtresse Miss Scarlett Oglethorpe.

Dans ce bar, le cocktail signature spécial fêtes était un guet-apens, avec sa saveur de glace à la menthe fondue pas du tout alcoolisée. Au fil des verres, l'accent britannique de Finn s'est fluidifié – il le perfectionnait en préparation d'une audition pour jouer Henry Higgins dans la production de printemps du cours d'art dramatique de *My Fair Lady* – tandis qu'avec l'alcool, mon faux accent oscillait sur un large spectre entre *Le Parrain* et *Rasta Rockett*. Même si personne ne croyait à nos personnages, cela importait peu.

Nous passions la soirée dans la bulle de nos blagues privées, riant tellement que Finn versait de vraies larmes.

– Reginald est le bienvenu l'année prochaine, parce que je refuse de revenir pour Noël. Ou même jamais, en fait.

– OK pour moi.

Finn trinque avec son milk-shake pour sceller la promesse.

J'ai de la chance que Finn soit avec moi aujourd'hui, à la fois comme soutien moral et témoin des efforts de niveau olympique que ma sœur déploie pour remplacer notre famille par une flambant neuve. Il est clair à présent que nous avons été invités par pitié. Ce ne sera pas si difficile de ne pas avoir de « vraie » famille. L'amitié que je partage avec Finn est de toute façon plus importante qu'une famille, puisque nous l'avons choisie.

– Tu sais, l'année prochaine nous aurons sûrement un projet plus sympa. N'oublie pas que nous vivrons ici.

C'est le plan. Après nos examens finaux en mai, nous emménagerons à New York. Finn deviendra une grande star de Broadway. Il ambitionne de grimper les échelons au sein de la troupe pour accéder à des rôles d'ici à deux ans, et de recevoir un prix Tony avant ses vingt-cinq ans. En ce qui me concerne, mon avenir est plus flou. La conseillère d'éducation du campus m'a remis un exemplaire d'occasion de *De quelle couleur est votre parachute ?* à lire pendant les vacances.

Ce matin, avant d'aller chez Brooke, nous avons fait le tour de Tompkins Square Park, en pointant du doigt les immeubles où nous pourrions bientôt vivre.

– Y a pas photo. C'est la meilleure partie de Noël, dis-je à Finn, en détachant une frite d'une mare de fromage fondue dans l'assiette.

– Une calcinée, indique Finn.

Pour ce qui est des frites, nos préférences sont complémentaires – les bien cuites pour moi, les blanches pour lui – ce qui conforte la perfection de notre binôme. Je regarde Martha, qui regroupe les ketchups debout derrière le comptoir, et je me sens mal pour elle. Seule, à Noël. Elle n'a pas de Finn.

– Assez parlé de Brooke, déclare Finn. En revanche, j'aimerais revenir sur la chemise de Spencer. Une chemise bleue aux poignets blancs ! Pour qui se prend-il ? Gordon Gekko dans *Wall Street* ?

Prise au dépourvu, je recrache du milk-shake par le nez en pouffant de rire. Finn n'a pas son pareil pour me remonter le moral.

23

Hannah

Cette année, 25 décembre

Cela fait vingt minutes que je suis assise devant la salle de jeux du pavillon des enfants, et j'ai déjà un ennemi juré. Un adolescent, les mâchoires piquetées d'acné, a chapardé une papillote surprise à l'un des plus jeunes enfants. C'est un tyran. Bon, il souffre probablement d'un cancer mais il n'empêche que c'est une brute. En outre, je préfère le détester que me détester. Et si, comme le prétend Priya, j'étais une amie déplorable ?

Après m'être sauvée, ça m'a fait un bien fou de claquer la porte de sécurité de l'escalier et de grimper les marches jusqu'à ce que je sois à bout de souffle. Haletante, j'ai émergé au neuvième étage, et zoné dans les couloirs. Mais même après avoir récupéré de mon ascension, mon cœur cognait contre mes côtes, et les larmes me piquaient derrière les yeux.

Au bord de la crise de panique, j'ai erré dans le pôle pédiatrique. Le service est d'une gaieté étonnante, les couloirs embellis par des fresques peintes de Candy Land. Je regarde la troupe de comédiens, plutôt un groupe folk en réalité, entonner des chansons de Noël à un groupe d'enfants à travers la vitre de la salle de jeux.

Je sursaute quand quelqu'un surgit à côté de moi. Je m'attends que soit une infirmière venue m'avertir que je ne suis pas autorisée à rester là, mais c'est Finn.

– Comment m'as-tu retrouvée ? je demande.

– Tu te fous de moi ? Tu te promènes en robe de bal rouge et chapeau à plumes. Tout le monde dans cet hôpital a entendu parler de nous, et nous prend pour des allumés. J'ai entendu deux infirmières nous soupçonner d'appartenir à une sorte de secte. L'une d'elles m'a dit qu'elle t'avait aperçue par ici. Je pense qu'elle s'inquiétait que tu enrôles des enfants.

Je ris involontairement, bien qu'au fond de moi, je sois déçue qu'il ne m'ait pas cherchée partout. Dans l'idéal, parce qu'il avait besoin de me rappeler que Priya se méprend. Que ses accusations sont d'une injustice sans nom.

Au lieu de quoi, il dit :

– Nos costumes sont plus beaux, dit-il en nous comparant aux musiciens. Je chante mieux que lui aussi.

L'unique homme du groupe massacre « Christmas (Baby Please Come Home) », un choix de chanson ambitieux considérant sa modeste tessiture. Lorsqu'il tente une voix de fausset, il en résulte un grésillement aigu que personne d'autre ne remarque. Les enfants sont trop surexcités par le sucre, et leurs parents quasi amorphes, reconnaissants qu'ils soient divertis de quelque manière que ce soit.

– Nous pourrions les provoquer en duel ? je propose.

– Je crains que les duels soient vus d'un mauvais œil par ici. D'ailleurs, que fais-tu là ? N'est-ce pas un peu louche de s'émerveiller devant ces enfants malades comme s'il s'agissait d'un zoo de la tristesse ?

Il fronce le nez d'aversion.

– Merde, est-ce ce que je suis en train de faire ? Je voulais juste réfléchir dans mon coin.

– Réfléchir à quoi ?

– Te rappelles-tu du Noël chez ma sœur ? En dernière année de fac ?

– Très bien, mais pourquoi repenses-tu à ça ?

Je hausse les épaules. La réponse honnête est que je cherche un moyen de détourner mes pensées de Priya. Tant que je l'évite, je n'ai pas besoin de les analyser. Ne serait-ce qu'un court instant.

– La soirée était catastrophique, non ?

– Abominable. Ta sœur cuisine vraiment mal. Non que tu sois plus douée. Celui qui vit dans une maison de verre ne doit pas jeter de pierre, comme on dit. (Il me regarde sourcils haussés.) Ce jambon braisé était mal cuit. Et ces friands ! Nous aurions pu jouer au hockey avec ces trucs. Si l'un de nous savait y jouer, évidemment.

– C'est clair. Mais ça ne t'a pas frappé qu'elle soit aussi insupportable ?

– Dans quel sens ? demande-t-il avec un regard inexpressif.

– Sa facilité à effacer toute trace de nos parents, et à tourner la page. Genre, *paf, une vie toute neuve !*

Sans dire un mot, il réfléchit une minute.

– Ça ne m'a pas frappé. Je garde surtout en mémoire ce jambon immangeable et l'odeur de viande brûlée qui flottait dans tout l'appartement. Même si, avec le recul, qui sommes-nous pour nous plaindre ? Je suis certain que nous avons débarqué les mains vides.

– Mais non, tu l'as forcément remarqué. Elle cirait les bottes de la mère de Spencer, et pendant l'échange de cadeaux idiots, il n'y avait que des caramels parce que c'est une coutume dans la famille de Spencer ? Nous n'avons même pas regardé *Le Grinch*. Enfants, nous le regardions tous les ans, c'était notre moment préféré de Noël.

– Hannah, elle n'a probablement pas eu envie de regarder *Le Grinch* parce que tu avais vingt et un ans, pas douze.

J'exhale un souffle offusqué. Comment peut-il oublier à quel point ce Noël était affligeant ? Le temps a dû estomper son souvenir. Dans le mien, ce Noël-là était une épreuve. Je n'aurais pas survécu sans lui.

– Je me rappelle une autre chose, dit-il, un doigt en l'air. À propos de son voyage, elle a raconté qu'elle avait visité chaque endroit cité dans le journal intime de votre mère. J'ai trouvé ça touchant.

– Comment ?

Je le saurais si Brooke avait consacré son année de césure à cela.

– Non, crois-moi, elle n'a fait que se balader d'une auberge de jeunesse à une autre, et suivre Spencer à la trace comme un petit chien.

– J'ai la certitude de l'avoir entendu dire que ce voyage avait été déterminant pour elle, et que la liste de votre mère avait été son guide. Tu étais peut-être aux toilettes ou je ne sais quoi ? Ou tu discutais avec quelqu'un d'autre ?

La graine du doute germe dans mon ventre. Si elle l'a vraiment dit, je n'étais certainement pas à proximité.

– Même si c'est vrai, cela ne justifie pas qu'elle ait abandonné notre famille.

– Je ne sais pas si je le présenterais de cette façon. Disons qu'elle… a tourné la page ?

– Exactement ! Elle a tourné la page ! Sur moi, sur sa seule famille. Qui fait un truc pareil ?

– Elle t'invite tous les ans pour Noël et Thanksgiving. Ne te plaignais-tu l'année dernière qu'elle t'avait invitée à un barbecue pour le 4 Juillet ?

– Si, mais elle m'invite par pitié. Ça lui fait plaisir que je ne vienne pas. C'est mal d'abandonner sa famille de cette façon. Tu ne me ferais jamais ça.

Il se tourne vers moi.

– À ce propos… Est-ce pour cela que tu as refusé de passer Noël chez les parents de David ?

– Qu'est-ce que tu racontes ? Ça n'a aucun rapport avec Brooke.

Je n'en reviens pas que Finn et moi soyons si peu en phase sur ce point. Je me demande s'il n'est pas encore assommé par le champagne du déjeuner.

– Pas directement, bien sûr. Mais tu sais que ce serait normal que tu restes avec David à Noël ? Nous pouvons tout à fait interrompre cette tradition, grandir en tant qu'individus. Ce serait sain, même.

– Et si je n'ai pas envie de l'interrompre ? Et si j'aime notre tradition telle qu'elle est ?

Pourquoi courent-ils tous après le changement ? Pourquoi ne pas plutôt apprécier ce que nous avons ? L'expérience m'a appris que tout peut disparaître en une seconde. J'ai enfin retrouvé Finn, tout se passe bien avec David – du moins, c'était le cas jusqu'au mois dernier. Pourquoi ne pas s'en contenter ?

Il pose la main sur mon genou.

– Hannah, tu sais que t'ayant rencontrée le jour de Noël, tu seras à tout jamais ma famille même si nous passons Noël séparément. Nous sommes libres de fêter le jour de l'Arbre ou Halloween à la place. Et je réserve le jour national de la Margarita. Nous pouvons faire quelque chose de spécial à la Saint-Valentin ou pour le Flag Day[11]. Comprends bien que, même si tu essayais, tu ne réussirais pas à te débarrasser de moi. Et peu importe quel jour arbitraire nous célébrons. Ce sera spécial parce que nous serons ensemble, pas à cause de la date sur le calendrier. D'ailleurs, fixons notre propre jour de fête. Le vingt-trois juillet ! J'ai toujours dit que l'été manquait de jours fériés.

Je lui tombe dans les bras, les mains nouées derrière sa nuque, mes larmes trempant sa cape arc-en-ciel.

11. L'adoption du drapeau se commémore le 14 juin.

– J'aimerais te prouver plus fort que je t'aime, dis-je dans son épaule.

– Je t'aime aussi plus fort, dit-il dans mon cou, et je crois qu'il pleure. Et c'est normal que tu aimes David aussi. L'un n'empêche pas l'autre.

Soudain, tout s'articule dans ma tête. Et si, après la disparition de mes parents, j'avais mené une vie étriquée, telle une pie, accrochée à mes amis comme à mes précieuses provisions ? Certaine que ce n'était qu'une question de temps avant que la moindre bonne chose me soit retirée ? Qu'une catastrophe me guettait à tous les coins de rue. Et si Brooke avait fait l'inverse, et vu grand ? Sautant à pieds joints dans chaque nouvelle expérience – voyager, rencontrer des garçons, devenir mère – considérant que la durée de notre temps sur terre n'est pas garantie ?

Oh ! mon Dieu, qu'ai-je fait ?

Je songe à la bague, celle qui a disparu du tiroir à chaussettes de David ce matin. Ses craintes, lors de notre dispute, résonnent dans ma tête : *je ne suis pas sûr que tu aies besoin de moi ou même que tu veuilles de moi maintenant que tu as retrouvé Finn.* Et si je l'avais rejeté une fois de trop ? Et si c'était trop tard pour garder les deux ?

– Finn, je crois que j'ai gravement merdé.

– Priya te pardonnera. Mais je suis en partie d'accord avec elle. En grande partie, même. Nous avons tous été trop absorbés par Noël.

– J'ai du mal à croire qu'aucun de nous ne savait pour Ben, ou son licenciement. Je m'en veux énormément qu'elle ait enduré ça toute seule. Comment ai-je pu être aussi aveugle ? J'ai vraiment tout foiré. Assurément avec Priya. Avec David aussi.

Je lui parle de la bague, apparue puis disparue du tiroir. De notre dispute ce matin.

Pendant que j'attends qu'il me confirme que j'ai à moi toute seule ruiné mon couple – la seule histoire sérieuse de toute ma vie – une femme en pantalon de tailleur et sweat-shirt vermillon approche dans notre direction. Je me rappelle l'avoir vue dans la salle de jeux.

– Je suis désolée pour ce que vous traversez. Quoi que ce soit, c'est une épreuve difficile, dit-elle à mi-voix, à notre hauteur.

Sur le moment, pensant qu'elle fait référence à Priya ou David, je me demande comment elle sait. Mais ensuite, je regarde le visage baigné de larmes de Finn, sans doute similaire au mien. Sachant que nous sommes sur un banc, dans le couloir du service pédiatrique d'un hôpital, je me dépêche de rectifier.

– Oh ! non, nous ne…

– Merci, dit Finn en même temps.

Quand, au bout du couloir, elle s'enferme aux toilettes, nous échangeons un regard. Un rire silencieux secoue les épaules de Finn.

– Ce n'est pas drôle, dis-je.

– Hé, oh, c'est toi qui scrutais les enfants malades au départ. Je t'ai suivi. J'ai appliqué la technique du *oui et.* (Il redresse le dos, l'air grave.) Tu sais, je ne pense pas que ce soit trop tard pour arranger les choses avec David. Tu dois lui parler, lui dire que tu as déconné. Appelle-le et dis-lui tout ce que tu m'as dit à l'instant. Il reste… (il vérifie son téléphone sur ses genoux) quatre heures et demie de Noël.

– D'accord. Ouais, super.

Je ressens des tas de choses, aucune rassurante. Je panique, le souffle court.

– Je peux le faire, dis-je principalement pour me persuader.

Je m'empare de mon téléphone dans la poche de ma robe et sélectionne David dans ma liste de favoris.

Le téléphone sonne.

Et sonne.

Et sonne.

Boîte vocale.

Il est probablement autour du sapin de Noël avec sa famille, à justifier mon absence. À l'heure qu'il est, ils ont collectivement décidé qu'ils me détestent, et le convainquent qu'il n'aura pas de mal à trouver mieux. En raccrochant, j'ai l'impression que le rond rouge pour raccrocher signale aussi la fin de notre histoire.

– Il n'a pas répondu, dis-je même si c'est évident, et je tente une seconde fois sans plus de résultat. Partons avant que quelqu'un d'autre s'imagine que nous avons perdu notre enfant. Et j'ai besoin d'éclaircir les choses avec Priya aussi. Au moins, je pourrais peut-être réparer mes torts avec elle.

– Je te retrouve aux urgences. J'aimerais retrouver Theo. Je pense qu'il continue de te chercher dans tous les recoins de l'hôpital.

Il fait une grimace coupable.

*

Je me tiens devant ce que je pense être la cabine de Priya. C'est la troisième sur la droite après la porte, mais est-ce le bon rideau ? Ou n'était-ce pas plutôt la quatrième cabine ? Puisqu'il n'y a qu'un rideau et pas de porte à proprement parler, je prends mon souffle avant de clamer « toc, toc ! ». Je suis un peu comme le voisin fouineur dans un sitcom, mais ça vaut mieux que déranger un vieillard à moitié nu en plein infarctus.

– Oui ? répond la voix vaseuse de Priya.

Je tire le rideau pour me faufiler dans la cabine. Priya me regarde avec agacement.

– Si tu te figures que je viens faire une blague qui commence par « toc, toc, qui est là ? », prépare-toi à être déçue.

Mes efforts pour détendre l'atmosphère ne l'amusent pas. Elle continue de me fixer. Ses yeux sont vitreux sans que je puisse dire si je l'ai réveillée ou si elle a pleuré. Décidément, je n'assure pas aujourd'hui, et sur tous les plans.

– Je n'ai pas de blague du genre « toc, toc, toc » mais j'ai des excuses à te présenter. Pardon d'être une abrutie égocentrique. Tu avais raison, je n'ai pas été une amie très présente.

– C'est bien dit, approuve Priya. Pour l'abrutie égocentrique, pas la mauvaise amie. Tu es une amie géniale, Hannah. Pour tout te dire, tu as tendance à y mettre beaucoup trop de cœur. Tu es d'une loyauté idiote.

– Tu es trop gentille. Juste idiote, ça ira. Ne me ménage pas. J'ai été d'un narcissisme insupportable ces derniers mois. (Je grimace.) Ces dernières années ?

– Mais non. J'ai été trop dure tout à l'heure. Ils m'ont administré des antalgiques, je pense qu'ils commencent à faire effet. D'accord, tu traverses une phase égocentrique. Où est le problème ? Te rappelles-tu quand je sortais avec Charlie, le dessinateur du *New Yorker* ? J'étais convaincue qu'il me trompait et je n'ai pas eu d'autres sujets de conversation pendant quatre bons mois ?

– Le fait est qu'il te trompait. Tu l'avais bien senti.

Quand j'ai vu son profil sur Hinge, j'ai hurlé et jeté mon téléphone au travers de la pièce. Je l'ai reconnu car j'avais été la complice de Priya, les nombreuses soirées où elle le traquait sur Internet. Elle a insisté pour que je matche avec lui, dans le but de le prendre en flagrant délit d'infidélité. Nous avons flirté quelques jours par écrit, Priya rédigeant mes messages en mon nom. Le soir de notre premier rencard, Priya s'est pointée à ma place pour le confronter à ses travers. Il a détalé, mais je patientais au bar. Nous avons fait la fermeture après avoir abondamment trinqué à notre victoire, le plaisir de le coincer atténuant la blessure de la tricherie. Il ne comptait pas ; nous étions là l'une pour l'autre.

– Tu sais, il nous arrive à tous d'avoir des périodes où l'on s'octroie le rôle principal.

Ce printemps-là, Priya avait été pour le moins pénible.

– En parlant de rencards… as-tu envie de me raconter les derniers rebondissements avec le Dr Ben ?

Priya tapote le drap contre sa jambe valide. Je m'installe avec elle, repliée au mieux contre le garde-corps de crainte de toucher sa jambe blessée, qui repose sur une pile d'oreillers en attendant son plâtre. Quelque part au loin, un moniteur cardiaque émet un bip-bip-bip régulier.

Priya appuie la tête sur mon épaule, de façon à murmurer l'histoire directement dans mon oreille, comme si les patients des cabines voisines risquaient d'écouter à travers les rideaux. Encore que, considérant le temps d'attente et l'absence de divertissement, ce ne serait pas insensé.

– Je suis une imbécile, Han. Notre problème ayant toujours été la distance, je pensais que tout s'arrangerait une fois qu'il s'installerait ici et que nous serions ensemble. Il m'avait prévenue dès le début qu'il ne cherchait rien de sérieux. Que la première année d'internat étant ultra intense, il n'avait pas de temps pour une histoire de cœur. J'étais certaine qu'il bluffait. Donc je pensais que nous étions ensemble, et de son côté, il pensait qu'entre nous, il n'y avait que des apéros et du sexe. (Elle se couvre les yeux avec ses deux mains.) Il a été très clair, et je ne l'ai pas cru. Je ne suis même pas sûre que cela compte comme une rupture quand deux personnes ne s'accordent même pas sur la nature de leur relation. Quand je lui ai demandé ce que nous faisions pour Noël, il a pris peur et coupé les ponts. Je pense que c'est à cause de cela que j'étais aussi dure avec toi le mois dernier. Tu te plaignais de ne pas vouloir passer Noël avec David, pendant que je faisais des pieds et des mains pour que Ben m'invite à partager Noël avec lui. Tu avais ce mec formidable qui t'aime tellement, qui espère construire un avenir avec toi, et tu freinais des quatre fers.

– La bonne blague ! Ça s'est retourné contre Ben. Vous passez Noël ensemble. Tu as gagné, en quelque sorte.

– Une blague pas drôle. Ni intentionnelle.

– Je suis désolée d'avoir fanfaronné avec mes histoires sur David. Je ne savais pas. De toute façon, Ben est un crétin s'il ne veut pas être avec toi. Tu es la fille idéale.

Je pose un baiser sur son front. Nos rôles dans cette conversation sont familiers, car nous avons si souvent pris un crapaud pour un prince et été déçues qu'il se révèle être un crapaud.

– Si ça peut te réconforter, je pense que je vais bientôt redevenir célibataire. Je sens que David s'apprête à me quitter. Il est à bout.

Elle trouve ma main entre nous sur le lit et la serre dans la sienne.

– Je peux le comprendre.

– Et vlan. J'ai de la chance d'avoir des amis qui me soutiennent en toutes circonstances. Finn a dit la même chose, en gros. Tout le monde a pris du sérum de vérité pendant ma pause pipi ?

– C'est le rôle d'un ami de te secouer quand tu te plantes. Et là, je te confronte à tes choix. Donc, vas-tu cesser d'être aussi bouchée et réagir ?

– J'ai essayé. J'ai téléphoné à David mais ça sonne dans le vide. Il filtre mes appels, j'imagine.

– J'hallucine ! hurle Priya, et si personne ne nous écoutait dans les cabines voisines, c'est à présent chose faite. On ne règle pas ça par téléphone. Tu dois à tout prix le rejoindre.

– Certes, mais ne venons-nous pas de nous disputer parce que je ne te soutiens pas assez ? Tu es hospitalisée, là… je dois rester avec toi.

– Stop ! Tu seras une bonne amie pour moi demain. Ce soir, file retrouver David dans le Connecticut.

Elle a raison. Je dois absolument le rejoindre. Cette conversation mérite plus qu'un coup de fil. Je dois y aller en rampant. Quoi que je fasse, je ne suis pas sûre que notre couple s'en remette.

– Vraiment, ça ne t'ennuie pas ? Finn et Theo resteront avec toi. Et appelle-moi si tu as besoin de quoi que ce soit, je reviendrai illico.

– Je n'aurai besoin de rien. Ils me gardent pour la nuit. L'orthopédiste de garde est injoignable. Et emmène Finn et Theo, ils te seront plus utiles qu'à moi. Ben a proposé d'attendre avec moi quand il aura terminé son service à onze heures.

Son expression est indéchiffrable. Je ne peux pas dire si elle continue d'espérer une suite avec Ben.

– Tu ne vas pas te remettre avec lui, n'est-ce pas ?

– Non. Malgré tout, nous devons discuter. J'ai besoin de clore la relation. Je n'ai pas encore tiré un trait sur lui mais je m'en rapproche. Cette fois sera enfin la dernière.

– Entre nous, il n'y a plus de malaise ?

– Aucun. C'est ce que font les sœurs, se chamailler.

Avec un grand sourire, elle plonge la tête contre mon épaule.

– Sans rire, Hannah, dégage de mon lit et fonce dans le Connecticut. Et que ça saute !

– T'énerve pas, j'y vais.

*

Par SMS, je donne rendez-vous à Finn et Theo dans le hall d'accueil. En les attendant, je commande un Uber en tapant l'adresse des parents de David. Le prix de la course sera astronomique, mais ça m'est égal. C'est trop urgent.

Pas de voiture disponible.

J'essaie Lyft, en enregistrant l'adresse. Pas de voiture disponible.

Je me renseigne sur les horaires des trains. Tous supprimés jusqu'à demain. Les rails sont encore gelés.

Je franchis les portes automatiques débouchant sur First Avenue. Après des heures dans un hôpital, j'ai l'impression d'émerger d'un caisson d'isolation sensorielle – c'était l'après-midi quand je suis entrée, et à présent il fait nuit noire. Je cligne des yeux, éblouie par l'éclairage de l'immeuble d'en face, tandis que je m'efforce de reprendre mes esprits. La ville est d'un calme étrange, comme si toute la population new-yorkaise était cloîtrée chez elle, sur son canapé, en pantalon à taille élastique après une longue journée à festoyer en famille.

Je scrute la rue à la recherche d'un taxi. Quelques taxis passent, mais veilleuse éteinte.

Le temps que Finn et Theo atteignent le hall, je suis en proie à une vive panique, faisant les cent pas devant l'entrée. J'ai téléchargé tous les applis de transport existantes, sans succès. Pas un seul taxi disponible.

Les bras de Theo sont encombrés par un ours en peluche géant et un bouquet d'œillets teints en rouge et vert, tandis que le ballon de Finn porte l'inscription « C'est un garçon ! »

– Nous avons fait un saut à la boutique cadeaux, explique Theo.

– Theo a insisté pour que tu ne débarques pas les mains vides. C'est essentiel pour faire un grand geste romantique. Il voulait des pancartes, comme dans *Love Actually* mais ils n'en vendent pas à la boutique. Nous n'avons rien trouvé de mieux, dit Finn.

– De toute façon, nous n'allons nulle part. Il n'y a pas une seule voiture. J'ai essayé toutes les applis.

– Louons une voiture ? Sur Zipcar, tu vérifies ? suggère Finn.

– Tout est loué jusqu'à après-demain. Même topo avec tous les loueurs.

– Et un chauffeur ? demande-t-il, comme si je n'avais pas déjà fait le tour de toutes les options possibles.

– Essayé. Rien.

Je m'appuie à la façade de l'immeuble, avant de me laisser glisser en position accroupie, la tête entre les mains.

– J'ai aussi tenté de joindre David cinq nouvelles fois. Toujours pas de réponse.

– As-tu laissé un message ? demande Finn.

– Je sais que tu veux m'aider mais tu me fais encore plus stresser.

– Qui aime recevoir des excuses sur sa boîte vocale ? Ça sent la dérobade, commente Theo sans lever le nez de son téléphone.

Après avoir posé l'ours en peluche et les fleurs à côté de moi, il s'éloigne de l'autre côté de la double porte, son téléphone à l'oreille.

De là où je suis accroupie, près des portes automatiques, je l'entends prononcer les mots « impératif », « Philippe Benson » et « client important ».

Finn et moi échangeons un regard. Je n'avais jamais entendu Theo se servir du nom de son père pour obtenir un traitement de faveur. Plus précisément, je l'ai entendu plusieurs fois donner un nom d'emprunt pour éviter les chichis. En ce qui concerne son père milliardaire, il reste d'une discrétion époustouflante.

Raccrochant, Theo revient avec un immense sourire.

– Une voiture arrive !

Je me lève d'un bond et l'enlace.

– Sérieusement, si David et moi décidons d'avoir des enfants, je donnerai ton prénom à mon premier né.

*

J'aurais dû poser plus de questions avant de lui céder les droits sur le choix du prénom. La voiture est en réalité une limousine blanche rouillée, datée des années quatre-vingt, très semblable à celle des photos du bal de promo de ma mère. Le chauffeur en uniforme qui en surgit contourne la voiture pour nous ouvrir la portière. Plongeant la tête à l'intérieur, je découvre des lumières laser à effet stroboscopique.

Le chauffeur avise mon expression.

– C'est tout ce que nous avions de disponible ce soir malheureusement.

– Tout ce qui compte, c'est que j'arrive dans le Connecticut avant minuit, lui dis-je.

– Ça, c'est dans mes cordes, me promet-il.

*

Aussi exaspérée que je sois, je ne suis pas étonnée que la limousine tombe en panne sur l'autoroute I-95 à Mamaroneck, après trente minutes de route. On entend un gros boum, suivi de crachotements, avant que la voiture s'arrête en faisant teuf-teuf sur la voie d'arrêt d'urgence. Je regarde Theo et Finn avec une expression censée dire : *C'est quoi ce merdier ?*

– C'est mauvais signe, dit George, notre chauffeur.

Il nous fixe à travers la paroi vitrée comme si nous détenions la solution. Quand il tente de redémarrer, le moteur émet un bruit inquiétant, similaire à un chat sur le point de régurgiter.

Sans savoir pourquoi, Finn, Theo et moi sommes désignés pour pousser la voiture sur la voie de secours, pendant que George, qui affirme souffrir du dos, reste au volant.

– J'espère qu'ils te rembourseront, dis-je à Theo en serrant les dents, ma hanche poussant le pare-chocs. Et tu peux oublier bébé Theo ou Theodora.

– N'en tiens pas rigueur à Theo JR, il est innocent dans cette affaire.

Theo feint une moue attristée.

Deux heures plus tard, nous grelottons sur la banquette en attendant la dépanneuse. George les relance toutes les trente minutes, sans obtenir de délai plus précis que « bientôt ». Il est déjà vingt-trois heures.

– C'est absurde, dis-je aux garçons. Nous n'y serons jamais avant minuit.

– Ce n'est pas ridicule, c'est romantique, rectifie Theo.

Des phares éblouissants s'immobilisent derrière nous. Ils sont si lumineux qu'ils éclairent l'intérieur de la limousine malgré les cinq centimètres de neige accumulés sur le parebrise arrière.

Notre foi en George ayant grandement fondu, quand il va à la rencontre du dépanneur, nous le suivons pour suivre la conversation. J'entends la porte du camion claquer, mais aveuglée par les phares, je ne vois pas le dépanneur. Bizarrement, j'entends des tintements de cloches se rapprocher de nous. La main en visière, j'essaie en vain de discerner quelque chose.

– Finn ? dit la voix désincarnée d'un homme assez âgé.

– Qui connais-tu dans le coin ? je chuchote.

Je me demande si le froid provoque des hallucinations.

– Et Liam ? Hannah ? C'est bien vous ? crie la voix.

Le physique du mécano se précise dans notre champ de vision, découpé par le faisceau des phares. Un caban de Père Noël sur sa salopette, il a une ceinture de grelots drapée sur une épaule et une épaisse barbe grise. Il ne m'est pas inconnu, mais je ne le resitue pas. Je me demande brièvement si je ne l'aurais pas vu à la télé. Auquel cas nous sommes dans l'émission de téléréalité Cash Cab, où il convient de répondre à des questions de culture générale sur le thème de Noël pour gagner le droit d'être raccompagnés.

C'est Kevin, je percute soudain. Ou Pete ? Richard ? L'homme de la parade, il y a de nombreuses années.

– Keith ! s'écrie Finn.

Voilà, c'est ça.

– Que faites-vous dans cette banlieue lointaine ? beugle Keith, resté à quelques mètres.

– Et vous, alors ? réplique Finn. Je n'en reviens pas ! C'est fou que vous vous souveniez de nous !

– Oh, vous m'avez marqué, tous les quatre. Au fait, où est votre autre copine ?

– À l'hôpital, répond Finn, ce qui choque Keith. Rien de grave. C'est une longue histoire. Donc, vous disiez ?

– Vous savez, toutes les années où j'ai participé à la parade, personne ne m'a jamais invité à prendre un verre après. Sauf vous. En général, je rentre à la maison pour déjeuner, je grignote un sandwich au beurre de cacahuètes et à la confiture, et je me porte volontaire pour travailler le soir. Comme ça, mes collègues peuvent réveillonner en famille.

Je me sens coupable de l'avoir quasi oublié, alors que nous lui avons laissé une forte impression. J'enveloppe mon bras autour de la taille de Finn.

– Ça nous fait plaisir de vous voir, dit Finn. Nous avons, euh, un souci de voiture.

– Que faites-vous aussi loin de la ville ? Vous n'essayez pas d'échapper aux autorités, j'espère ?

Keith rit de sa propre blague.

– En vérité, nous allions chez les parents du petit ami de Hannah à Fairfield. Ils se sont disputés, elle a besoin de lui parler.

– Voyons voir, dit Keith. J'aime que le hasard nous rapproche. La magie de Noël est de notre côté. Je vois que la magie a opéré pour vous deux, dit-il en montrant Theo et Finn avec ses doigts écartés. Je suis content que vous soyez toujours ensemble.

– Nous ? s'étrangle Finn. Non, nous… euh… vous devez confondre.

Keith le regarde bizarrement, sans commenter.

– Alors, voyons ce que je peux faire avec ce moteur.

Le quart d'heure suivant, Keith tape de-ci de-là sous le capot de la limousine. Sur le côté, George l'éclaire avec une lampe torche en débitant des théories oiseuses sur les pannes potentielles. Arrive le moment où Keith demande à Finn de démarrer. Après un bruit prometteur, plus rien.

– Je suis désolé, déclare Keith. Il faut la remorquer.

– Et vous pourrez réparer la limousine au garage ? dis-je d'une voix pleine d'espoir.

– Sûrement. Mais pas tout de suite. Je dois d'abord commander des pièces.

– Mais nous devons aller à Fairfield. Ce soir.

– Pour ça, j'ai peut-être une solution, répond Keith.

Nous entassant à l'arrière de la dépanneuse de Keith, nous avons la surprise d'être accueillis par une femme déguisée en mère Noël, assise à l'avant. Keith nous présente Elaine, sa nouvelle compagne. Il explique alors que cette année, il a troqué son ancienne tradition du défilé contre une nouveauté, mais conserve les costumes pour faire un clin d'œil à sa défunte épouse. Au moins une histoire d'amour de Noël qui connaît un heureux dénouement.

*

Une heure plus tard, nous sommes à bord du tas de ferraille prêté par Keith. Finn conduit, et je suis prise en sandwich entre lui et Theo, sur la banquette avant du pick-up. À l'horloge du tableau de bord, il est 0 h 34.

– Je ne réussirai pas à sauver ce Noël, finalement, je soupire.

– Pourquoi dis-tu ça ? demande Finn. Nous y serons dans une heure, d'après les instructions de Keith.

Tous nos téléphones étant en panne de batterie, nous conduisons à la mode des années 1990, avant l'invention du GPS. Selon Keith, Fairfield se situe tout droit, une fois retournés sur la I-95. En cas de besoin, il y a des cartes à gogo dans la boîte à gants.

– Oui mais ce n'est plus Noël.

– Ne sois pas aussi rigide. C'est Noël tant que nous ne sommes pas couchés.

Il allume la radio, et « Last Christmas » se répand dans la cabine. *Last Christmas, I gave you my heart. The very next day you gave it away.* On ne peut plus approprié, considérant que c'est probablement notre dernier Noël ensemble, et que David s'apprête à rompre le 26 décembre. Je me sens de profondes affinités avec George Michael à ce moment-là.

Une heure et quelques erreurs d'aiguillage plus tard, nous atteignons le domicile des parents de David. La maison étant plongée dans l'obscurité, il y a fort à parier que tout le monde dort depuis des heures.

– Est-ce une mauvaise idée ? dis-je.

– Tout dépend de l'accueil que tu recevras, admet Finn. Nous ne le saurons pas avant que tu sonnes à la porte.

Je pousse Theo pour qu'il me laisse descendre.

– Quand faut y aller, faut y aller. Souhaitez-moi bonne chance.

– Bonne chance ! dit Finn.

En même temps, Theo déclare :

– Tu n'en as pas besoin. L'amour est plus fort que la chance.

24
Finn

Cette année, 26 décembre

Hannah presse le pas dans l'allée enneigée, un éclat écarlate sur un fond blanc immaculé. J'ai du mal à décider si le symbolisme est sinistre (la première goutte de sang tachant un champ de bataille sous la neige, lors d'un combat décisif de la Seconde Guerre mondiale) ou chargé d'espoir (l'unique fleur bourgeonnant après un long hiver glacial). Dans ma tête une bande-son cinématographique accompagne la scène, la musique enflant à chaque pas qui la rapproche de l'entrée.

– Je ne peux pas voir ça, dit Theo, les yeux néanmoins rivés sur elle.

Il attrape ma main en travers de la banquette comme si le suspens était insoutenable.

Un instant, elle se fige sur le perron. Ma bande-son mentale saute comme un disque rayé.

Va-t-elle se défiler ? Si elle le fait, je suis prêt à partir sans elle. Je reviendrai plus tard si nécessaire, mais ça ne me dérange pas de lui forcer la main. Je ne la laisserai pas bousiller ce moment. Pour son bien. Elle vit une histoire sérieuse avec David, elle a juste la trouille. Et j'aime savoir que quelqu'un sera là pour elle quand j'aurai déménagé.

Enfin, elle pose le doigt sur la sonnette. « OUIII ! », je bats l'air du poing comme si j'encourageais mon équipe sportive préférée et qu'elle marquait le but de la victoire. Theo sursaute sur son siège, surpris par la virulence de ma réaction.

La fenêtre de l'étage s'éclaire, et peu après, une femme dans la cinquantaine, en robe de chambre molletonnée blanche, ouvre la porte. Ses cheveux coupés en carré court sont aplatis d'un côté dans un look New Wave fortuit, et ébouriffés en l'air de l'autre.

– Entrouvre la vitre, dis-je à Theo. Peut-être qu'on les entend d'ici.

Il a beau enfoncer le bouton, la vitre ne bouge pas.

– Coincée.

Nous regardons Hannah et la mère de David échanger quelques mots, mais moins de deux minutes plus tard, elles s'enlacent et Hannah revient vers la voiture.

– Il ne veut pas la voir, à ton avis ? demande Theo. Plutôt froid, l'accueil.

– Chut, fais semblant de regarder ailleurs.

Je fixe un point devant moi, du côté du capot.

– Rigole, comme si j'avais dit la blague la plus drôle du monde.

Theo, mauvais acteur, me regarde d'un air ennuyé.

Hannah ouvre la portière du passager.

– Il n'est pas là. Il est rentré à Manhattan, annonce-t-elle au-dessus des cuisses de Theo.

Theo et moi grognons. Keith a eu la gentillesse de nous prêter son tacot, mais nous n'avions pas d'adaptateur pour recharger nos téléphones sur l'allume-cigare, et le pick-up est trop ancien pour être équipé d'un port USB. Sur le moment, notre mission semblait trop cruciale pour prendre le temps de recharger nos téléphones. Pour autant, cela nous aurait épargné du temps et un mal de tête.

– Du coup, nous rentrons à New York ? dis-je.

Hannah hoche la tête d'un air sombrement déterminé.

Le retour s'effectue dans le silence. À la faveur des fêtes, de l'heure tardive et de la neige combinées, nous disposons de l'autoroute pour nous seuls. Je laisse la radio à bas volume, sur des standards de Noël. Aux abords de New Rochelle, Hannah dit :

– Ses parents pensent probablement que notre couple bat de l'aile. D'abord, je suis absente à Noël, et maintenant je ne sais même pas où est David.

– On s'en fout de ce qu'ils pensent, dis-je.

– En fait, je crois que je m'en soucie, répond-elle.

Par gentillesse, je ne souligne pas qu'Hannah prend les choses plus à cœur qu'elle ne veut bien le montrer. Dans le silence qui suit, nous méditions sur son aveu pendant la transition de « I'll be Home for Christmas », à « Let it Snow ».

– Qu'est-ce que je fais si c'est trop tard ? s'interroge-t-elle.

– Pourquoi pas faire comme les vieilles dames dans la série *Les Craquantes* ? Nous installer tous les quatre dans une villa à Miami, nous empiffrer de cheesecake et dénigrer nos ex ? je suggère.

– Y a pire comme avenir, commente Theo.

Comme il somnolait contre la vitre, je n'avais pas réalisé qu'il écoutait.

Il n'est pas loin de deux heures et demie du matin quand nous arrivons devant l'immeuble où vivent Hannah et David. Seules deux fenêtres du bas de l'immeuble sont éclairées.

– Nous restons dans le coin, dis-je. Je trouverai un chargeur. Fais-nous savoir par SMS comment ça va. Si tu as besoin de nous, nous reviendrons te chercher. Je suis fier de toi, dis-je en posant un baiser sur sa tempe.

Nous nous garons dans un parking aux tarifs exorbitants – 60 dollars pour deux heures, plus 15 dollars de taxe pour véhicule encombrant – et laissons les éléments les plus ostentatoires de nos déguisements dans le pick-up. Je me suis démaquillé les yeux dans les toilettes de l'hôpital avec du savon à main et des serviettes en papier. Malgré nos traits tirés et nos rides, nous avons presque l'air normal si l'on omet les hauts-de-chausse en lamé doré que Theo porte en guise de pantalon. J'ai l'impression d'avoir vécu une semaine entière en l'espace de dix-huit heures, depuis que je me suis réveillé hier matin.

Le seul commerce ouvert en pleine nuit est un snack de Greenwich Street.

– Que prends-tu ? je demande à Theo devant le menu géant placardé derrière le comptoir.

– Juste un café.

– Pour moi, un *patty melt*[12], dis-je au jeune employé.

Probablement un étudiant, et je me demande s'il travaille parce que c'est aussi un orphelin de Noël ou parce que la prime de Noël ne se refuse pas. Le second, j'espère. Je surprends le regard que Theo quand j'annonce ma commande.

– Quoi ? Nous n'avons pas dîné. Tu n'as pas faim ?

– Trop anxieux pour avaler quoi que ce soit.

Nous nous asseyons à une table en bois rayé, près de la vitre.

– Tu penses qu'il lui pardonnera ? dis-je à Theo.

Pour ma part, j'imagine déjà Hannah et David faisant l'amour dans leur couloir. Il se réjouira qu'elle soit enfin revenue à la raison.

– Je ne sais pas, répond pensivement Theo avant de boire un peu de café dans son gobelet en papier. En tout cas, je la trouve courageuse.

12. Hybride entre le croque-monsieur et le hamburger.

– Parce qu'elle est disposée à dire à son copain que tout le mois, elle s'est bêtement entêtée ? À mon sens, l'obstination est son mode par défaut. Je ne sais pas si j'associe cela à du courage.

– C'est parce qu'elle a pris des risques par amour. Elle n'a pas hésité à sortir de sa zone de confort. Se mettre en position de vulnérabilité nécessite du courage.

Ce n'est pas la première fois que je me demande s'il est toujours question de Hannah ou si, peut-être, il parle de nous. Je me demande depuis le début si Theo se doute de mes sentiments pour lui. S'il sait que Jeremy n'était pas l'unique motif de ma dispute avec Hannah. Je prends sa remarque comme un défi : si j'étais courageux, je déballerais tout. Nous nous fixons du regard, le crépitement du fromage fondu sur le gril remplissant notre silence.

Stop ! Je ne veux plus être lâche. Plus jamais je ne me sentirai bien. Je suis épuisé, et vaseux à cause de la faim. Dans cet état à moitié délirant, passer aux aveux n'a rien d'une mauvaise idée. Un coup d'épée dans l'eau avant de quitter New York.

– Dans ce cas, j'ai un truc à te dire.

Ses yeux verts se verrouillant aux miens, mon ventre s'affaisse comme si nous faisions du surplace au sommet des montagnes russes.

– J'ai des sentiments pour toi. Des sentiments amoureux, pas amicaux. C'est comme ça depuis que je te connais et je veux que tu le saches.

J'abrège, pour ne pas me laisser le temps de me débiner. Autant arracher le pansement d'un coup sec.

Il cille, le visage dénué d'expression. J'ai l'impression que ma peau paraît translucide sous l'éclairage cru des néons, à tel point que je me demande s'il voit à travers mon tee-shirt, directement sous mes côtes, jusqu'à mon cœur aux battements frénétiques.

– Est-ce une bonne idée ? demande-t-il.

La maigre lueur d'espoir que j'entretenais toutes ces années se raccroche au fait que je n'ai pas été rejeté avec pertes et fracas, étincelant un peu plus.

– Bien sûr que non. Pour tout un tas de raisons. Je pars, nous sommes amis et nous risquons de tout compliquer. C'est une idée déplorable.

Il hoche la tête comme l'une de ces figurines, acquiesçant avec ferveur à mon raisonnement.

– Mais je t'aime et parfois, l'amour est compliqué et inopportun.

– Je t'aime aussi…, dit-il.

À son ton, il est clair que sa déclaration se termine par une virgule, pas un point. De ce fait, je me prépare au « mais ». Cela me briserait si cette phrase se poursuivait par « mais seulement en ami ». Je pourrais même le gifler s'il s'agit de *mais je ne suis pas amoureux de toi.*

Manifestement, il n'y a pas de suite. Il cale, ne bouge plus. J'ai envie de le saisir par le col et de le secouer pour lui extirper la fin de sa phrase. La méconnaître m'est intolérable.

Je ne reculerai pas cette fois. Pas après ce grand pas.

– Je ne t'ai pas entendu dire que mes sentiments n'étaient pas réciproques. En as-tu pour moi ?

L'instant se charge d'électricité.

– Je pense que c'est une mauvaise idée, réitère Theo.

– Tu l'as déjà dit. Alors, en as-tu ? As-tu des sentiments pour moi autres qu'amicaux ? Parce que dans ce cas, nous devrions les explorer.

Du coin de l'œil, je vois l'étudiant, derrière le comptoir, nous écouter bouche bée. Quand il s'aperçoit que je l'ai remarqué, il baisse la tête et se remet à assembler mon sandwich, pour lequel je n'ai plus d'appétit.

– Tu t'en vas. Qu'est-ce que ça change ?

– Je quitte la ville, ce n'est pas toi que je quitte. Je ne serai qu'à L.A. Tu peux venir avec moi. Ou me rendre visite.

Il répond par un son dédaigneux.

– Tu ne travailles pas. Ton père possède une compagnie aérienne. C'est un léger désagrément, tout au plus. Ce n'est pas non négociable, je ne prétendrai pas le contraire. Dis-moi, as-tu des sentiments pour moi, ou pas ?

Je joue avec le feu. J'obtiendrai ma réponse avant demain.

– Je…

Les mots restent suspendus dans l'air entre nous un temps insoutenable avant que Theo prenne sa respiration, puis réponde.

– Je n'en ai pas.

Il avance sa main vers la mienne sur la table, mais je l'écarte aussi vite que si j'avais été brûlé.

– Je vois.

Ce n'était pas qu'il avait peur d'admettre ses sentiments pour moi. Il essayait de ne pas me froisser en annonçant qu'il n'en avait pas. La bile monte dans ma gorge, des larmes brûlent derrière mes yeux. Je me sens comme une bombe à eau qui fuit, sur le point d'éclater.

L'employé reste derrière le comptoir, près de la caisse, avec mon sandwich dans une assiette en carton, attendant le moment propice pour l'apporter. Je ne peux pas prétendre qu'il n'a rien entendu, étant donné qu'on entendrait une mouche voler dans cette salle silencieuse, où nous n'avons pas chuchoté. Je ne sais pas mieux que lui quoi faire à présent.

– Maintenant je sais, dis-je, piétinant dans la conversation.

Mes larmes menacent de couler d'une seconde à l'autre, et je ne veux pas que Theo me voie pleurer.

– Je vais prendre des nouvelles de Hannah. Je n'ai pas rechargé mon téléphone, ça m'ennuierait qu'elle s'inquiète.

Je me lève, attrape mon portefeuille dans ma poche et jette mes derniers billets. Trois dollars. Pas suffisant, mais le moment est mal choisi pour se soucier d'équité avec Theo. La vie n'est pas juste. Si elle l'était, il m'aimerait en retour.

– Finn, dit-il. Ça ne change rien.

Est-il assez naïf pour le croire ? Cela change tout. Pendant que je marche vers la sortie, le gamin me tend l'assiette de mon sandwich.

– Vous l'emportez ?

Je ne peux pas répondre parce que, bien sûr, je n'en ai pas envie. Si je lui réponds, ma voix tremblera, et je refuse de pleurer tant que Theo peut me voir.

Je sors et longe la vitrine au pas de charge. Theo se lève, et l'espace d'une seconde, je me demande s'il va me rattraper. Au lieu de quoi, paralysé, il me suit des yeux d'un air angoissé. Comme s'il savait qu'il nous avait bousillés.

C'est pourtant la réalité.

J'accélère, des flocons de neige suspendus à mes cils. À la minute où je sors de son champ de vision, les larmes roulent sur mes joues.

25

Hannah

Cette année, 26 décembre.

J'ai toujours pensé que le couloir de notre immeuble ressemblait à un hôtel, pas à une résidence. Devant notre porte, je tâte mes poches. Pas de clés.

Je coince mon téléphone entre mon menton et ma poitrine, et retourne mes poches pour chercher mon trousseau ou un trou dans la doublure. Et si elles s'étaient accrochées je ne sais où entre les innombrables doublures ? Mais j'ai beau les retourner, il n'y a pas plus de clés que de trous. Elles ont pu tomber dans le pick-up, ou rester avec mes vêtements à l'hôpital.

Le coin le plus pessimiste de mon cerveau se demande si j'en aurai besoin après cette nuit. David garderait l'appartement en cas de séparation. Je n'ai pas les moyens de racheter ma part.

Je tapote à la porte.

Et s'il n'était pas là ? Et s'il avait loué une chambre d'hôtel ou dormait sur le canapé de son frère, le temps que sa colère reflue ? Je suis sur le point de descendre demander le double au concierge quand David ouvre la porte. Il porte son chino de ce matin, et un tee-shirt blanc en dehors du pantalon. Il a l'air bien réveillé, pour le milieu de la nuit. Ses cheveux sont dressés comme s'il s'était passé la main dedans toute la soirée.

Spontanément, je me jette à son cou. Dans une étreinte étouffante, je l'agrippe comme s'il ne pouvait pas me quitter pour peu que je le cramponne physiquement. Même s'il rompt, il devra me trimballer partout comme une balane, ventousée à lui jusqu'à la fin de ses jours. Je me relâche, soulagée quand il me serre aussi et sème des baisers dans mes cheveux.

– Où étais-tu passée ? demande-t-il. Je me suis fait un sang d'encre. Tu m'as téléphoné quinze fois, sans laisser un seul message. Ensuite, tu ne répondais plus. J'ai pensé que tu avais eu une sorte d'urgence.

– Ma batterie est à plat.

Je le lâche, et montre mon téléphone pour le prouver.

– Tu vas bien ?

Sa voix est chargée d'inquiétude.

– Très bien. Tout le monde va bien, je réponds avant de me rappeler que ce n'est pas l'entière vérité. En fait, Priya est à l'hôpital…

– Oh ! mon Dieu ! Qu'est-il arrivé ?

– Une chute à la patinoire. Jambe cassée, mais rien de grave.

– Est-ce là que tu étais ?

– Je suis allée dans le Connecticut.

– Le Connecticut ? Pour quoi faire ? Je suis rentré à sept heures et demie. Je n'ai pas vu tes appels parce que je me suis endormi sur le canapé.

Je ravale une grosse envie de rire. Pendant tout ce temps, David était à la maison. Il était rentré avant même que nous ne partions de l'hôpital. Toute la nuit, nous avons couru après la lune.

– Je suis allée chez tes parents. J'avais besoin de te voir en personne, pour m'excuser. David, je suis tellement désolée, j'ai été complètement idiote. Pas juste ce matin, depuis des mois. Et tu mérites tellement mieux que moi, mais je t'aime et je veux t'aimer mieux, si tu le permets. J'aurais dû être avec toi aujourd'hui. Si passer Noël avec ta famille est important pour toi, alors c'est important pour moi aussi. J'aurais dû m'en rendre compte plus tôt, mais je te promets d'être présente l'année prochaine.

– Hannah, commence-t-il avant d'exhaler un long soupir. Je ne veux pas être ton second choix. Je ne veux pas que fêter Noël avec moi soit une sorte de lot de consolation, en l'absence de Finn quand tu n'auras pas de meilleure option.

Il n'a pas l'air fâché mais triste.

– Ce n'est pas…

Soudain, je réalise que c'est exactement l'impression que ça donne.

Tout à coup, la crainte que notre dispute soit déjà allée trop loin me frappe en pleine poitrine. Je me demande où se situe le point de non-retour dans notre couple, la limite qui indique le pas de trop pour obtenir son pardon. Plus grave, je me demande si je ne l'ai pas dépassée par inadvertance, ces derniers mois, sans même le savoir, aveuglée par la brume de mon opiniâtreté.

Avec cette prise de conscience, j'oublie comment respirer. Je halète, d'un souffle rapide et irrégulier. David me serre contre son torse, lisse mes cheveux et émet des petits bruits apaisants.

– Respire. Ça va aller.

– Ça ne va pas, je suis une imbécile, je geins misérablement.

Il rit près de mon oreille.

Un rire, c'est un bon présage. Les gens ne rient pas normalement pendant une rupture.

Je m'écarte de lui et nous nous fixons, debout dans le couloir. À mes yeux, c'est crucial de lui faire comprendre que je suis on ne peut plus sérieuse. À propos de lui, de nous.

– Tu n'es pas un lot de consolation. Loin de là. J'ai compris aujourd'hui que je faisais un blocage sur Noël à cause de Brooke…

– Brooke ? Tu n'as pas fêté Noël avec elle depuis des années.

– Précisément. J'ai toujours pensé que Brooke avait abandonné notre famille. Qu'elle s'était sauvée dès qu'une meilleure option s'était présentée, et nous avait relégués, nos parents et moi, dans le passé. Du moins, c'était ma lecture des choses. Des rebondissements m'ont fait revoir mon jugement, mais je ne peux gérer des excuses qu'auprès d'une personne à la fois. L'essentiel, c'est que cela m'a incitée à me raccrocher à Finn, Theo, Priya et nos traditions, pour ne surtout pas les abandonner. Je sais que tu as du mal à le concevoir, mais ils sont ma famille aussi.

Il prend ma main et entrelace nos doigts. Quand il parle, il les regarde fixement.

– Je le sais, et je ne te demande pas de renoncer à eux. Je sais qu'ils comptent immensément pour toi. Et j'aime que tu sois aussi passionnée et loyale envers tes amis.

Il lève les yeux vers moi, une expression franche et vulnérable sur son visage.

– Je te demande juste de me faire passer en premier. Pas systématiquement, mais de temps en temps. Le problème n'est pas vraiment Noël. Ça m'est égal où nous passons Noël. Que nous le fêtions dans un boui-boui, dans le désert ou sur la lune, c'est pareil pour moi. Pourvu que nous soyons ensemble, dit-il en me serrant la main. À moins que nous ayons des enfants. Là, nous serons en quelque sorte obligés de célébrer Noël avec ma famille, sinon ma mère péterait un câble.

– C'est jouable, lui dis-je. J'ai envie de passer Noël avec toi. Et ce ne sont pas des paroles en l'air.

À présent, je comprends pourquoi les grands gestes romantiques existent. Je veux lui faire comprendre que ce n'est pas un vœu pieux. Il ne s'agit pas d'une fausse promesse que j'ai l'intention d'oublier au cours des 364 prochains jours. C'est réel. J'aimerais faire apparaître un pilote qui dessine des messages dans le ciel, ou un feu d'artifice en forme de cœur, ou un pique-nique avec tous ses mets préférés, pour lui prouver la profondeur de mon amour.

Mon regard tombe sur le sachet de pain au levain, dans le plat en céramique sur l'îlot de la cuisine. Je m'en rapproche en traînant David avec moi, et dénoue l'attache du sachet.

– Que fais-tu ? demande-t-il, dérouté par l'interruption et mon besoin apparemment soudain et irrépressible de grignoter une tartine.

Me retournant vers lui, je m'abaisse sur un genou. Je n'ai pas réfléchi du tout à ce moment, mais ce geste me semble adéquat. Ma robe rouge vif se déploie sur le parquet autour de moi. Les yeux levés vers lui, je m'efforce de télégraphier tout l'amour que je ressens pour lui à cet instant précis.

– David ?

– Oui…

Il arbore un sourire surpris.

– Je veux que tu saches que je suis complètement avec toi. Je veux des samedis au marché des producteurs, des dimanches matins à remplir des grilles de mots croisés ensemble. Je veux t'apporter ton ramen préféré avant une grosse présentation professionnelle, et je veux savoir ce qui viendra ensuite, quand tu auras réussi à perfectionner ta recette de pizza maison. Et je veux enfin faire ce voyage en Italie. Mais par-dessus tout, je te veux. Je veux que tu sois ma famille aussi. Veux-tu m'épouser ?

– Oui, j'ai déjà dit oui.

Des larmes mouillent ses yeux quand j'entortille l'attache autour de son annulaire. Il m'aide à me relever et m'enlace. Puis ses lèvres se rapprochent des miennes. C'est un baiser qui renferme la promesse d'une vie entière de futurs baisers – un baiser qui mène quelque part.

Il s'écarte une seconde.

– Je t'aime tellement, Hannah, dit-il avant de me faire reculer contre l'îlot.

J'aspire sa lèvre inférieure dans ma bouche, la mordille d'une manière enjouée. Ses mains glissent sur mes fesses et me soulèvent sur le comptoir. J'enroule mes jambes autour de sa taille, sa langue s'invitant entre mes lèvres.

– Je ne sais pas comment t'enlever cette robe, avoue-t-il près de mes lèvres.

– Prépare-toi à vivre un enfer avec sa centaine de minuscules boutons.

Sa main remonte dans mon dos et triture le premier bouton.

– Je peux l'arracher ?

– Elle ne m'appartient pas. Je dois la rendre. En un seul morceau, dans l'idéal.

Il a dégrafé la moitié des boutons – avec lenteur, à l'aveuglette, pendant que nous continuons à nous embrasser avec ardeur - quand quelqu'un frappe à la porte.

Interloqués, nous nous consultons du regard. Je suis sur le point de suggérer de l'ignorer quand je me rappelle que j'ai omis de donner des nouvelles à Finn.

– C'est sûrement Finn, dis-je à David. Je n'en ai que pour une seconde.

Quand j'ouvre la porte, Finn ne cache pas sa mine abattue. Ses joues sont trempées, à cause de la neige ou des larmes, je ne sais pas trop.

– Qu'est-ce qui t'arrive ?

– Je peux entrer ? demande Finn.

En un coup d'œil à David, resté dans la cuisine, je me rappelle que je lui ai promis qu'il serait ma priorité. Cela a tout d'un test cosmique. Je les considère tour à tour, hésitante face à ce choix impossible. Cela me tue de devoir repousser Finn.

– Le moment est mal choisi, pour tout te dire. On en parle demain ?

David approche derrière moi et découvre l'air dévasté de Finn. Il chuchote au-dessus de mon épaule :

– Ce n'est pas un moment où je dois passer en premier. Parfois, la seconde place me convient.

– Merci, lui dis-je avant de tirer Finn à l'intérieur.

– Je prépare du thé ? propose David. Vu qu'il est trois heures et demie, je peux préparer des sandwichs ou du pain perdu, avant qu'il soit rassis, dit-il en coulant un regard au sachet de pain ouvert sur le comptoir.

– De la tequila, vous avez ça ? demande Finn.

– C'est ce genre de nuit, alors ? conclut David avec un hochement de tête entendu.

J'accompagne Finn dans le salon pendant que David ouvre le placard des alcools forts. À peine assis, Finn éclate en sanglots.

– Je lui ai dit.

Il n'a pas besoin de préciser quoi ou à qui.

– Non ?

Il secoue la tête.

Je l'attire contre moi et lui frottant le dos, le laisse sangloter.

26

Finn

Cette année, 26 décembre

Je me réveille seul dans la chambre d'amis de Hannah et David. Je me suis assoupi dans les bras de Hannah qui m'enserraient en cuillère géante. Je me dirige vers la salle de bains, où je sais qu'ils rangent l'Advil. Je me sens aussi mal qu'avec une gueule de bois, sauf que ce n'en est pas une. David n'a pas trouvé de tequila, et après ma crise de larmes, j'avais juste envie de me coucher pour tourner la page sur un autre Noël désastreux. Je me sens comme une coquille vide déshydratée. Mes tempes bourdonnent, ma gorge irritée par les pleurs.

Après un pipi et trois Advil, je retourne dans la chambre. Mon téléphone posé sur la table de chevet affiche 9 h 05. Cinq heures de sommeil. Ainsi que cinq SMS de Theo, un par heure comme s'il s'était imposé un rythme pour ne pas avoir l'air désespéré.

4 h 45 : « Je rentre. Tu sais où me trouver si tu veux parler. »

5 h 34 : « Tu n'es pas encore rentré. Appelle-moi pour me dire si ça va. Je me fais du souci pour toi. »

6 h 19 : « On peut parler ? J'ai l'impression d'avoir tout gâché. »

7 h 54 : « Je suis désolé. »

8 h 42 : « Ne m'exclus pas de ta vie. »

La rage m'inonde. Je commence à supprimer ses messages, pour ne plus avoir à les regarder. Au lieu de quoi je décide d'effacer tout notre historique de SMS pour ne pas être tenté d'analyser nos vieux échanges, en espérant comprendre où tout a capoté. Où mes erreurs d'interprétation m'ont amené à croire qu'il m'aimait plus qu'en ami.

Dès l'instant où je le supprime, je me sens vide. Je fixe notre fil de discussion vide, cinq années de souvenirs envolés en un seul clic. J'envisage de chercher sur Google un moyen de les récupérer, mais à la place, je glisse mon téléphone sous l'oreiller. J'ai besoin d'une rupture nette.

Les jours suivants, j'adopte un rythme tranquille avec Hannah, regardant à la chaîne les films de Nancy Meyers sur son canapé rembourré. Les protagonistes d'âge mûr lui fournissent une excuse pour me rappeler que ce n'est pas trop tard pour trouver l'amour, au moins une fois par film, ou dans le cas de *Pas si simple,* que ce n'est peut-être pas foutu avec Theo, ce qui m'incite à lui lancer un coussin décoratif au visage, parce que c'est bel et bien fini.

– Ne pas parler de lui, c'est possible ? dis-je.

J'ai l'impression que nous sommes retournés à l'époque de la fac. Nous vivons dans une bulle hors du temps – moi, au chômage, Hannah en congé jusqu'à la rentrée de janvier. De ce fait, nous dormons jusqu'à onze heures, buvons du vin au petit déjeuner, et traînons à la bodega du coin de la rue pour manger des sandwichs à l'omelette à six heures du soir. Il arrive que David regarde un film avec nous. Un jour, il cuisine une énorme cocotte en verre de coquillages farcis, qu'il nous sert dans des bols peu profonds, recouverts de parmesan.

– Un plat de réconfort, annonce-t-il.

Il faut trois jours pour que Hannah admette qu'ils se sont fiancés le jour de Noël. Techniquement, elle ne l'admet même pas, je la force à me le dire quand une bague en diamants vintage apparaît mystérieusement à sa main gauche. En fait, si la bague s'était volatilisée du tiroir à chaussettes de David, c'est parce qu'il s'était rendu compte après avoir acheté la première avec l'aide de sa belle-sœur Jen, qu'elle ne convenait pas du tout. À la place, il a demandé à Brooke s'il pouvait prendre la bague de leur mère, que Brooke ne portait pas ; elle préférait la monstruosité de cinq carats offerte par son mari aux goûts ringards. Hannah caressait la bague de sa mère avec amour en me narrant l'histoire.

J'ai proposé de m'installer à l'hôtel, mais elle s'y est opposée. À force de négocier, j'ai néanmoins obtenu qu'ils sortent fêter ça au restaurant sans moi, ce qu'elle a accepté de mauvais gré.

En leur absence, je trouve dans leur bibliothèque le journal que j'ai tenu l'année où nous étions en froid. Une tache de café sur la couverture, ses pages sont froissées comme si elle le relisait fréquemment. Cette découverte décuple ma tristesse à l'idée de partir.

Theo laisse des messages que je n'écoute pas. Je me contente de lire leur transcription avant de les supprimer. Je ne supporte pas d'entendre sa voix.

Après les messages vocaux, vient le tour des livraisons. D'abord, il m'envoie de la pâte à tartiner de chez Zabar ; le lendemain, mes cookies préférés de chez Levain. Le troisième, il envoie un coursier avec les bagages que j'ai laissés chez lui. Chacune accompagnée d'un petit mot : s'il te plaît, téléphone-moi. Bisous.

Puis, le quatrième jour, il envoie Clementine.

Après lui avoir ouvert la porte, David pique un fard en la conduisant vers le canapé, où nous sommes au milieu de *The Holiday.*

– Hmm, quelqu'un demande à te voir, bredouille David.

Ma première pensée est *Génial, les baffes continuent de pleuvoir*. Pour commencer, Theo m'a rejeté, et maintenant il m'envoie son ex faire le sale boulot. Ma seconde pensée est qu'elle est splendide. Un pull fuchsia à manches ballon géantes avec un jean mom acid wash. Une tenue que personne ne peut assumer en dehors d'un magazine de mode, mais, bien sûr, sur elle, ça marche.

– Oooh, je suis fan de ce film, dit-elle en guise de bonjour.

Avant que je ne puisse trouver une réplique désobligeante pour critiquer sa façon de débarquer à l'improviste, elle s'installe sur le canapé, entre Hannah et moi, assise en tailleur, comme si tout était normal et qu'elle venait partager notre soirée cinéma.

– Clementine… euh, que fais-tu ici ? demande Hannah avant qu'elle n'ait réquisitionné l'un de nos plaids.

– D'après Theo, tu as une sorte d'urgence avec tes podcasts. J'essaie de me rendre utile.

– Tu veux intervenir dans mon podcast ? répète Hannah, sa voix dégoulinant de stupéfaction.

– Bah ouais. Si ça te dit, évidemment, répond Clementine.

Hannah nous regarde comme si elle était prise entre deux feux.

– Et tu es là pour uniquement pour cette raison ? j'interviens, certain que Theo a un motif caché.

Clementine prend un petit air coupable.

– Si tu veux savoir si je suis au courant de votre truc, je n'en aurais pas parlé, mais je sais dans les grandes lignes. Franchement, essaie de ne pas trop lui en tenir rigueur. Tu connais Theo, c'est un irresponsable. Ce garçon est un Peter Pan par excellence. Il sait que je suis de ton côté.

– Euh… merci, dis-je, encore étourdi par la tournure des événements.

– Bienvenue au club. Celui des rejetés de Theo. Crois-moi, je suis passée par-là. Je pense que nous sommes assez nombreux pour constituer une équipe de football. Si ça se trouve, il y a même un footballeur professionnel ou deux parmi nous, si les rumeurs sont vraies.

Un rire nerveux secoue Hannah.

– Ça ne vous ennuie pas de terminer le film avant qu'on enregistre ton truc pour le podcast ? demande Clementine.

– Aucun problème.

La Saint-Sylvestre est d'une morosité sans nom. David prépare encore des pâtes – cette fois avec du homard, une sauce au vin blanc et au beurre, des tonnes d'ail et des tomates cerises éclatées. Il ouvre une bouteille de Krug, mais le champagne me fait penser à Theo, et à cause de cela, j'ai l'impression d'avoir de la colle dans la gorge quand j'avale les pâtes. À minuit, Hannah et David s'embrassent pendant que je fixe la télé en face de moi, où Ryan Seacrest annonce le passage à 2019.

– C'est un nouveau départ.

Hannah me serre la cuisse et je hoche la tête, ne voulant pas rectifier en précisant que mon départ m'évoque plus le vide que la nouveauté.

Le 2 janvier, nous nous faisons nos adieux dans l'entrée. Dire au revoir à Hannah a quelque chose d'inconcevable. Comment dire au revoir à une partie de soi ? C'est absurde d'imaginer dire adieu à son coude, et le laisser chez soi avant de sortir faire ses courses, ou pour un premier rencard ou encore pour visiter le Taj Mahal. Hannah est mon coude, cette partie noueuse et biscornue de moi qui me paraît impossible à laisser derrière moi. Pas d'une manière cérébrale, mais on ne peut plus physique.

Je n'ai toujours pas accepté le fait qu'elle ne surgira pas derrière un kiosque à journaux quand j'atterrirai à LAX, en hurlant « c'était pour rire ! ».

D'un autre côté, je suis soulagé de partir. J'ai été un nuage noir assombrissant leur appartement, à une période censée être celle des célébrations.

– Tu m'envoies un SMS quand tu atterris ? dit Hannah.

– Sans faute.

– Et tu sais que tu peux me téléphoner à toute heure. Et je te verrai en février.

Un soir, elle a réservé sur un coup de tête un billet d'avion pour L.A., le premier week-end de février, quand David effectuera son séjour annuel au ski avec ses frères.

– Je sais, dis-je en la prenant dans mes bras. Et merci de m'avoir accueilli toute la semaine.

– Inutile de me remercier. La famille est là pour ça.

Nous restons orteils contre orteils, et je ne sais pas sur quels mots la quitter.

– Je t'aime, dis-je.

– Je t'aime aussi.

Elle me tend son petit doigt et j'y entrelace le mien. Puis nous embrassons nos poings mutuellement, pour sceller la promesse.

Mon désir de tirer un trait sur New York m'a changé en l'une de ces insupportables personnes qui rôdent près de la porte d'embarquement avant l'heure, comme si cela allait les faire arriver plus tôt à destination. La seule chose que j'attends avec impatience, c'est de grignoter le muffin aux pépites de chocolat dans mon sac à dos, que je garde pour l'avion.

Un homme traverse le hall en courant, et tout le monde se retourne pour le suivre des yeux, la scène ayant quelque chose d'alarmant dans un aéroport. Bien sûr, il est possible qu'il coure pour attraper sa correspondance, mais aussi pour fuir une catastrophe, ou foncer commettre un acte épouvantable. Les aéroports me mettent sur les nerfs.

Je le vois mal, de ma place dans la mêlée qui se presse devant la porte d'embarquement. Me dévissant le cou pour évaluer le danger potentiel, j'entraperçois un homme plié en deux devant le stand Jamba Juice à côté de notre porte. Tout ce que je distingue, c'est une tignasse bouclée brune. Les mains sur les genoux, il reprend péniblement son souffle.

Quand il se redresse, et commence à scruter la zone des embarquements, je croise des yeux verts.

Theo ?

En tee-shirt gris bruyère et jean, plus débraillé que je ne l'ai jamais vu.

Sitôt qu'il me repère, le soulagement délasse ses traits.

– Finn ! crie-t-il.

Je ressens un vif besoin de relever le col de mon manteau pour me cacher. Prétendre que ce n'est pas moi. Il joue des coudes jusqu'à l'endroit où j'attends dans la file chaotique où ils terminent d'enregistrer les voyageurs des zones confort plus et passent à la classe éco. Un homme râle que Theo l'a doublé, à quoi sa femme répond *chut !*

– Salut, dit Theo. On peut parler ?

Je n'ai pas envie de parler. Je suis à cinq minutes de monter dans cet avion et de refermer le chapitre de ma vie new-yorkaise. Un échec à quasiment tous les égards. La dernière chose que je souhaite, c'est de rabâcher mon rejet dans un lieu public surpeuplé.

– Classe éco, section 1, appelle l'hôtesse.

La ligne chaotique se rue vers elle.

– Que fais-tu ici ?

Il me suffit de gagner du temps, celui qu'il faut à quinze personnes pour scanner leurs cartes d'embarquement. Ensuite, je disparaîtrai. Je décide que je commanderai un Bloody Mary après le décollage, pour purger de mon cerveau la conversation qu'il tente de provoquer. Je pense même demander une mini-bouteille de vodka en supplément.

– J'ai essayé de te joindre toute la semaine. J'ai besoin de te parler avant que tu t'en ailles, dit-il.

Il avance en même temps que moi dans la queue.

– Non. D'ailleurs, comment peux-tu être ici ? Il me semblait que depuis le 11 septembre, seules les personnes munies d'un billet pouvaient franchir la sécurité.

– J'ai eu un billet gratos. Ce n'est pas de ça dont je veux te parler.

Il se masse les tempes.

– Pour où ?

Encore dix passagers, et je monte dans l'avion.

– Je ne sais pas. Peu importe. Je ne m'en servirai pas.

J'attends la suite, jusqu'à ce qu'il consulte le billet imprimé dans ses mains.

– Bogota. Peux-tu m'accorder une minute ?

Il tire sur mon bras pour m'extraire de la queue, mais je reste fermement à ma place.

– Ma zone embarque. Si tu as quelque chose à dire, c'est maintenant.

Je suis dure, mais ça m'agace qu'il n'ait pas songé que je ne donnais pas suite à ses messages parce que je n'ai aucune envie de lui parler.

Il prend sa respiration et jauge la distance entre nous et les portiques.

– Finn, j'ai flippé. J'ai paniqué quand tu m'as avoué tes sentiments. Je crois que je n'ai pas beaucoup d'amis…

– C'est absurde, tu as plus d'amis que quiconque parmi mes connaissances.

Je ne vais pas le laisser s'arranger avec la vérité. Comment ose-t-il faire appel à ma compassion après m'avoir brisé le cœur le soir de Noël ?

– J'ai des potes du samedi soir, mais pas des amis du mardi après-midi. Je n'ai personne d'autre avec qui regarder des films la semaine, ou avec qui faire des courses. Je n'ai pas d'autres amis disposés à discuter à deux heures du matin quand je souffre d'insomnie. Mes autres amis ne sont pas là quand ils n'ont pas d'invitations, de fêtes ou de contacts à solliciter. Et je ne veux pas retourner à une vie sans ami du mardi.

– Donc tu ne te sens pas attiré par moi, mais tu veux faire tes courses avec moi ?

C'est mille fois pire que je l'imaginais. Je ne suis même pas un ami, je suis l'assistant. Ou, tout au plus, un substitut humain d'une appli pour s'endormir.

– Non… je suis maladroit. Je… peux-tu sortir de cette file pour discuter ? Finn, bien sûr que tu m'attires. T'es-tu déjà vu chanter ? Comment peut-on assister à ça et ne pas tomber un peu amoureux de toi ? Mais ce n'est pas tout. C'est aussi tes mains puissantes, ta démarche, tellement gracieuse, comme si le monde entier était ta scène. Et tes superbes yeux marron, leurs ridules quand tu ris. Et ton cœur, n'oublions pas ton immense cœur magnifique. Je suis attiré par toi depuis le tout premier soir. Je ne pensais pas pouvoir avoir les deux.

J'avance en tête de file à présent, mon téléphone prêt à scanner le QR Code. Néanmoins, cela me fait hésiter.

– Scannez votre code ou écartez-vous de la file, gronde le dictateur, derrière moi.

– Un instant, dit Theo, les dents serrées, à une octave du hurlement.

– Tu viens ?

Il indique la paroi vitrée à côté de l'agent d'embarquement, devant une rangée de chaises abandonnées. Tous les passagers de mon vol font la queue.

– Bon, d'accord.

– As-tu entendu ce que j'ai dit tout à l'heure ? ressaie-t-il, une fois que nous sommes à l'écart. J'ai dépassé les bornes à Noël. Bien sûr que je t'aime mais j'étais terrifié et j'ai déraillé. Et je sais que je t'ai blessé, et tu ne peux pas savoir à quel point je suis désolé, mais j'aimerais essayer…

– Tu m'aimes ? Tu es attiré par moi ?

Je l'interromps car j'ai besoin de l'entendre une seconde fois.

Je change mon café frappé de main, et passe ma paume froide et humide dans ma nuque, pour m'extraire de cette sorte de rêve ou d'hallucination. Je ne me serais pas attendu à avoir l'une des conversations les plus importantes de ma vie avec un café glacé à la main. Ça doit ressembler à ça, d'être Ben Affleck.

– Finn, bon sang, j'ai passé la nuit chez toi le premier soir. Tu aurais pu me séduire. Je pensais que tu ne me désirais pas. Et vous tous, toi, Hannah et Priya, vous avez pris tellement d'importance dans ma vie en si peu de temps. C'était trop hasardeux pour risquer de te perdre. Tu sais que mon parcours amoureux n'est pas glorieux. Alors j'ai estimé préférable de rester ton ami. Je pensais que ce serait mieux… pour nous deux.

Un petit rire un brin hystérique me chatouille le fond de la gorge. D'abord un gloussement, il enfle pour éclater en rire bruyant.

– Juste pour être sûr…, dis-je en haletant entre deux éclats de rire.

Son sourire espiègle fait grimper ma température interne de quelques degrés.

– Tout ce temps, nous avions tous les deux envie d'être ensemble ?

Il hoche la tête.

– Tout ce temps.

– Et tu as attendu jusqu'à cet instant, une minute avant que je déménage, pour me dire ça ?

– Grosso modo.

Il examine la zone d'embarquement, où la file de passagers s'amenuise à vue d'œil, comme s'il hésitait sur la meilleure chose à faire.

– Finn, reste, s'il te plaît.

Reste ?

C'est comme s'il approchait une épingle à nourrice de ma bulle de bonheur.

Comment peut-il me demander ça ? La colère enfle en moi, et sa requête m'interloque tant que je ne réussis qu'à bafouiller :

– Je ne serai pas ton Andie Anderson !

– Qui ? dit-il sur un ton apeuré, ses sourcils froncés par la confusion. Je ne te demande pas d'être lui. Je ne sais même pas qui c'est !

– Pas lui ! Elle. Dans *Comment se faire larguer en dix leçons.*

Son air dubitatif subsiste.

– Tu sais, quand Matthew McConaughey conduit sa moto dangereusement et poursuit Kate Hudson sur le Pont de Manhattan, alors qu'elle se rend à une interview à Washington, parce que c'est le seul endroit où elle peut espérer réaliser ses rêves de journalisme. Bien sûr, ce n'est pas le seul endroit où elle peut devenir journaliste, mais comment peut-il étouffer sa détermination et lui demander de rester à New York pour lui ?

Theo paraît encore plus perplexe qu'avant mon vomi verbal. Les deux hôtesses ayant contrôlé les derniers passagers, observent la crise que je suis en train de piquer.

– Finn, je ne te demande pas d'abandonner quoi que ce soit, dit-il, un bras sur mon biceps pour me calmer. Je te demande juste de décaler ton vol.

Toutes les fois où j'ai imaginé ce moment, celui où nous décidons d'être un couple, le fantasme se termine par une déclaration d'amour. Je n'ai jamais songé à ce qui se déroule ensuite, et maintenant je panique.

– Comment nous organiser ? dis-je.

– Tu sais, avec la compagnie aérienne de mon père, nous nous débrouillerons.

– Pas pour l'avion. Nous.

– Tu l'as dit. Je ne travaille pas. Je trouverai toutes sortes de raisons de séjourner à L.A., si j'ai besoin d'une excuse. Prenons exemple sur *Les Craquantes,* qui vivent ensemble, sont les meilleures amies et se goinfrent de cheesecake le soir. Sauf qu'en plus, nous sommes amoureux. Mais je pense que c'est le cadet de nos soucis.

– Et quelle est ta première préoccupation ? je demande.

Il a un sourire timide.

– Nous n'avons pas encore échangé notre second baiser.

Mon cœur se liquéfie quand il se penche vers moi et tient ma mâchoire dans sa paume. Je regarde ses paupières se fermer en cillant juste avant qu'il se penche. Puis nos lèvres se rencontrent. Au début, avec timidité, mais il enroule son bras autour de mon dos et m'attire contre lui. À la dernière seconde, j'écarte mon café glacé pour ne pas l'écraser entre nous.

Je suis éberlué de ne pas me souvenir de notre premier baiser. Comment ai-je pu oublier un baiser aussi exceptionnel ? Je me sens électrisé, comme si des particules d'énergie affluaient dans ses mains, ses lèvres et sa langue, partout où nous nous touchons, et rebondissaient dans mon corps. De ma main libre autour de sa nuque, j'enfouis mes doigts dans ses cheveux.

Nous nous embrassons pendant ce qui pourrait être cinq minutes ou cinq heures. Quand nous nous séparons, l'un des agents nous siffle et je me rappelle où nous nous trouvons. Front contre front, nous redescendons sur terre.

– OK, je décale mon vol, lui dis-je.

SEPT MOIS PLUS TARD

ÉPILOGUE

Hannah

Je me badigeonne de SPF 70 – une formule minérale, qui nécessite du muscle pour l'étaler et laisse néanmoins un voile blanchâtre – quand on frappe à la porte.

J'ouvre. Finn se tient torse nu, en bermuda à rayures rouges et vertes, des lunettes aviateur à monture dorée perchées sur sa tête. Son torse maigrelet est bronzé après trois jours à lézarder au soleil.

– Que fais-tu ici ? demande-t-il.

– Nous avons changé de chambres. Les murs ne sont pas aussi épais que vous le pensez, Theo et toi.

Theo ayant loué les douze chambres du boutique-hôtel, nous sommes maîtres à bord. Puisque nous n'occupons que trois chambres, il n'y a pas de raison de rester dans la chambre qui jouxte celle de Finn et Theo, et d'écouter la cure de sexe qui célèbre leurs retrouvailles.

– Oups, fait-il sans une once d'embarras. Un mois sans se voir, imagine.

Theo et Finn entretiennent une relation à longue distance depuis son départ de New York. Theo a laissé entendre après le dîner, notre premier soir à Holbox, après deux margaritas au mezcal, qu'il cherchait une villa à acquérir à L.A. Il m'a fait promettre de garder le secret jusqu'à son anniversaire le mois prochain, jour où il proposera à Finn de vivre avec lui.

– Tu veux quelque chose en particulier ? dis-je.

– Ça te tente, de partir en exploration ? Je crois qu'on peut marcher du banc de sable à la pointe de l'île, et parfois, il y a des flamants roses. Mieux vaut sortir avant midi.

– Super, faisons ça.

J'enfile un jean découpé sur mon maillot de bain, et glisse ma queue-de-cheval dans l'anneau de ma casquette des Yankees. Inutile de s'embêter avec des chaussures sur l'île, il n'y a pas de routes goudronnées, juste des sentiers sableux que les voiturettes de golf parcourent à une allure alarmante.

Nous sortons sur la terrasse en teck qui borde la piscine. L'hôtel s'articule autour d'une piscine triangulaire, chaque chambre disposant d'une porte à l'arrière donnant directement sur le bassin turquoise. Theo a fait installer un sapin de Noël artificiel de trois mètres cinquante au milieu de la terrasse. Enveloppé de guirlandes dorées, il est orné d'un méli-mélo de décorations, dont certaines que j'ai remarquées les années passées chez lui. J'ai toujours eu un faible pour le hot-dog. Je suis contente qu'il soit du voyage.

Des haut-parleurs escamotés diffusent « Dog Days Are Over » de Florence and the Machine. Au début, Theo leur a demandé de passer « Feliz Navidad » en boucle, mais nous nous sommes lassés au bout d'une heure. Alors j'ai conçu une playlist pour le séjour – celle-ci pas du tout déprimante, plutôt une compilation de chansons en lien avec nos souvenirs collectifs les plus heureux.

Finn et moi traversons la zone d'accueil extérieure et suivons le court chemin menant à la plage.

– Au fait, j'ai écouté ton podcast en courant ce matin ! me dit-il.

Je les ai mis à la porte, lui et David, pour l'enregistrer avec Clementine. L'interviewer en public me mettait trop la pression.

– C'est épatant. J'ignorais que la maison de disques de Clementine avait cédé ses droits et qu'elle avait dû trouver un moyen de les racheter en secret. Pas étonnant que son dernier album déborde de colère.

Le lancement d'*Aural History*, dont le premier épisode a été diffusé la semaine dernière et s'est classé immédiatement numéro un à la fois sur Apple Podcasts et Spotify, n'est que l'une des choses que nous célébrons cette semaine au Mexique. Finn a reçu l'approbation pour que sa première série Netflix entre en production, et Priya commence à travailler chez Estée Lauder la semaine prochaine, où elle aidera à développer un contenu vertical novateur. Et, bien sûr, c'est notre premier Noël en juillet.

Pour le vrai Noël, cette année, David et moi avons passé le réveillon avec Brooke et sa famille dans le New Jersey, puis le jour de Noël chez les parents de David dans le Connecticut.

Sur la plage, David somnole à l'ombre sur un transat, un numéro de *Bon Appétit* ouvert sur le torse. Priya et Marcus, l'orthopédiste qui l'a plâtrée le Noël dernier, sont en grande conversation après avoir barbotté dans l'eau translucide. Leur couple est tout récent. Il l'a invitée à sortir après l'avoir déplâtrée en mars, et depuis ils sont inséparables. Nous sommes censés le valider mais nous avons décidé à l'unanimité que nous l'adorions avant même que l'avion n'ait décollé de JFK. Je n'ai jamais vu Priya aussi radieuse. Outre la série de cataclysmes, le dernier Noël a apporté son lot de miracles pour chacun de nous.

Dès que Theo nous aperçoit sur la plage, marchant vers lui, un immense sourire éclaire son visage. Son bonnet de Père Noël est assorti à son short de bain décoré de sucres d'orge rayés.

– Alors, ce Noël vous plaît ? demande-t-il quand nous le rejoignons.

– C'est possiblement le meilleur de tous, dis-je.

– Nous voilà avec une nouvelle tradition à respecter, déclare Finn.

Qu'est-ce qui est mieux qu'un Noël ? Deux Noëls !

REMERCIEMENTS

Je lis systématiquement les remerciements en premier. Pour moi, c'est grisant de rédiger les miens, et de penser à toutes les personnes qui ont fait de ce roman une réalité.

Je remercie Allison Hunter, mon agent exceptionnel qui a été d'un soutien sans faille, répondant à mes SMS en deux minutes chrono, et m'offrant les meilleures paroles d'encouragements et conseils. Je suis tellement reconnaissante que nous nous soyons trouvées, je ne peux imaginer meilleure partenaire pour cette folle aventure.

Merci à la merveilleuse Allison Mecha, agent de droits étrangers, qui m'a si souvent subjuguée en vendant ce roman dans de nombreux pays et en concrétisant des rêves qui dépassaient mes propres rêves. À Maddalena Cavaciuti, ma brillante agente au Royaume-Uni. Mille mercis à Natalie Edwards, Khalid McCalla, et la famille élargie Trellis.

Marie Michels, ma réviseuse pour les États-Unis : tu as indéniablement amélioré cette histoire. Avant tout, merci de l'avoir « pigée » et d'avoir aimé Hannah et Finn autant que moi. Merci pour tes remarques avisées et tes reformulations, merci de m'avoir poussée à faire le maximum, puis d'avoir répondu à mes appels paniqués quand je doutais de réussir. Construire notre relation a été précieux pour moi, et j'espère que ce n'est que le début. À Pam Dorman, merci d'être la bonne fée de ce roman et de m'avoir soutenue, moi et mon style. À Hannah Smith, ma correctrice pour le Royaume-Uni, je suis reconnaissante pour ta perspicacité, ton enthousiasme, et la réécriture minutieuse du discours de Theo (et aussi pour m'avoir appris l'expression *rat-arsed* ou « beurré comme un petit LU »).

Merci aussi à toute l'équipe de Pamela Dorman Books et Penguin, qui ont bossé dur sur ce roman, en particulier Paul Buckley et Liz Casal Goodhue, Christine Choi, Bel Banta, Nicole Celli, Janine Barlow, Matt Giarratano, Claire Vaccaro, Alexis Farrabaugh et Clarence Haynes. Et à Patrick Nolan, Andrea Schulz, Brian Tart, Lindsey Prevette, Kate Stark et les représentants de Penguin, dont la confiance en ce livre a énormément compté pour moi.

Merci à mon équipe à UTA. Avant tout à Shelby Schenkman, la première à avoir décelé un truc dans mes écrits, et à continuer à m'encourager. Avec ma reconnaissance éternelle. Merci aussi à Addiso Duffy et Olivia Fanaro. Si un jour ce livre est adapté en film (imaginez !), ce sera grâce à elles.

Merci à Grace Atwood, qui m'a demandé il y a très longtemps si j'avais envie de me lancer dans le podcast. Sans cette question, je ne sais pas si j'aurais trouvé le courage d'écrire un roman. Merci pour toutes ces années d'amitié, et d'avoir été mon soutien le plus acharné. Et à Olivia Muenter : écrire ce roman aurait été une aventure plus solitaire sans toi. Je suis si heureuse que tu sois au front à mon côté, à la fois en tant que coanimatrice et autrice d'un premier roman !

Un énorme merci, plus grand que la galaxie, à toute la communauté *Bad on Paper*. Merci d'être le meilleur coin d'Internet (et souvent le plus bizarre). Je suis stupéfiée par votre soutien et votre enthousiasme pour ce roman. Merci aussi à Terrence, juste comme ça. J'espère que tu continueras d'être une blague entre nous à la sortie de ce livre ; sinon, cela jetterait un froid.

Merci à mes premières lectrices : Ashley Mahoney, Ali Miller, Grace Atwood et Lydia Hirt. Vos encouragements enthousiastes et le parfait mélange de critique et de compliments m'ont permis d'avancer. Et merci en particulier à Rachael King, pour ses notes et révisions détaillées et pertinentes qui ont indéniablement renforcé cette histoire. Merci aussi à Jessica Camerata et à ses tuyaux sur Peachtree City.

Merci aux Mangy Ravens : Elizabeth Manley, Molly Hale, Ali Kelly, Ashley Mahoney, Peter Heyer, Kyle McCulloch, Betsy Spang, Julie Crowley et Kate Page. Merci de m'avoir laissée libre de m'approprier les blagues qui font nos amitiés, et parce qu'il n'y a pas plus drôle que vous, et que vous m'aimez et vous me traitez à parts égales. Merci au Boston College de m'avoir fait connaître ce groupe. J'espère que le vélo d'Elizabeth est resté attaché au panneau devant le 24 Strathmore Road en témoignage de nos frasques.

Merci à Hannah Orenstein, Kate Spencer, Kate Kennedy, Laura Hankin, Lindsey Kelk et John Glynn pour vos conseils, votre vision et votre compassion tout au long de ce projet.

Merci à Aya qui m'a transmis son amour pour Noël, et a rendu tant de Noël inoubliables. À Oncle Dee, je suis triste que tu ne sois pas là pour voir ça mais je sais que tu serais excessivement fier de cet accomplissement.

Merci à Bon Bon : sans vos bonbons, je doute que j'aurais achevé ce roman.

Et enfin, et non des moindres, merci aux lectrices. Je sais que lire un livre représente pour vous un énorme investissement en temps mais aussi financier. Je suis profondément touchée que vous ayez misé sur moi et mon roman. J'espère que votre choix vous satisfait.

Composition
PRESS·PROD

Imprimé en France par
CPI Brodard & Taupin
en octobre 2024

Dépôt légal : novembre 2024
N° d'impression : 3058611
ISBN : 978-2-7499-5489-9
LAF : 3400